红

Red

一本注定要风靡的青春小说

我曾有过两次生命
一次是，出生
一次是，遇见你

宋雨峰 著

内蒙古出版集团
内蒙古文化出版社

图书在版编目(CIP)数据

红/宋雨峰著. —呼伦贝尔：内蒙古文化出版社，2013.4

ISBN 978-7-5521-0278-9

Ⅰ. ①红… Ⅱ. ①宋… Ⅲ. ①长篇小说—中国—当代 Ⅳ. ①I247.5

中国版本图书馆 CIP 数据核字(2013)第 061667 号

红

宋雨峰 著

	内蒙古出版集团
出版发行	内蒙古文化出版社
	(呼伦贝尔市海拉尔区河东新春街 4 付 3 号)
印刷装订	北京市通州富达印刷厂
责任编辑	丁永才 包文明
开本	710×1000 毫米 1/16
印张	19.5 字数 180 千
版次	2013 年 5 月第 1 版
印次	2013 年 5 月第 1 次印刷
书号	ISBN 978-7-5521-0278-9
定价	32.00 元

生

这本书从开始叙述到最后确定结束用了有一年多的时间。时间跨度略久，中间生出许多变故，断断续续，并不像很多作者一样几个月隐世闭关一气呵成的雕琢一个故事。

在完成这本书的过程中，我有过一次很长时间的间断，几乎产生了思绪无法复原的裂缝，那个时候内心仿佛上了铁锁一样，打落斑斑锈迹，如同废铁一样，无法与故事中的他们发生对话，自然荒芜了之前所有临摹的故事情景。我整夜整夜的对着电脑，一个字都打不出来，话都不会说，脑子一片空白。烦躁的时候就一个人抽烟，在屋子里不停地走来走去，逐渐冷却自己，也在自欺欺人的劝慰自己。其实很多个踌躇满志的夜晚，最终也只是熬到了一个空白纸张的黎明。现在回头想想，在那寂静中次次空白的天亮，确实太令人生畏，绝望，无所适从。

这是一个虚拟而又真实的故事。书中的一些情节，其实是我本人许多经历的匆匆世故中的原型，拥有饱满而真实的记忆躯体，并非纯粹凭空想象，矫揉造作，独自猜测，以至于人物塑造云里雾里，无处在这个世界落脚还原。我将它们重新熔铸然后纳入这个新的故事，从此之后，它们不再是我一个人的经历。

记得有一次，朋友说我在小说里安置歌词很有创意，我倒是兴致勃勃的与他介绍这些曲目。事实上，这算不得如何创意。人在读书的时候，头脑中顺势涌现一副副波澜的画面，一边读，一边将这些画面粘连起来，与感情酝酿成为动态上彩的影像。我放置这些歌曲，只是强化我的感情表达。当然，这也是一种最直截了当的情绪舒放方式，一目了然的内心跳动。也许换做你来添加，你也会有自己独特的曲目配备，一首歌讲一个故事。就如同是个发挥性很强的填空，答案虽有局限，但并不绝对。不过，整本书的写作都是在音乐声中完成的，这是我的写作习惯。

人每天都在遭遇不同的事情，思想也会在这些事情的冲击中反复对撞纠缠，此起彼伏之后醍醐灌顶一般恍然大悟，或者左右为难而无从下手，都需要寻找一个途径来中和内心涌动的矛盾。这本书仿做故事兴意阑珊下感情疏通的桥梁，分流再自我释放，不断的挑战自己，又在不断的自我否定，然后一次次地重新鼓足勇气，迈向下一个深渊。

让阳光继续照耀着我走向暴风雨之夜，让脚下的地紧紧吸引着我，在每一天，一直等待到那冬天的再次来临 。

这是谢天笑的《再次来临》。

扭曲的世界，坚强站立的人。

这就是成长。

宋雨峰

2011.11 上海

目　录

一 故 乡

1

佟西从看守所里出来的时候，街边的路灯正一盏一盏地亮起，玻璃罩内都还是没有完全亮透的青白色。运送杂物的卡车轰隆地驶过，尘土飞扬中，受惊的鸟群扑扇着翅膀扎进锋利的天空。他抬起手往上推了推帽檐，高墙外面的阳光格外地惹眼。这是重回人间的第一抹阳光。打在身后的背影抹在那扇布满锈色的大铁门上，像一道疤，裂在夕阳浓浓的红里。

已过立夏，空气里堆叠着越来越多的热量，吹一阵风就能烧遍全身。临行前看守狱警告诉他，出了大门向东一直走几公里的地方就会有公交站牌，可以搭乘公车前往白城，而且出去了就再也不要回来。佟西翻起手腕看了看表，傍晚五点一刻的光线擦亮的表盘。路边的行人稀少，夏日的生机盎然是满眼的伤。这里是一个忌禁着灵魂的地方，氧气稀薄，充满荒凉。佟西回头望了望，视线贴着帽檐抵着空无人烟的尽头，笔直的水泥路像是一句讲不完的话。

远远地看去，站牌下有零散的人在等车。那个真实的世界正在一步一步向自己靠近，杳无人烟的马路上，脚步和地面沙粒摩擦的声音把身后的所有的风景逐渐消磨成往事，那段无可救药的时光已经在他的身后彻底崩溃。

站台边陌生人看过来的眼神带有猜测和鄙疑，他们看到这个人从路的另一边走来，他背负着不为人知的秘密还有不言而喻的经历。佟西把帽檐压得很低，他的脸上有一部不堪回首的电影。

转过身，他微微侧了侧脸瞟了一下站牌，白城里面熟悉的地名和街道。终于有了些许的兴奋，陌生人的对话让他感到轻松。公交车向他开过来的时候，他感到有某种东西从眼睛里拥挤几乎四溢。

佟西摸了摸鼻子，狠狠地抓了一下肩上的包，最后一个走上汽车。

他终于要离开这里了。

在静桥下车。

杨平斜靠着站牌抽烟，见到佟西下车，便扔掉烟头走了过去。对于杨平的出现，佟西的眼神游动出惊讶并且有些迟疑，他站在原地，路灯下面全身都是漆黑。这一张面孔的突然，他没有做任何防备。佟西看了看他，没有说话，也不知道该说什么。

两个人坐在站牌下的休息椅上。杨平告诉他素宁已经转学出国，舞堂还在办着境况也算不错，奶奶住在老屋还在，只是去年出事之后就一病不起，遗憾的是她老人家一个月前刚刚去世，终于还是没等到你回来。

他只是默不作声地听完他的话，然后对他说，给我根烟。

“你怎么不抽红双喜了。”

“现在已经不习惯那个味道了。”

“你过得好吗？”

“这一年其实平平淡淡的，没有什么好不好的。”

“……只是这一年你一定很辛苦。”

“还好，也谈不上辛苦。舞堂有以前的声誉支撑着还不错，新的一批队员也拿了一些奖，还算比较争气。”

“素宁她什么时候走的。”

“在你出事之后。她只是给我发了一条信息说她要离开这里，然后就再也没有消息。只是去年圣诞节的时候我收到了她的邮件，在信里她说她在美利坚。

原来的所有都不重要了。重要的是，你现在已经自由了，一切都要重新开始。

走吧。

我们回家。”

“回家？”

“对。回家。”

佟西丢掉烟头，用脚在上面碾了几下，火光熄灭，他把烟味留在风里。

他说，杨平，我们走回去吧，坐车太快。坐在车里面的时候，感觉车轮和时间在并驾齐驱，我已经对行动如此迅疾的时间感到惧怕。就像我在里面度过的一年，只有白天和黑夜，察觉不到任何时间走动的迹象。抬头或者低头的瞬间，光照阴影的变换，仿佛仪式，敷衍着每一天活动着的生命。

有时候觉我们都太年轻……

但是，佟西，我们还有时间，我们还有的是时间。

杨平回头看他的眼神是一种红一样的颜色，隐藏在黑暗中的一双眼睛。

“大家都需要你。”

“杨平，现在哪里还有什么大家？”

“不。佟西。”

“我，还有我们的队友和学员。

我们都在。”

公路。吵闹的大门口。卖煎饼的中年男人。一直经过的没有生命的汽车。记忆里的楼梯走廊。

再次回到舞堂。星期四的晚上，队内训练。

换衣间，休息室，训练厅。

三间屋子的布局装饰没有丝毫的改变，墙上的涂鸦还保留着素宁的卡通头像。所有的队员无一例外全部站在大厅里等待，没有放任何音乐。

他们的队长今天归队。

佟西抬了抬帽檐，推开了训练厅的大门。眼前的这些人有一大部分都是新的面孔，因而他们看不清楚他的过去。几个老的队员见到他愣了一下，接着就兴奋地围过来跟他讲话，美雅第一个冲上来抱住他，眼泪大滴大滴地落下来，佟西抱了抱她然后抬起手给她擦眼泪，还像以前那样笑着勾了勾她的鼻子。龙二把自己的爵士帽戴在佟西的头上，佟西即兴就做了 lockin 的动作，大家都笑了。

在他们看来，队长一点都没有变。他们只有朋友和舞蹈两个话题。也没有任何的追问。玩笑开了一会儿，他转过头来对杨平说，把音乐放开，我也活动活动，让我给大家跳一段。

就像以前一样，队长带着大家围坐成一圈，跳舞，讲笑话，做游戏。杨平给他介绍新招进来的队员，popper 宝宝 新旺 加号 b-boy 小星 九九 斧头 hiphop 咪咪 Aila 。佟西依次和他们击掌撞肩。尚舞堂的这个晚上，一年以来灯光从来没这么亮。杨平听到了佟西和一年前一样的声音。

“佟西，你终于回来了。”

2

离开舞堂，在走过天桥的时候，佟西慢慢地停住了脚步，扔下背包，竟靠着角落坐了下来，打开刚刚从便利店买的啤酒。

他的心里有种还在积蓄的情绪，堵在心口。就像充胀在啤酒罐里的二氧化碳，需要一个拉环让他释放。

“杨平，今晚我就住老屋。”

“……好。我们一起去。”

“这一年舞堂多亏你了，看到大家都还在我真的很开心。只是……你的肩……”

“没什么。早就痊愈了，就是再也不能跳舞了。不过幸好，现在你回来了，舞堂又有新的希望了。”

佟西吐了口气然后狠狠地吸了一口烟。

“你现在还在拓野上学？”

“没有。我已经转到永嘉去了，去年出事之后爸妈准备让我继续留在拓野，但是我坚持离开。不过，倒是你。你还想回去读书吗？”

“呵呵，读书……好遥远的话题啊，以后再说吧。你别忘了我可是刚刚从看守所里释放出来的，昨天的这个时候我还是个在押的犯人，会有哪个高中敢收留一个这样的学生呢。

可是你不一样，为什么不留下，而且你现在应该是高三了吧？”

“我为什么要留下。你要我一个人追着时间跑，一个人上学放学，一个人逃课睡觉，抽烟吃饭，一个人听曲子跳舞，一个人跟全世界做对吗？”

“我觉得伯父伯母一定恨死我了。如果没有我，你不会爱上跳舞，不会学坏，那一刀更不会砍在你的肩上。”

“佟西。你错了。你不要把自己想象的太过分，我只是选择我自己想要的未来，我不想活在父亲的光环下，我叫杨平，不叫杨董事长的儿子。

我和你一样喜欢跳舞，就算没有你，我依然会跳舞。而且又是谁告诉你街舞就是负面的东西，而跳街舞的又怎么都是坏孩子。那一刀是砍在我的肩上，但是我的朋友没有受伤。这就够了。”

杨平背靠着栏杆点起一支烟。

佟西一口气喝完整罐啤酒，起身之后使尽力气把空瓶子从天桥上扔了出去。就像是被点着一样，他忽然摘掉帽子对着头顶空洞无边的黑夜一遍一遍地嘶吼着。

“我回来了！”

喊到累了。他低下头，双手用力的握着栏杆，几乎要把栏杆捏碎的力量。最后，没力气了，整个人慢慢地瘫坐在地上，像被冲垮的狼藉的土丘。眼泪轰然而下。在他心里堆积了一年的坚强，终于瘫软碎裂。

一年前。

白城举办首届青年艺术大赛。佟西和杨平的 poppin 组合一路杀进决赛并且拿到冠军，佟西的女朋友素宁同样参加比赛，取得模特组的第一名。

大赛之后，主办方以及一些赞助商的老板邀请获奖选手一起吃饭。最后离开的时候，佟西和杨平在楼下迟迟等不到素宁，两人又回去找。工作人员的言辞却都不知素宁的去向，佟西已经感觉素宁可能出事了。

两人疯找了一个小时没有结果，打电话询问和素宁一起的模特，原来是赞助商的一个饭后把素宁带走了。按照她说的地址两人找了过去，他们闯进了一处别墅，佟西一脚踹开了房间的门，屋里的场景让他整个人彻底崩溃。

佟西抄起门口的垃圾桶狠狠地砸在了那个男人头上。

随后追上来的流氓打手从包里抽出刀，杨平身子一横替佟西挡下了第一刀。随后素宁找准机会报警，佟西被警方带走。

碍于女孩子的名声，并且事情也没有造成恶劣的后果，素宁的家人在事后选择私了，并没有起诉那个男人。

而佟西的这一下却使那个男人差点丧命。因为是未成年，而且认罪态度较好，考虑了犯罪情节之后，最后白城公安部门将他送去了劳改，时限一年。

佟西，我知道你的无助。奶奶和素宁都走了，只是我还在你身边。你在里面等了一年，我在外面等了一年。因为只有等到你回来了，尚舞才能重新开始。

杨平开始抽第三只烟，烟雾擦在他的眼睛上，遮住了整个的夜空。换一只脚撑地，单手插袋，狠狠地吸了一口，他转过头来看着佟西。没有灯光的天桥上，佟西蜷身蹲坐的黑影像一个被遗弃的浑身是伤的布娃娃。他明白，当初素宁的蜷缩在床角才是真正的捅到他凶器，那一幕是随着时间隐藏的伤口，岁月的尘埃一层层塞进里面，动一次疼一次。伴随着生命，旺盛的存在，无法消失。

佟西。你在疼。我明白，对于你，素宁是无能为力的疾病。可是你的青春不能因此残废。你若不重新站起来，我也就再也没有了梦想的幻觉。从小到大我的一切都是父母为我做决定，但是跟你一起跳舞却是我自己做过的唯一一次决定。

听着耳边抽泣的声音慢慢变小，佟西这一年来的绝望，苦闷，疼痛，终于在这个晚上粉碎解体吹散在风里。杨平扔掉手里的烟头蹲坐下来和他靠在一起。

黑夜里哭红的眼睛是城市角落里疼着的伤口。

“佟西，我抹不掉你的泪，素宁走了，奶奶也不在了，但是你必须自己把它擦干。”

3

睡在老屋的大床上，在梦里曾经嗅到过的气味。

素宁头发上的味道。

奶奶做的蛋炒饭的味道。

晾在窗户外面衣服上洗衣粉的味道。

老旧的沙发上的味道。

小院子里水龙头里凉水的味道。

翻翻身会发出声响的木板床上，所有的记忆的味道都混在一起，被轻轻地诉说。佟西听到了那些言语，像是奶奶给小时候的自己讲过的小故事，每一个字都听到心里，刻在心里。

关于爸爸妈妈的回忆只是巷子的尽头两个斜长残废的背影。他们离开这个巷子的时候，佟西第一次感觉到西边的光线是那样浓烈的红，像海浪一样一遍遍冲刷着这条巷子，而自己的父母就慢慢消失在那一片红里。

我记得奶奶说，他们有时候会给家里寄生活费，帮助我们的生活。事实上他们还是参与了我的成长，但那些钱也是我唯一能想起他们的东西。

当你最亲的人只能和你用金钱保持关系。

杨平，你可以感叹你有多幸福了。

学钢琴，学英文，学画画，我从小就这样被逼着走进艺术殿堂，开始继承我父母青春时没能做到的事情，用培养爱好的谎言亵渎着艺术。上了初中我砸画板，扔了补习班的练习册。挨了骂挨了打，我离家出走，在地铁口看到有人跳舞。我渴望我羡慕。你知道我那么向往自由。他们要我按照他们给我设定的路线学习生活，我更像是一个工具，充当他们得以在外炫耀的精致的布娃娃，满足他们心里旺盛的虚荣。

杨平拉开窗户把头探出去，指甲形的月亮吊挂在黑色的瞳仁上。屋子里没有开灯，平房里淡薄的光线来自斜前方的小高层住宅。

其实从小到大，唯一能让奶奶骄傲的事情就是我考进拓野。我只是凭着初三一年的努力，就被我误打误撞给KO了。中考结束的那个暑假开始跳舞，所以你在高一新生晚会上在看到了那个动作笨拙的我。

所以我开始注意你。直到那次学校后门的打架。你因为追比你大一届的素宁，被几个高二的人盯住，找你麻烦。其实也怪你自己，你追就追吧还搞那么大的动静，天天往高年级跑，不知道枪打出头鸟吗？

那是你帮我打的第一架。

没过多久我就跟你来到尚舞堂。我们开始一起跳舞。那时候我们不像是一名学生，整天找机会逃课去跳舞。当然你除了跳舞还要追素宁。

“素宁。”

佟西，轻轻地从口中吐出这两个字。只是到现在，能涵盖那段往事的字句，却是这么轻轻的两个字。

我们都是问题学生。教导主任都热情地“接待”过我们的家长。不过他只看到奶奶一个人去时，一定十分的失望。

但是那天奶奶回来之后没给我们做晚饭。而且还要赶你回家。说你是大户人家的孩子，应该好好学习，跟着我只能学坏。

然后我们就在这个门口给奶奶跪下了，发誓好好学习，不再胡来。奶奶说什么都不能接受跳舞，我们为了争取机会就一直跪到几乎天亮。

最后奶奶答应我们，跳舞只能是周末。可是我们只听话了不到一个月，又开始逃课。我又开始不回家，他们也不像了以前那样着急着找我。那一段时间我得到了我想要的自由。倒是你还得照顾着高你一级的素宁。

嗯……

那时候我是天天提前放学，一手拎着包靠在校门口等着素宁出现，然后送她回家。高二整个学期几乎一年的时间，我从没停过。那个时候对我来说，舞蹈和她就是我生活的全部了。

那次她生病，有半个月的时间都没来上课，她在家里又不让我打电话。我就每天送一只花，每天每天并排着栓在她家后院的铁栏杆上，我希望她每天早上一醒来就能看到它们。我想玻璃窗后面的她一定会笑。

然后再接下来的圣诞节，她就答应你做你的女友了。我记得那天晚上你第一次跟我喝高了，而且说着胡话拉着我非要去素宁家，要不是龙二也在，我一个人可真弄不了你。

但是素宁第一次去看我们尚舞堂的比赛，老怪就出事了。一个动作做失误摔坏了肩膀。好像那天你也没顾上她，我们直接去医院了。晚上回来的时候我提醒了你一下，然后你打的赶去她家。

我站在她家后院铁栏杆外面，冲着她的屋子吹着口哨。发短信给她，我只说今天的事希望她能理解，别怪我把她一个人扔下。过了一会，她站在窗户边上用彩笔在窗户上倒写了三个字，没关系。

那时候我感觉到她在对我笑。我感觉的我整个世界都是彩色的。

那就是爱情。

那就是幸福。

老怪的受伤，我觉得那是我们尚舞的第一次灾难，出院之后而且也不能再跳了。

好在还有你我啊。而且我们那个时候也不是泛泛之辈了。

对啊，一个月以后你就变成了尚舞的队长，接过了一个职业的舞蹈团体。去年的三月份，你就像疯了一样跳舞，除了 POPPIN 你又开始学 LOCKIN 和 BREAKING，在学校里想找你都不容易了，不过只有一点你没有变，你仍旧是每天放学来校门口等素宁。

既然做了这个位子，我不提高都不行。白城的街舞社也有五六个，没有一个有说服力的舞者在里面怎么去和其他的舞社竞争。

只是天不遂人愿，你刚刚想崭露头角的时候却硬生生地被拍了回去。虽然我也挨了一下，但比你轻一点，要不然尚舞去年这个时候差不多就完了。

佟西，最重要的是现在你已经回来了。赶紧恢复训练吧，你得生存。

之前，我一直没告诉你爸妈你出事的消息，奶奶刚刚过世之后，我才通知他们过来料理了后事。他们曾经询问你的消息，我并没有告诉他们，也不能告诉他们。我想等你回来再说吧，这张卡里是他们之前给你打的生活费，现在还有一些，你先用吧。

杨平，这个周末我们去看奶奶。

4

素宁。素宁。素宁。

佟西在梦里仍旧会轻轻地唤她的名字。杨平没有入睡，坐在窗边点起一支烟，小高层的光线从头上遮下来，蒙住年轻的脸庞。这个时间，他看着他。

在这一年的牢狱里他会有多少次在梦里轻声唤起她的名字，却无人应答。而他一直恋恋不舍地忘记的这个人又会有几次有意无意地想起他。所谓深刻的感情定是要以决绝的分开来鉴别，思念与痛苦，时间与距离，一切无能为力的企图都挣扎在自己的回忆里，叹息着像一张错字连篇的文稿团起来作废。无法回头有时候是一种极端的情绪。

他很清楚，这样经历的一年会在佟西的记忆里变成一个如何张牙舞爪的怪物，秘密的潜伏在心里伺机侵蚀他原本就已所剩无几的自尊与希望。他们都已成年，而成年就是不惜一切代价都要学会刀枪不入，面对虚伪与真诚，冷静地看着社会的流动。但是在基本上没有一个亲人参与的世界里，陪他看太阳上山又下山的人只有自己。

已至凌晨，微微的凉风吹着手里的烟头不住地泛红，暗灰色的烟灰轻轻一弹便消失得无影无踪。

夜晚像蒙娜丽莎的眼神一样无法被琢磨，烟灰是她微笑时吹起的一阵凉风。

离开东山公墓，因为高三课业繁重，佟西打发杨平赶紧回学校上课，命令他要以学业为重，考大学才是真事。打理舞堂上上下下的事情，佟西一个人全揽了过来。

“杨平，我们的人生也许不同。你应该学业有成之后继承杨伯伯的公司家业，而不是跟我经营这个小小的舞馆。如果说那时候跟我在一起的时间是荒废，那现在你就应该把它补回来。我会给自己做一个打算。”

看完佟西发来的短信，杨平把手机放进兜里继续看着车窗外面的一切。他早就知道佟西回来后会这么做，不是故意撵他，是不想让自己跟他一样不务正业，落寞在这个世界。又或者说他已经把自己的那些梦交给了自己。能像一个普通的男孩子一样安静地成长，那曾经就是他的梦想。

“佟西。其实你错了。我的梦也在你的手上。”

回到尚舞。

舞堂的队员多数的都还是学生，所以除了周末的时候舞堂会很空。佟西在里面转了转，墙壁上那些老旧的涂鸦，有的颜料已经开始掉渣，摸上去有清晰的粗糙感，那些曾经无数次出现在自己梦里的映像。他伸手摸了摸墙壁上素宁微笑的脸，荆棘的触感，颜料已经有了些许的褪色。时间仓皇从上面揭开一个秘密，映在佟西无助的眼里。他那么孤单地站在她面前。他看着她在微笑。他也只能看着画在墙壁上的她还在微笑。

从早上忙到下午，佟西把舞堂彻底打扫清洗了一遍，买了新的涂鸦罐，在墙上涂了新的图案。由原来的黄色主色调，全部换成了红色。把原来的音响 DJ 键盘统统装进箱子放进储藏室，亲自安装了全新的一套。

他觉得只有这样才是一个开始，他将眼前的环境进行改造，因此会和记忆产生区别，这是所谓“重新”的自我暗示。事实上，他在覆盖那些记忆的时候也在一遍又一遍地温习那些记忆，就如同一道危险的伤口，时间久了却没有痊愈，而在里面已经发炎化脓，想要让它复原最直接的办法就是将已经烂掉肉强行挖掉，让它重新生长。

傍晚放学的杨平，一进舞堂的门便吃惊地看到这样的场面，佟西盘腿坐在地上喝着矿泉水，他看到了杨平的表情，没有说话只是用手比划了几下示意他四下再去看看。

杨平围着几间屋子转了转，脸上挂着出乎意料的异样笑容。“佟西，这里比以前漂亮多了。”

佟西摘掉帽子，抬起胳膊擦了擦汗，“这些东西都是要重新来面对，我只是给它们换个颜色。”说完，把水递给杨平。

杨平特地扭头看了看小间的舞室，唯独素宁的大头像还在，而且看得出来佟西又把它的色彩重新描了一遍。

“蛮好的，估计周末不管是队员还是学员看到都会很开心的。佟西，看到你这个样子，我很高兴。”杨平摸了摸刚刚喷绘的墙壁，一转身看到了音响的样子变了，又回过头来看看了佟西。“你这……这都是新买的吧？”

佟西冲他笑了笑，“来吧，试试新家伙。”他走过去扳下开关打开音响，抬起手对着镜子整了整帽子，然后开始跳舞。

“佟西，你的舞功其实并没有多大的退步，基本功还是够硬啊。”

“舞功练出来就是自己的，时间久了会变成身体功能的一部分，融进身体，不会轻易地丧失，长时间不跳舞更多退化的只是跳舞的感觉。

杨平。从今以后这里就是我的家，我现在只能靠这个生存下去。接下来我要争取最短的时间来恢复提高自己，你有空的时候帮我留意一下白城有哪些演出或者比赛，我必须重新回到舞台上去。”

他关了音乐，转过身来看着杨平。他还记得那种眼神，一年前比赛结束时，佟西走下台来对说他的第一句话，我们绝对是第一，不会有如果。他抬头看着佟西的眼睛，似乎拥有一束光芒，牺牲了所有的担心忧虑，可以承载梦想，可以托付信念。

“嗯，这个不是问题。但是佟西，你要知道你不能一辈子都跳舞，如果有一天你跳不动了怎么办？就算你坚持着跳下去，那你真的能达到像ＤＩNO那样的高度吗？佟西，你得为以后做长久的打算。”

“长久……多久才是长久。”

“你的未来。”

“那你觉得我这样的能去做什么。工地搬砖头？还是酒店做服务员？”

“你有想过回到学校吗。”

“上学？”

“上学。”

奶奶走之前在床边一再叮嘱自己，等佟西出来一定要想办法让他回学校读书，就算不能读书也要找个实打实的事情做。跳舞毕竟不是生存之道。他不能一辈子都在跳舞。

杨平没有告诉他这其实是奶奶的意思，对于佟西来说，现在只有舞蹈能让他重新站起来，这是他的希望，也是他现在唯一的希望。

下了公车之后需要步行一小段时间才能到居住的小区，今天晚上一直和佟西在尚舞，杨平并没有回到学校去上那个扯淡的晚自习，只是估摸着差不多这个时间便和平常一样回家。

在走到小区门口的时候，听着身后“嘭嘭”的声音，有同龄的男孩拍着篮球从他身边快速地跑过，带过一阵轻微的风。杨平慢慢停住了脚，他看着男孩越跑越远，跑进楼群密集的小区，最后消失在拐角的路灯下。像这样自由奔跑的场景，一年来始终是虚幻的漂泊在这条路上，而他从未能将它实践，他一直走路，因为他跑不起来。

忽然发现自己也已经好久没有沾染过汗水的味道。和男孩相比，他感觉自己的青春已近荒凉，像这样对运动的热情膨胀的岁月早已不在。和佟西一起跳舞的那段日子早就和汗水一样蒸发了，青春的激情现在对于他来说就是一场灾难，那些曾经的画面过于美好，降临在脑海里一直能够重复地想起，但是现实让他睁开眼的时候感觉无望。佟西出事的一年时间，和家人无休止地争执，学业几经中断，离家出走，只是再也无处可去，最后却又落寞地回去。想要追求一样自己的梦想，他已经疲乏，无能为力。重新坐回教室的那一刻起，跳舞的梦已经是心里面的故乡。

而故乡就是一个人再也回不去的地方。

“佟西，我的肩膀其实并没有问题。只是我没有你又没有家，我会活不下去。这一年舞堂的经费是我向家里要的，代价是，答应爸爸不再跳舞。高考完我就要离开白城去上大学，以后还有可能出国。我的未来不是我能左右的选择。我能做的我已经都做了。”

5

周六下午。

龙二和美雅最早来到舞堂，突然的红色带来的视觉冲击让他们有些措手不及，他们站在门外有些发呆，有看不见的东西附着在这片红色中似乎重生。

走进办公室看见佟西躺在沙发上睡着，两个人又蹑手蹑脚地慢慢退了出来。

“这就头儿一个人，肯定是他干的。美雅你去门口呆着，等会宝宝斧头他们来了别让他们唧唧哇哇地大叫，这里面头儿正睡着呢。”顺手用大拇指指了指办公室。

“你看着时间也不早了，这要是学员来了呢？”

“学员来了就开始放音乐上课。”俩人愣了一下，回头一看，“你们两个来自己的舞堂还鬼鬼祟祟的。你们刚进来我就察觉到了。”佟西斜倚靠在门边，说完又伸了伸懒腰。

“头儿，是不是我们把你给吵醒了？”龙二有点难为情地挠了挠头，“这都是你一人倒腾的啊。”

佟西走过来拍了一下他的帽檐，“你们感觉这样子如何？”美雅笑了笑说，“头儿，你可真有本事，这可花了不少功夫儿吧。”

话音刚落，门口就听宝宝喊到，“吆喂，这这这，我们舞堂这怎么了啊这是？”刚进门，宝宝和斧子他们也都愣了一下，看了看里面，美雅微笑着拿手指了指身后佟西，大家心领神会。然后四五个人一同怪叫着挤进舞房。

“哇，这音响都可是新的诶！”宝宝像看到金矿一样看着这对全红色外观的音响俩眼发直。

“都过来，大家都来试试这音响的效果。”佟西扣上帽子走到音箱后面摁下开关调开音量。

佟西盘坐在地上，不时地调换着音乐。陆续有学员走进舞房，大家都不自觉地围坐在一起。学员们很少有机会看到这样的场面，不少人都拿手机来拍视频。

不知道什么时候门口站了一个人，窗帘的半遮半掩，刚开始佟西没怎么注意，当他注意到这个人的时候，这个人已经离开了。

他走到门口，点起一支烟。回想那个身影，只是感觉这个人很熟悉，或许长久没有涉足关于这个人的记忆，现在寻找起来有些吃力，而名字几乎就挂在嘴边却喊不出来。本来胸有成竹地去解开一场幻觉，却发现丝绒布下面埋伏的是一个冗乱的迷宫。

杨平上楼的时候撞见门口抽烟的佟西，佟西问他有没有看到有谁刚刚从这里下去。杨平看到他的脸上有种莫名的紧张。没等佟西再开口，杨平很直接地就告诉了他。

刚才下去的那个人是玲珑。

6

杨平。你以后不要总是惦记着舞堂了。你必须抓紧时间学习，高考马上就到了。佟西看了看他，然后背靠在门边点起一支烟。现在这里有我，你可以放心了。

许久。

没有人说话。杨平双手插袋，动了动身子和佟西一样靠在门边，他盯着墙面已经掉漆的一角出神，像是在读一句很长很长的话语。佟西打开打火机用火苗在他眼前晃了一晃，杨平看了他一眼，笑了笑，一口气把火苗吹灭了。

“佟西，你不用担心我的成绩，你应该知道我的成绩比保险柜还保险。你也应该知道，我并不觉得拿到别人羡慕的高分有多么骄傲。学习考试就像是一件理所应当的事情，现在你也开始催促我。为什么你都觉得我非要走这条路不可？”

“你是我最好朋友，也是我最亲的人。我希望你好。至少不能像我这样。”

“你怎么样了？这一年经手这个舞房就是希望有天你回来，我们希望这里的一切可以重新再来。为什么你这么着急地想要我不再参与？”

“杨平。我看得到你的付出，我想让你把它停下你应该有更重要的事做。或许你真的不属于我们舞者的这个世界。你有金碧辉煌的家庭背景，前途无量，被人期望。不管你是否愿意，那应该是你背负的家族的使命，是你父母对你的期待，那是他们后半人生中的向往。舞者和你不是一个阶层你想过吗。更何况你说过了，你的身体已经不能再跳舞了。”

“佟西。你的话让我有些失望。”

“对不起。杨平。不管怎么说，但是至少现在你最重要的是高考。所有等考完试再说。”

不再说话。

鞋架上一只鞋子忽然掉在地板上，发出沉闷的声响。

其实那个鞋架上，在它的周围已经挤满了鞋子，挤满了坚持和希望。暗红的光线擦在上面尘土一样的灰。无数的皱纹，暗淡的鞋面颜色，光滑的鞋底面。它们上面的每一条苍老的条纹都是那些舞者们曾经渴望辉煌的褶皱，那是年少时对于信念的执着最后被时间磨平。它们堆积在这里，蜷缩在这个角落，以为主人会将他们带走。

杨平走过去把它捡起来塞回原位，然后转身走进办公室，把书包往沙发一摔，坐在椅子上给自己点起一支烟。

他吐出的烟雾笼罩在身体周围，笼罩着异样的安静，像是一张朦胧的脸，可以任由猜测。情绪和时间被血液冲到身体的各个角落，轻轻地感知着这个世界。门边时钟的刻针又走完了一个白天。抬头看了一眼时间。也许表盘后面的电池应该有一年多没换过了吧。

天边夕阳的光淌满整个舞房使得原本有着红色墙壁的房间，红的更加的浓烈。佟西转过身看着窗外，有微微的凉风吹进来，吹散裹在嘴边的烟雾，吹不散一脸浓郁的红。

桌上电话响了。佟西几步走到门边。杨平已经把电话接起来，只是说了一句话，他便把话筒递给站在门边的佟西。

“找你的。

是玲珑。”

夜晚的红琴公园的中心湖是白城最著名的一处风景。湖边一圈各种样式的红色灯光将湖水照射成异样神秘独特的颜色。那种颜色看上去充满了诱惑。

离水面不远的一个小广场曾经是他们跳舞的地方，现在已经是轮滑爱好者的天下。杨平拍了拍还在发呆的佟西，用手给他指着斜前面的小亭子里的那个人。

玲珑已经到了。

“佟西。你来了。”

“嗯。

你今天下午既然来了又为什么要跑开呢？”

“我只是想看看你现在怎么样了。

其实跳舞的这帮人差不多都知道你出来了。你准备什么时候复出？”

“呵。能怎么样。那你现在看到了，我就是这样子的。

只是我感觉现在还没有完全适应人间的生活，重新出去参加比赛等我正常了再说吧。玲珑，你今天约我出来就是要和我说这些吗？”

“佟西。”

“玲珑。你认识的那个吴佟西一年前已经回不来了。换人了。”

“佟西……我想到尚舞去，我想那里现在一定需要我。我能帮得到你。”

“……你是来可怜我的。还是为以前的事情救赎。”

“你说话的口气还是这样。”

“那你为什么不在舞优继续呆着。你应该知道总是换舞堂会影响你在圈内的名誉。”

“我离开那里已经有半年多时间了。也换过几个地方，但是始终找不到能把心安置下来的地方。这都是无奈的事，在那些地方我总是不能安静的跳舞。”

“白城下周有个街舞交流赛，在舞风堂。你应该去看一下。”

“不过玲珑。你应该知道尚舞现在的境况，我怕我给不了你同级别的薪水。”

“跳舞只是我追求的事业之一。只是你别再逃避我了，行吗？就算你现在还对过去的事情念念不忘，至少我们还是朋友吧？以前的事情也该在我们心中剔除了。”

那些过去已经烂在心里了。不去会再碰它。就让时间，灰尘，纤维，一层层盖着堆积起一层层粗糙的皮肤长在上面，干枯却坚硬。不提了罢。

“我们还是朋友，谢谢你还能把我当朋友。

你现在也已经大四了吧，这快要毕业的了。你和杨平都应该以学业为重，不要期望做一名职业舞者，因为它真的无法让你有恃无恐地踏出校门。”

“佟西。我想起那个印象中骄傲快乐的你。而现在，你在自嘲吗？”

“是自嘲。是对过去的讽刺。时间走得越长就会越来越多地发现小时候书本里的绘图层出不穷着瑕疵败笔甚至无法修改划痕。

玲珑。不要说了。探讨那些都是无意义的事情。我已经走到现在，没有一个地方一个人能让我回去。

你若真想来尚舞，那好，我们大家欢迎你。”

“佟西。我不希望这就是你的成熟。你的受伤现在让你变得冷漠。”

“以后我就住在尚舞，你随时可以来。NEWSTLYE和JAZZ都由你来带，课表有时间你来舞堂排一下。你说的那个比赛我会考虑参加。不过我现在没有手机，暂时也不准备用，也没有几个人能联系。有事打尚舞的座机。”

把老屋打扫了一遍，能带的全部带走。佟西把自己为数不多的信件以及素宁的照片锁进柜子里。他不准备再去触碰那些过去，随他们在屋子里陈年累月，蒙尘落垢。不忍心焚毁，同样不忍心卒读。他带着对它们的亏欠，以及旧日生命的残缺，暗自走开。等待消失。他说，屋里躺着他青春残余落寞的印记，它们盖着被子沉沉地睡去。

龙二和美雅等在外面帮忙拎东西。舞堂里只有他们不是学生，龙二是白城秦网网吧的主台网管，美雅和姐姐共有一家酒吧。除了杨平，佟西能信任的只有他们两个。

舞堂里的储物室打扫出来作为卧室，龙二跑进舞房打开音响，说这样干活有情调。美雅扭头白了他一眼继续擦着储藏室的玻璃。

中午三个人一起吃饭。佟西把比赛的事情告诉了他们。以舞堂现在的人员储备，也只有这三个人能拿得出去。尚舞处于一种只教学而无比赛的状态已经很久了，长达一年的消失，没有比赛，没有演出。佟西打电话报名的时候，能感觉到电话那边的声音里充满疑惑。

三个舞种。佟西 POPPIN，龙二 LOCKIN，美雅 HIP-HOP。

“我不知道那天会有什么样的对手，龙二，你的 LOCKIN 必须要拿个名次，白城 LOCKIN 竞争相对较弱，尽量争取第一。至于我和美雅，能走一步算一步吧。”

“头儿，你别太担心了，咱们掰（街舞比赛中 battel 的简称）一个算一个，都放宽了心来。我就觉得有你在，我和美雅这心里就踏实。”

7

深夜。还是会失眠。月光和眼睛。窗户外面的栏杆，暗红的铁锈。

今天刚从老房子带回来的一堆东西，翻出那个 MP3。开机，蓝色的屏幕模糊的照亮一小片区域，冷冷的光泽。夏天的凌晨静的不近人情。这样的时分，有一种逼人心魄的心灰意冷，世界好像沉在黑暗里，伸手不见五指一般虚假。

许巍。

他的声音此刻却又那么真实。

MP3 里面除了大批量的舞曲就只有他的歌。记忆里有多少次衔着他的声音侧身睡去。平时听的几乎都是舞曲，只是一进入这样的寂静，舞曲便会显得嘈杂。佟西喜欢许巍，尤其喜欢他前期的作品，他说在那些音乐中他能感觉到许巍纯洁宁静的灵魂，许巍的声音是一种很难看清楚的舞蹈。

这个 MP3 承载着他舞蹈的痕迹。也许对于旁人来说，舞曲是用来听，但是对于一名舞者，没人知道，舞曲是要用来背诵的。要像吃饭一样把每一首听到的舞曲吃进去烂在身体里。因为在与人 BATTLE 时你无法知道 DJ 当场会放什么曲子。探囊取物和大海捞针相反的结果，取决于对音乐的熟悉程度。如果你记得那首曲子，你在这场比赛里就占得先机。

佟西参加的第一街舞比赛，三个裁判，有一个叫岳玲珑。白城大学，外国语学院大二在校生。擅长 NEWSTYLE 和 JAZZ。

初入舞行的佟西，赛前还能看到丝丝的紧张表情。那次比赛，佟西只过了海选在第一轮便被人击败。虽然有些沮丧，但是尚舞还是拿了好成绩。那个时候还在高一，在拓野中学举行的元旦晚会上，佟西和杨平的舞蹈组合节目选中，而毕业于拓野的玲珑被邀请作为嘉宾来表演。

佟西上台前，掏出手机钥匙钱包，交给同样在后台准备的玲珑看管。他说，同学帮忙给我拿一下，下一个节目到我了。

佟西并不认识她，只是玲珑记得这个男孩。几个星期前的比赛，他颇有味道的舞蹈风格给她留下了一个清晰的印象。

她说，好的。加油。

佟西只是在听到主持人介绍玲珑的时候吃了一惊，没想到她就是跳 NEWSTYLE 的蓝格格，上次比赛的那个裁判。

晚会结束后，校门口再次撞见玲珑。佟西不好意思地笑了笑，两人同行的路上，多是谈及和舞蹈有关的事情，玲珑谈吐安静，走在身边也丝毫嗅不到一名舞者所具有的明亮和野性。相差四岁，却又没有差别。彼此心灵间意外的碰撞却又单纯的信任。像是旧相识一样的对话，波澜不惊但是醉人心脾。

她是安静的。那种安静嵌在她的眼睛里。

临近分别的时候佟西问她要了手机号码。玲珑坐上公车，那辆车载着她孤单地离开。佟西站在原地愣了一会儿，掏出手机，屏幕上的光标移动到刚刚存下来的号码上面，菜单里面选择重命名，他把岳玲珑改成了玲珑。

冬天的晚上。抬头看到灰蒙的天空。佟西抬了抬帽檐，路灯下面冷得发抖的空旷，回家的路上，头顶渐渐飘起了雪花。

那天夜里的雪一直没有停。

手机。

从那个时候起忽然变成了必不可少的东西。佟西无论去到那里裤兜里永远都会放着手机。和杨平吃饭的时候手机都会握在手里，跳舞一到休息他也会马上捡起放在地上的手机摁个不停。包括上课，任何一门课，他都会不受干扰地摁手机。他说手机里有个人越来越重要。好多时候杨平都觉得他甚至是走火入魔了。

佟西对着手机随时随地都有说不完的话，他的生活重心似乎一下子就掉进了虚假的电波里，他沉迷于其中。

杨平一直想知道佟西说的那个越来越重要的人是谁，每次问到，佟西都会把食指放在嘴边，示意他这是个秘密，“嘘……”不能随便说。佟西并不喜欢上网，跟学校里的女孩子一直也没有过多的接触，他的生活圈子很简单，杨平始终想不通这个神秘的电话号码的另一边连接到底是个什么样的人，而他们又是怎么认识的。

期末考试结束的那天下午，舞堂接了一个活动，老怪打电话给杨平要他和佟西准备两分钟的舞。佟西的电话一直没能打通，奶奶那，学校，舞堂，他只会出现的三个地方，都没能找到他。

当天晚上接到老怪打来的电话，佟西出事了。

杨平打电话给奶奶说佟西今天住在他家，先让奶奶放心。然后打的赶往白城医院。在病房外面看到了岳玲珑，杨平知道这个跳舞的女孩，那时候，他心里已经猜到了什么。

佟西头部，肩部，后背，右臂各有一处伤，躺在白被子里，头上裹着纱布。杨平看到他的时候，狠狠地用拳头砸在了墙上。

“这是谁干的？”老怪办完住院手续，见到玲珑说的第一句话。佟西是他最喜欢的一个队员也是舞堂里最用功的队员，在这一片有人动了他的人，杨平知道，老怪是一定要查出那个人。

一个多月的时间，佟西一直活在手机里，他把感情付诸在短信的字里行间。杨平终于知道让佟西神魂颠倒的原因只是这个女人。玲珑一直坐在佟西的床边，从下午出事他就开始昏迷不醒了。杨平坐在另外一张空床铺上，护士说是她把佟西背进急救室的。他看到她对佟西的照顾，一直不动声色，看不到表情。她的眼睛里似乎只有安静，他试图在里面寻找到一丝让他能够觉得佟西的付出值得的色彩。

下毒手的人是和玲珑同校的体育系的男生，第二天老怪带着人把那人堵在网吧里面。他胆战心惊地说，他本来是想吓唬一下这个小孩，没想到他说话很冲而且一上来就撂翻了他带去的一个朋友，然后两边就动手了。原因只是因为他也喜欢玲珑，那天下午看到他们俩在一起。他受不了她身边突然多了一个男的。就是如此荒唐的理由。

“真不知道你这个大学怎么考上的，自己没出息追不到女孩子，这样离谱的事情你都做得出来，你知不知道你差点要了他的命。这就你们大学生的素质么？你爹妈供你上大学就是让你来泡网吧找女人的？没出息的东西。”

老怪并没有拿他怎么样，医药费有他全包，“还有以后这片的网吧不要再来，要不然就见一次打一次。”

老怪回到医院，病房里佟西还没有醒，玲珑和杨平都陪在床边。老怪轻轻推开门对玲珑做了个手势，示意让她出来一下。

“那边的事情已经清楚了，但是有些话我还是要跟你说。”

“好。”

“玲珑。你喜欢佟西吗。”

“有。也没有。”

“但是你知道他很喜欢你。”

“我感觉到了。他也是我生活中不可缺少的一部分。”

“这就是你对他最高的评价。他是你生活中不可缺少的一部分，但是你是他生活的全部。这对他不公平。”

“他还小。好多事情不能过于认真。好多时候我都把他当做我的弟弟。”

“那么这次之后你还是这么认为吗？你应该知道，他喜欢上你了。佟西做事情是那么执着的一个孩子，我教他舞蹈动作他要是没有领会他就会没有时间的一直练，根本不把自己的身体当身体，他在用灵魂跳舞。我跳舞6年来不曾见过这样执着的孩子。”

“所以怪哥你那么偏爱他。”

“玲珑，他其实是个很自卑的孩子，很让人心疼，就算你无法接受他，希望你不要太折磨他。给他的感情留条后路。你知道他一直对自己不好。”

“他有的时候很偏激很敏感。我不会伤害他，因为我也会难过。”

“他只有奶奶一个亲人。他成长在一个畸形的环境里，你应该知道那是一件多么残忍的事情，他一直都是一个不完整的孩子，他背着好多不应该属于他的罪。

玲珑，你在玩一个危险游戏你知道吗？”

“什么？”

“暧昧。”

离开医院之后，玲珑直接回了宿舍，稍微收拾了东西。她是要离开，暂时离开这个地方。以自我消失的方式要按停这场游戏。

心处在一种临界状态，或前或后，都将是完全不同的境地。她在校门口的站牌下等车，身体已经疲倦，幸好这班车没有让她等太久。半个多小时的车程，勉强睡了一会儿，只是醒过来的时候感觉更加疲惫，身边的一切似乎都慢了下来。好久都没有这样的感觉了，像是以前在舞房训练结束回来的路上，疲惫的似乎不像是自己在走路，下午的阳光永远是那么枯燥，手里的水瓶都是已经超负担的携带。

183路公交车载着她缓缓驶向市区。玲珑揉了揉眼睛，有的时候，这个世界都是这样疲软无力，但它只是让你感觉到却不会让你看到。冬天的阳光仍旧持续地欣欣向荣，但是触手可及的寒冷丝毫没有削减，只是做出一个掩人耳目的假象。玲珑掏出手机给佟西发了一条信息，如果他已经醒了，看到自己的信息他应该会开心一些。

光标选定收信人，大拇指抖了抖迟疑了许久还是没有摁下发送键而选择了删除。她感觉到心在信息里面一点一点的堕落，她曾经发誓不会再让感情出现在这样荒唐的方式中。栓在天空里的感情不会有任何支点，她把手机重新塞回衣服里，转过头看了看车窗外流逝的风景，自己已经好久没有用这样的眼光打量过这座城市了。里面和外面都是静的。里面和外面的时光都是黯然的。

“佟西，你要快点醒过来。”

发完这条信息，然后清空了收件箱。关机。翻开后盖。扔掉了SIM卡。

佟西。

我不能一错再错。这样的感情太危险，这个梦太过虚幻。

我一直是个爱幻想的女孩子，总是有做不完的梦。而到现在我仍旧无法定义你在这个梦里要以什么样的角色存在，说着如何让我感动或者难过的台词。怪哥说的很对，这是一个模糊的电影，你没有再走一步，我也没有再退一步，这样的对峙最后会是两败俱伤。

这段时间的言语，我们都在感受那种朦胧中又微弱的幸福，但是它并不真实。最后它无处告别，我说不出来，你肯定也不愿听到。现在，我退一步，我们应该是圈里很好的朋友，让一切都变得明朗。我知道你会难过，但你不要忘了你回家的路，那个承载着你梦想的地方。我的出现也许阻碍了你的步伐，等你醒过来，清空收件箱。

好好养伤。这个故事也许只是一个小玩笑，是你以后怀念的一个瞬间。你的生活轨迹还是应该是原来的样子，无论这个世界怎样万化千变。

一个寒假，总会有美丽的烟火盛开。我们的时间还在继续。

玲珑坐在病房里写完这样一张纸条，交给杨平。她没有做多余的停留，拎起背包静静地关上了病房的门。

杨平没有看到她的眼睛，那双落空的眼睛被黑色的棒球帽遮了起来。他看完手里的那张纸条，又转过头看看还闭着眼的佟西。这样的留言，该怎么让佟西安然地收下。杨平拿起佟西的手机，收件箱里有超过一千条的短信来自玲珑的信息，而且只有她的短信。他终于明白先前佟西出现那样的状态原因都在这里。

清空收件箱用了有一分钟的时间。

“佟西，我知道你肯定下不了手，原谅我替你做了决定。她已经决绝地离开了，你也无须再留恋。医生说你的伤已无大碍，再住些日子我们就回家。其实她说的很对，你的生活是时候该重回正轨了。”

杨平同样掰开了手机后盖，拿出电池，扔掉 SIM 卡。这场闹剧本就不应该有，这对佟西不公平，他的初衷曾经是那样的单纯和天真。

8

舞风堂。白城第三届街舞交流赛。

龙二、美雅两人的抽签都还算不错，没有过早地遇上实力强大的对手。佟西却在 BATTEL 的第一轮就碰上了舞优的卓远。但是他是上届比赛的第二名。

所有的参赛选手和观众围圈坐在地板上，三个裁判中仍旧看到了玲珑。佟西能想到这一年玲珑又有了长足的进步了，他边上的两个裁判都是 UNDERGROUDE 过来的，能和他们坐在一起足以说明她现在的舞功。

规定两轮的 BATTLE 之后并没有淘汰任何一个。玲珑是最后一个给出 ONE MORE 手势的裁判，佟西知道她并不想决定这场比赛的结果，她一定会看其他两个裁判的手势再做反应。加赛的音乐大家都熟悉，DJ 看的出来他们两个水平接近，放一首都熟悉的音乐容易出彩，有利于裁判做出最后决定。

这是佟西出狱后参加的第一次大型比赛，龙二和美雅是在下面喊得最厉害的，佟西做到出彩的地方，圈内的朋友没有人吝啬他们的喝彩 。卓远的出彩，他在加赛中加用了埃及手，那是他最在行的，引爆了这次比赛的 BATTLE 的第一个高潮。

最后裁判只有一个人的手臂指向卓远，另外一个和玲珑仍旧双臂交叉放在胸前，这就是说卓远是这场 BATTLE 的胜者，他可以晋级。

比赛中间休息的时候，玲珑找了半天才找到佟西。他坐在电梯走廊的窗户上，一个人面无表情地抽着烟。一个人面无表情地看着外面那个落寞的人间。真的不是曾经那个冬天里的佟西了，她想帮他，只是他到处都是伤，不知该从哪里开始看，无从下手。

“你不会怪我吧？”

“为什么要怪你，从他一开始跳我就知道他的水平很高。”

“如果我最后一轮再给你一个手势，你还可以再加赛一轮。”

“再加赛我还是会输，他会的东西确实比我多，埃及手我就不会，他的控制现在的比我好多了，音乐的表达也很好。一年不见，没想到白城的街舞水平又提高，新出了这么多优秀的选手。只是我自己运气不好。”

“佟西，我感觉得到，你有些失望。”

“输了比赛当然会难过，这是任何人都会有的感觉。但是这次，我本来就没指望自己会走多远。当然，如果今天不是碰上他可能还会多走几步。我只是在担心舞堂之后怎么办。”

“我会过去帮你的，这个暑假班我就可以代课了。”

“我知道你现在更厉害了，以你的名气，你来尚舞肯定能带过来好多学员。但是，玲珑，尚舞是以 POPPIN 和 BREAKING 见长的舞堂，虽然我现在没落，但是你过来带 JAZZ 和 NEWSTYLE，时间一长可能就会改变这个传统，这个你不会不知道吧？怪哥把尚舞的队印交给我，我不想在我这里把尚舞的辉煌改道。”

“佟西，这次比赛结束之后，尚舞就会面临一次生存挑战，龙二和美雅这次比赛都没能走很远，你们全军覆没了。”

“谢谢你的提醒，我都知道。是我的影子太重了，拴住了我的脚。我以为我可以恢复起来。现在看来，就算是我恢复起来今天的比赛我还是会输。出现一个高手并不可怕，可怕的是你并没有注意他的存在，更可怕的是他还在一直不停的训练。”

“那你下一步想怎么办，如果我能帮到你。佟西，怪哥离开白城的时候跟我说，希望我以后能多帮帮尚舞。你不应该拒绝我。”

“玲珑，我已经答应让你来上课，你现在已经是尚舞堂的舞蹈教练。但是舞堂的整体经营现在还是要我和杨平在操办。”

“好。都是你的决定，但是你现在不只是一个人，你的身上有整个尚舞堂。佟西，我先上去了。需要我就打我电话。”

“好……”

“玲珑，你们谁也帮不了我，我必须自己救自己。”

还没抽完的半支烟，右手用力一弹，风一吹就是满世界的烟灰。

佟西摁开电梯的门，一个人蹲坐在了角落里，抬起脚踹到1层的按钮，从17层到1层，几十秒的时间，几十米高的距离。这种无声无息匀速的堕落，这种锋利的堕落。

一楼走廊里的挂壁电视里正在放着某个歌手的MV，层出不穷的歌手还有层出不穷的舞者，大部分都是出现一次然后消声灭迹，能够挣扎着红下去的有几个。世界流动的那么快，我们永远都是在后面追着的那个疲惫者，都要被人踩过头顶，都会成为后面人的垫脚石。没有人能幸免。佟西一直盯着电视画面，唱歌的人哭的那么虚伪。如果丢了一份感情都要哭的要死要活，那现在的自己的境地岂不是万劫不复。

刚走出大厅的门，见到一直等在下面的杨平。

“龙二和美雅已经先你一步回去了，我们回尚舞。”

杨平说话时的表情让佟西感到惊讶，有一种比失望更可怕的东西在他的脸上扭曲。“佟西，今天的比赛别太往心上去，毕竟才你刚刚开始，还需要一段时间。”杨平说着所有人都会说的安慰的话，说着勉强还能说出来的话。眼睛盯着前面，汽车还没有发动，他打开天窗，低头从书包里乱翻了一通，拿出一包烟递给佟西。

“你上学不该带着这个，小心被发现会得到处分。”佟西说完狠狠地吸了一口烟，“杨平，你对我期望太高了，或者说你太低估我们的对手了。我要重新去拜师。”他摇下车窗，摘掉了帽子，挂在后视镜上，把头侧靠在门边，到如今头发已经长出了好多。

杨平脱掉身上的学生装，光着上身。“我早就不是个学生了，学生是服从各种不公平规定的奴才，是任人宰割的羔羊。这次比赛结束，我们肯定会有学员流失，名誉也会受到影响。我们下一步怎么打算？”他侧过头来看着佟西，明知道是个没有答案的问题。

佟西没有说话，只是不停地抽烟，扔掉手里的烟头，他打开车门然后下车。“杨平你先回，赶紧回去好好准备参加考试，我回头再联系你。”他盯着他的眼睛，杨平同样盯着他的眼睛，直到车窗缓缓拉上来，谁都没有松开。

回到这个人间已经有一月之久，还是头一次自己出来看看这里的一切。今天下午的阳光很好，只是有风。身材高挑的女孩披着随风飘动的长发，酒红色的眼睛后面藏着钻石般光彩的秘密 。

路边和蔼的母亲在哄着哇哇大哭的孩子。敢在大马路上大哭的除了小孩子还有谁会有这个勇气直白面对自己的无奈和痛苦。小孩子不懂世事，他只知道哭就可以得到自己想要的，所以才会嘶声竭底。那时候的妈妈就是阿拉丁神灯，她总是会神奇的满足自己的愿望。没有人想长大，因为长大了就是一个人了。

白城的高楼越来越多，高架桥公路越来越多，建筑施工每一分钟都不停歇，这个渐渐失去平衡的城市。佟西一栋一栋路过这些高大的不近人情的写字楼，中央空调的声音就是这座大楼运作的声音，它们以一种城市领导者的姿态骄傲地存在。而自己在这个城市里又该怎么样存在下去。偌大的白城，一个尚舞如何让自己安枕无忧。

“如果我不跳舞了，我还能干什么，我怎么生存？”

佟西站在公交站牌下，今天在这个地方只有他一个人在等车。阳光从站牌的缝隙里穿过，落在他的眼角。

9

下午6点，佟西还在继续着午觉，只是突然被练舞厅的舞曲声音吵醒。

杨平蹲坐在大厅里，手边放着透明的笔袋。“高考结束了，过来发泄一下，没想到你还在睡觉。你突然变懒了。”

佟西抓了抓才生长出来的头发，吐了吐气没有理会他的话，走过去关掉了音响，看到地上即将被废弃的笔袋，回头冲他难看地笑了笑，“恭喜你已经完全解脱了，你怎么没和你的同学们一起去庆祝却跑这来了？”“这个城市我只有你这一个朋友，我不来这我还能去哪。”杨平起身走到办公室里拿了两瓶可乐，一甩手扔给佟西一瓶。

“‘青春是时间的一个名字，那些漫长的时光，长到自己以前从来都不认为会结束的时光，其实可以浓缩成一个点，标在了高考英文考试作文上最后一个单词的后面。’这句话我终于亲自体会到了。”

“佟西，考试结束铃声响起的那一刻，我看到我们曾经留在学校的影子忽然间全部蒸发了。原来这就是真正的结束。”

“嗯……真是可惜，可是我没有机会坐在里面听到那一声铃响。”佟西挪了挪地方，背靠着杨平坐下。

“这个夏天又是个开始。有开始就有结束。但是我讨厌结束。”

“你要继续读你的大学，这就是你的开始。好好珍惜机会吧年轻人，去改变你的人生。”

“你又来这套，我走了你怎么办？尚舞的暑假班招生情况恐怕不会乐观吧？我走了，尚舞怎么办？谁陪你喝酒，谁分给你烟抽？谁跟你一起和这个世界做对？”

“呵呵，是，那你先拿根烟来。”

“佟西，我跟你说正经的，你接下来有什么打算？你应该知道你的身上有整个尚舞。我已经给了你好几天的时间，也该告诉答案了，我们都必要清楚前面要走的路，不是吗？”

“没有确切答案。关于我，我想要去重新拜师了，我会离开白城。你知道我要生存就必须进步。”

“那这里你怎么办，你要交给玲珑吗？”

“不是。我要关掉尚舞堂。”

“你说什么？”

“是的。关掉。我要关掉尚舞堂。

杨平，我已经别无选择。”

10

连续阴沉的天气终于积蓄下来白城这个夏天第一场雨，厚重的云层像是积蓄了好多天的阴谋。昏暗中听到风和云层掠过城市天空的声音。昨夜花开的声音全部消失在头顶阴霾中。

舞堂走廊里晾着的衣服挣扎不住，在视线里剧烈地摇晃，最后连同衣架一起落下来。这样尖锐的风声一直在心里覆盖。佟西走过去把窗户关起来，上锁，然后拉起窗帘。他看了看窗外，全世界都是泪。蹲下来把衣服一件一件捡起来，回到小隔间，把衣服取下来折叠好，衣架用绳子捆起来，一起丢进角落里那个很旧很旧的皮箱。奶奶说过，这是爸爸当年外出求学使用的皮箱，是真皮的很结实。

这里有多久没有这样安静过了。现在把这里和外面隔离出来，孤单的就只剩自己一个人。

音响才买不久这就要放起来了，办公室里的奖杯证书一块儿装进抽屉，这些荣誉都和自己无关了。桌子上能清理掉的就清理掉，什么都不留。所有放起来的东西都要等，等着自己回来，再把它们擦洗干净重新摆出来，重新摆出来炫耀。

佟西收拾完，拿出那部很旧的手机，这部手机在那次玲珑离开之后就再也没有用过。他坐下来想给杨平打电话，只是还没接通，就把电话挂掉了。已经被磨损的模糊的键盘，大拇指触在上面还是那年冬天那个熟悉又甜美的感觉，这个小键盘曾经承载了一个少年懵懂的感情。

一条短信只能写 70 个字，他写了足足 7 页。写完后没有回看，直接存入了草稿箱，等交完钱就可以发送了。同样的信息分别又写了两条。这是给龙二和美雅的。

写完之后把手机装好，佟西，拽了拽床单确认它已经很平整了，把装好的皮箱扣好，上锁。回到练舞大厅电源开关全部拉下，拎起已经放在门口的背包，关门，上锁。

"杨平，你我这么多年从认识开始就没有再分开过。这一次的决定我已经考虑很久了，我只能这样了。

舞堂的钥匙我带走了，还有一把放在尚舞的门楣上你有空的话就取下来。尚舞里面我都收拾干净了，我这次出行不知道会是多久，不要说我自作主张，我已经跟怪哥通过话了，如果一段时间之后我还没有回来，尚舞还会有别人来接手，所以你放心尚舞不会在我手里断送。时间会证明我的信仰。

等我一切都安顿好了，我会联系你的。估计你应该能上个很好的大学，好好去读书，不要再把太多的精力放在这上面，而且你的肩膀已经有了伤。你要做的就是学有所成回来接替杨伯伯的大公司，这就是你的使命，没有谁能去改变它。你已经跟着我疯狂过了，我们都该冷静一下了。你知道，现在我们面对的不是哪个舞林高手，也不是哪家厉害的舞堂。是这个冷漠的社会，还有沉重的人生。

你会拿到多少人梦寐以求的高等学府的录取通知。把那些过去都忘掉吧，就像当初我们一起把拓野的学生证扔进河里一样，把那些东西包起来丢掉吧。我们都要面对自己的命运，难以逃避的命运。

我活到现在只有你一个好朋友。

哦，对了，尚舞里面还有你没带走的东西，有时间的话你也许应该回来看看。

加油。"

佟西在火车站附近的移动营业厅交完手机费，在一片大雨中发出了草稿箱里的三封长信。没有丝毫的犹豫，因为犹豫会带来恐慌。

天空寂静无声，没有了凌厉的风声，没有了树叶颤抖的瑟瑟声。火车站平静了许多，雨水很容易让人疲惫，阴霾会使人沉默。候车厅里和外面一样潮湿，和外面一样放眼望不到边。外面是人海，里面还是人海，人群就像海浪一样很快将他淹没。佟西压了压帽檐，义无反顾地走进了来往的人群。他站在一个屏幕下面寻找车票上标注的车次，这样一排一排密集的车次每天都会将和自己一样寻找希望的人送往全国各个城市的角落，人们对明天的期待沿着铁轨延续。

一个男孩忽然脚下一滑撞了他一下，佟西很礼帽的把他扶住，问他有没有事，男孩道谢之后匆忙离开。

半小时后，火车载着庞大的人群出站，大片大片的乌云被急促地甩在车后，离开这座孤独的城市。佟西放好行李坐稳之后，起身挤到车厢尽头给自己点起一支烟。车玻璃上的自己，看不清脸。就在上车前，带在身上的钱包被人扒走了。

冰冷的雨滴，大滴大滴的，连续地，用力地，砸在车玻璃上。

火车开始加速，天色开始变暗。

11

杨平把尚舞的消息告诉玲珑的时候，电话那边的她沉默了好久，以至于杨平差点以为她已经挂了电话。

“杨平你告诉我他的手机号码。”

“他也只是给我发了条信息，而我打电话过去一直是关机。他去哪里没有人知道，他也不想告诉任何人。他说过安顿好了会和我们联系。”

“为什么会突然这样。难道他就连你也是不辞而别吗？”

“他早就跟我讲过了，而且你应该知道他一直都是这样，他做事功利性很强，更何况他现在要生存除了跳舞还有别的方法吗？他会离开白城外出拜师，我很早就感觉到了。上次比赛的事情只是加速了他的计划。白城没有人能教得了他，就算真有高手，你觉得以他的个性会服气吗？”

“尚舞堂就这么扔了舞堂的队友学员怎么办？他还是那么率性而为。”

“这些会有我和龙二美雅去打理，玲珑，这是他的选择。”

“……

我马上大四，也要离开这个地方回上海，再回来也就是拿个毕业证，以后相信不会再有多少机会回来。这么快就结束了都。……哦，对了，你也就要出去上大学了吧。”

“嗯，我已经收到了许都金融系的录取通知。正好也在上海，我们还是有机会再见面的。”

“哦，真不错。先要祝贺你。那我们以后有机会就上海见吧。”

“嗯。”

“再见。”

杨平挂掉电话，深吸了一口气，面无表情地拿起手边的通知书仔细地打量了一遍，自从拿到它之后这还是头一次好好看它。

和其他人的不一样，在这个上面没有多少汗水没有期望，也没有向往，对于他来讲这只是个象征性的东西。从这个假期开始，他就要开始涉足父亲这个庞大的公司事务，西装革领。他打开衣柜，那里面都是不认识的衣服，上面没有他真正的味道，像看一个陌生的世界一样看着一排的黑色白色的西装衬衣。他的心在尖叫，终于还是没能逃脱出只有这两种颜色的世界。

家里的佣人指了指另外的衣柜问他哪些衣服不穿了，杨平转过身走过去看了看，都是牛仔裤，T 恤，卫衣。他轻轻地笑了笑。站在这个衣柜面前，一个寥落的自己，而且以后再也不会有这样的自己。他一件一件地拨了拨衣服，那些图案那些片段那些在记忆里纷飞的碎片，然后抬手把衣柜门关上，把青春关在里面。那里面是一个不能再被提起的男孩。

他说，“你再去找几个人来，把它搬走吧。”

曾经所有的挣扎和企图全部作废，他听到自己发出的声音在自己身后崩溃。他知道，他失去的不只是青春，还有他从小就渴求的自由。他慢慢闭上眼睛，像是在黑暗里被一双手蒙住，不仅失去了光明也失去了自由。有些事还会被想起，有些事还可以再重温，有些事会心甘情愿，有些事会无能为力，而且会一直无能为力。

记忆和衣柜上的尘埃一样，无声无息，一起搬出手心，搬出这个屋子。

二　失去平衡的城市

1

《故乡》许巍

天边夕阳再次映上我的脸庞
再次映着我那不安的心
这是什么地方依然是如此的荒凉
那无尽的旅程如此漫长
我是永远向着远方独行的浪子
你是茫茫人海之中我的女人
在异乡的路上每一个寒冷的夜晚
这思念它如刀让我伤痛
总是在梦里我看到你无助的双眼
我的心又一次被唤醒
我站在这里想起和你曾经离别情景
你站在人群中间那么孤单
那是你破碎的心
我的心却那么狂野

你在我的心里永远是故乡
你总为我独自守候沉默等待
在异乡的路上每一个寒冷的夜晚
这思念它如刀让我伤痛
总是在梦里我看到你无助的双眼
我的心又一次被唤醒
我站在这里想起和你曾经离别情景
你站在人群中间那么孤单
那是你破碎的心
我的心却那么狂野
总是在梦里我看到你无助的双眼
我的心又一次被唤醒
总是在梦里看到自己走在归乡路上
你站在夕阳下面容颜娇艳
那是你衣裙漫飞
那是你温柔如水

佟西靠在车窗边沉沉地睡去，耳机里还在反复地播放着这首歌，许巍的声音让他释然。

刚刚在车站被人偷走了钱包，全身上下除了学费，已经所剩无几，那些钱是他准备用来找地方歇脚的。但是现在，这趟旅程却突然成了无处安身的流浪，而且没有退路。从他下车的那一刻起，脚下的那个城市就没有地方可以容纳自己。

这样的火车上，无论是K开头还是T开头，都会拥挤。人员拥挤，行李拥挤，呼吸同样拥挤。有时候会在列车的颠簸中模模糊糊地醒过来，就能看到身边横七竖八地倒着一群落寞的表情，摇摇欲坠的神态，眼睛里被镂空了光亮。

这些人扛着大大小小的包裹挣扎着挤上火车，下了车他们就要挣扎着挤进这个社会。他们资历低微，没有背景，尽管这一次的人生已经对未来无望，但是为了生存，他们还要不辞辛劳，倾尽所能，所以仍旧满怀希望地买下一张拥挤的发皱的车票，前往一个陌生的城市，渴望改变。

坐在对面的人很自然的把鞋子脱掉，似乎是坐在炕头上一样自在悠然。有端着桶装方便面的人走来走去低着头嘴里不断喊着“让一下，让一下”，泡面里那股油腻味道蠕动在车厢里，着实让人反胃。车厢前面座位上的人围坐着打牌，声音高亢，笑声放肆。白酒鸡爪花生米，这也许是他们享受生活的方式。

佟西动了动身子，关了MP3，把头扭向窗外的黑夜。他和这趟车上的人们一样，在漫长的沉默中，猜测自己的未来，担忧自己的未来，这都是不言而喻的心事。外面偶尔会看到一些零星的灯光，远处亮着灯的房间表示有人的存在，而有人存在的地方或许就有家的存在。佟西看着那些亮光在眼前迅速消失，家的影子也在眼前迅速消失。

这一夜的旅程才刚刚开始，几个小时后就会天亮。

2

人山人海的上海火车站。

出站后，佟西一路小跑，摆脱了围上来追问着要不要打车的黑司机，站在广场上暂时歇了歇脚。

六月，已经开始炎热的天气，刚过早晨就可以感觉到身边正在慢慢积聚的热量。佟西挑了挑帽檐，放下手里的包，四下望了望，一夜旅行的疲惫明显地写在脸上。他终于来到了这座还有希望的城市，心里的眼睛看着头顶的太阳，右手用力抓了抓背带，现在已经没有退路了。帽檐下的眼睛躲过了太阳的刺眼，面前是一片人群，楼群，迷幻交错如同森林一样，他没有方向，举目无亲。

佟西从兜里拿出事先在网上摘抄路线的纸条，地铁，公交车，一路陌生，一路询问。身上两个钱包，已经丢了一个，剩下的那个是学费放在了背包里，身上一百多块钱的零钱，也是现在自己全部的家当。

进入地铁站后，佟西找了个行人比较稀少的站出来，坐在地铁里休息的椅子上，一夜的颠簸，太累了，他想睡一会儿，这里比较安静，也很凉爽。地铁进站时呼啸的声音从耳边擦过，闪光的广告牌两边延伸着无尽的黑暗。佟西自嘲地笑了一下，把包往头下一放，躺在了上面。记得小时候羡慕武侠剧里面行走江湖的侠客，他们剑在手边，风在耳边，以天为盖地为炉，来无影去无踪，行侠仗义，除暴安良。而如果自己受了重伤，昏倒在山里的路上，总会有一位漂亮而且善良的姑娘上山采药发现自己，并且把自己救回去。

“但是现在，如果我也许昏倒在这里，过往的人绝对都不会多看我一眼。”

这里是正在高速发展的现代社会，最厉害的武器不是刀剑是手枪，最厉害的招数不是功夫是金钱。即便你受伤躺在地上也绝对不会有人来扶你。

上午不到九点，佟西躺在地铁站里的长椅上。

托着两个包走了两个多小时，汗水浸透了T恤，也浸透了帽檐，肩膀累的已经麻了。不过，已经好久都没有这么疲惫的感觉了。

他现在要找一个地方落脚，先前想的想找个酒店旅馆住下，现在已经不可能了。眼前的这座庞大的城市，有时候真的能让人绝望，他心里一片荒凉，可是不能停下来。

去看过几个小旅馆，在手机上用计算器反复计算过开销，那串窄小的数字像一张贫瘠的脸。自己手里的钱只够用在一个地方，他已经被逼到这份上了。只是因着对舞蹈的巨大渴望，最后还是放弃了寻找。他没有改变主意，手里仅有的这笔钱他仍旧要投在舞蹈上。做完这个决定，佟西把背包卸在地上，靠在路边的一棵树下，在风里抽完了烟盒里的最后一支烟。

按着纸上写的地址，乘车来到DOS TEAM，拎着两个大包。前台接待人员很热情地和他打招呼，佟西放下手里的一个包，摘了帽子擦了擦汗，略显拘束地坐下来。这里是他出行的第一站，但是还不知道接下来去哪里落脚。

给他做介绍的是舞堂的主管，DISK。眼前的这个人的眼神很有味道，那应该是一个职业舞者独有的灵魂。黑色喷点的涂鸦体恤，45度斜戴的帽子，LEVI’S的破洞牛仔短裤，脚上一双黑色的犀牛。他在说话的时候一直看着佟西的眼睛，话语平和，言语中透漏着沉稳与自信，充满张力。这种气质不是一天两天能够形成的，它的形成赖于生活经历的反复熏陶以及对一种文化长期的思考和阅读。

在详细询问了课程和教练安排之后，定下了课程，去到前台交掉了学费。佟西拉开舞房的活动门，在门边看了看里面的上课情况。舞房的地面都是纯白色的木地板，屋子的采光很有特点，一整面墙的镜子覆盖，对面是明亮的落地窗和阳台。上海的繁荣在这个角度，清澈细微，风光旖旎。整间舞房就像是一个发光体，它明亮之极。佟西知道，这里将是他人生的又一个平台，他站在这个光明的舞房中，镜子里的自己不再有泥水。

下午四点半，佟西从 DOS 出来。

现在，他无家可归。

3

杨平拿着佟西留下的钥匙，打开了尚舞堂的大门。

他只是回来带走一件东西。

佟西走的时候把窗帘都拉住，尽量不留一丝缝隙。他似乎是想把这里冻结住，只等着他回来。他把他自己所有的秘密都埋藏在这里，这个舞房就像伤口一样被时间掩埋起来。杨平知道，佟西这一走是没有时间没有局限的事情，时间的走动并不会带给他转折，他要自己去面对命运的出口，没有给自己留下后路。

办公桌下面只有第三个抽屉的锁是挂在那里的，杨平蹲下来，摘掉那把锁。佟西故意没有上锁，因为只有他才知道自己一定会回来拿走的东西是什么。

尚舞堂的队服。红色套头卫衣，卡其色工装裤。一张纸条还有一个MP3。

“杨平，这两件衣服我洗过了，把它带走，无论你去哪，把它带走。这个 MP3 是我们第一次比赛的奖品，里面只有一曲子，《get it up》，还记得吧。”

杨平走到大厅里，把舞房的灯全部打开了，从佟西的卧室里搬出一台音响，换下身上的衣服。

接好音箱的电源，插上 MP3。他开始跳舞，就像当年一样的神情，镜子里的他，脸上带着诡异的笑。曲子的声音在心里颤抖，曾经两个人在这里整日排练的情形被记忆捆绑着如今终于又得到释放。他们疲惫的时候靠着墙并排而坐，看着窗外的太阳慢慢地离开，慢慢地变红，慢慢地在舞房里划下浓重的阴影。他们对视而笑，青春犹如额头大滴的汗水，蒸发后盐分堆积的纹理，大雨纷纷而过的时间里散发着野草的气味。

把自己一个人扔在这首曲子中，杨平看着镜子中动作已经笨拙的自己。完成一个 ground move 之后他定在了原地，接下来的时间应该是佟西开始跳了。他侧着头，看着左手边空荡荡的位置，看着整个空荡荡的舞房。一个人窒息在只有音乐的孤独中，有什么情绪在体内迅速地燃烧，逐渐焚毁了他的信仰。他终于没能继续把整首曲子跳完，音乐停止的那一刻，似乎一切遁入了空寂，它触动了整个世界的寂寞。这种寂寞像一场横祸，最后让他瘫痪。再也不会有人来陪他跳完这样一支舞。

他也即将要离开白城，这便是他最后的诉别。

飞往上海的单程机票，这是没有归期的远行。除了读书，他还要慢慢接替父亲在上海的分公司，按照他的意思，希望他能把公司继续做大做强，在上海安营扎寨站稳脚跟。也就是说，可以不要再回来了。他已经放弃了这个地方，放弃了还残留在这里的青春。

一切一切都不是他想象的那样。佟西回来尚舞没能壮大，他没能留在白城读大学。杨平拉开窗帘的一角向外望去，刺眼的阳光倾泻进来将他全身包裹，像是一个偌大的掩体慢慢被揭开面目。那一刻，他被搁置于一段故事中割开的缺口里，进退两难。

他终究还是没有机会逃离窗外那片高高的楼群。

杨平回屋换掉衣服，拉掉电闸，关门，上锁。他背身离开的一瞬间，有东西在他的脸上迅速风化，他能感觉到它们的消失，就像烟尘一样。

4

来到上海的第一个晚上，名府花园小区里面的长椅。

佟西倒也睡得安稳，也许是太累了的缘故，一夜的熟睡都不曾醒来，也并没有任何梦境的出现。

清晨的时候，一个大概十岁左右的小男孩，好奇地在他周围转来转去，不小心踢到了地上的可乐瓶，略显刺耳的声音掰开了佟西的眼皮。

男孩见这人忽然醒了，转身迎着他身后走来的中年夫妇跑去。原来这是一个起来晨练的幸福家庭。佟西抓了抓头发起身坐起来，昨日的疲倦已经散去了许多，动了动腿，看到自己的行李还在。正准备要站起来时，一抬头才发现那对中年夫妇似乎一直在盯着他看，佟西有点莫名其妙地低头看了看自己，并没有发现身上什么不对劲的地方。

“妈妈，你看那个大哥哥为什么睡在长椅上啊，你看，他像电视里的XXX是不是长得很像啊。”

女人停下来看了看还坐在那里的佟西，没有说话。低头摸了摸了男孩，然后抬头看看旁边的男人，仍旧没有说话，只是对男孩笑了笑，拉了拉他的手两个人先跑开了。

男人的表情里看不出文字，他只是深呼吸了一口气。在这个清晨好像有什么东西触动了他的往事让他有些寸步难行。

多少年前，男人自己来到上海的时候也是和这个男孩一样，也是这副狼狈的模样，没有居所，没有亲人，没有背景，就这样一无所有地开始了在异乡的生存，凭借着自己不懈的努力，最终一个人奋斗出了属于自己天下。而他经历的所有的磨难似乎都在这一刻，与当年的往事重逢，悄悄地涌上心头。他在一瞬间看到了曾经的自己，百感交集，那些不敢回首的岁月。

女人在不远处停下来回望，男孩呼喊着爸爸快来。

好多时候会突然间在别人身上看到自己遭遇过的经历，看到自己的当初，就如同看到那时的自己，恍如隔世，但纹路清楚，依稀可见。

对于任何一个完整的人生，命运总是能制造无数个相似的棋面布局，而且所有人都会下这盘棋，每个人都拥有自己的方法来试图改变棋局的面貌，从而决定胜负的走向。但是并不是所有人都能下赢这盘棋，绝大部分人都会奋力挣扎用尽办法脱离控制，最后却是殊途同归。

因为无论在什么时候，真正能够改变命运的人，始终是少数。

佟西并没有在意别人看过来的目光，也没有在意他是不是和哪个男的长的很像，对于他来说，奶奶不在了，他的父母早就已经不存在于他的生活，无所谓别人用什么样的眼光打量他。

佟西站起身来，伸了大懒腰，摸了摸肚子已经感觉很饿了，虽然他现在是一人吃饱全家不饿。

人往往在一无所有的时候也是最无所谓的时候。

背好行李，打开 MP3 塞好耳机，他继续走路。不过，他必须要在今天想办法找到住的地方安顿下来，因为下午他就要去上课了，不能还像昨天那样拎着行李去上课。

在 DOS 舞堂附近，佟西来回逛了第三遍也没能找到像他想象中的那样的地方，他想要准备在一个店铺打工最起码可以先住下来，但是所有的店铺都不要临时工，而能提供住宿的就更少了。

中午在便利店里买了盒饭，还是又回到那个小区的长椅上。佟西进小区的大门时，小区保安异样的眼神似乎是在告诉他，这个地方不是收容所。

吃完饭，佟西把帽檐压到嘴边，侧身躺下去开始午睡。还不知道晚上睡觉的地方会是在哪，他忽然觉得自己似乎已经开始流浪了，就和所有的流浪汉一样，这是一件没有时间，没有空间，没有尊严的事情。人若对生活开始无望，那生命的继续本事就是一种浪费。他曾想过找杨平帮忙，只不过一个闪念马上便被摒弃。如果失去自己的性格，那么他就背叛了自己，妥协会让他觉得可耻。挣扎是一场赌博，他其实没有筹码，他其实有无比巨大的筹码。

“杨平，我终于知道无望是一种多么极端的情绪。”

下午去 DOS 上课。实在没有办法，仍旧是背着行李。

认识小斯是在通往 12 楼的电梯里。他问佟西是不是去上 poppin 课，干吗还带着行李。这么轻松就能和陌生人交谈，佟西觉得这是很了不起的功夫。

“哦，我从外地来，今天刚到还没有落脚，所以带着行李。”

“你是特地跑来 DOS 学跳舞的。你真是不可思议啊。”

“没有你想的那么夸张，想要进步就要找更好的老师来教。”

“哦，那你一定会不少东西了吧？要不等下进去你教教我啊。”

“这个不好吧？有老师在，就不用我了，而且你怎么就知道我跳得好呢？没准我是个菜鸟呢。”

“这人不可貌相嘛。好了，我们到了。其实呢我们老师袁澂一般都会迟到的，我来帮你拿东西，我们去划卡。”

小斯帮忙把他的行李存在储物柜里，然后就拉着他进了舞房。快到上课的时间了，舞房里已经有些人在等老师来上课，作为新加入的成员，刚进门时那种生疏的感觉让佟西吸了一口凉气。他对陌生的地方陌生的群体有着天生的抗拒。陌生的地方让他感觉很不自然。

舞房里面已经有人把音乐放出来，大家要么玩手机要么坐在地上，谈话的人很少，没有人愿意讲话，也没有人站出来跳舞。大家都会小心翼翼把自己保护起来，在一个陌生的环境里不让自己的信息过度地泄漏。每个人都在抵制这种气氛，但没有人愿意出来打破它。人人都一样的时候，一样好一样坏，一样沉默一样无动于衷，大家心里都平衡。

佟西耐不住小斯在耳边的轰炸，实在没办法，定了定神之后开始跳舞。在他开始跳的时候，袁澂就已经站在门口，他看着佟西跳舞，并没有进来打断他。

小斯注意到袁澂来了之后，马上过去把他拉了回来，用手指指了指门口。他看到这个人，个子不高，也戴着帽子，眼神坚定，仿佛是光。佟西看到他，有点尴尬地笑了笑，拽了拽帽檐退到了墙边。

“你们怎么呆着都不动啊，下次我可不希望只看到他一个人在跳。”

袁澂从佟西身边走过去拍了拍他的肩，“你还不错，有点东西，等下课有时间的话我们单独交流。”

5

“你说你是特地来上海学跳舞的？”

“嗯，是的。”

“这年头带着行李跑到上海来就为了来跳舞的人还真不好找。”

“那你觉得我现在应该是个什么水平。”

“你虽然有些东西，基本功也还行，但是跳舞的变化还是太少。”

“是的，我知道自己有些菜。所以我必须要提高自己的水平，也是为了生存。”

“你想走职业吗？”

“想过，但是。”

“慢慢来吧，你现在水平还差得远呢。”

“呵呵，我知道。袁澂你确实很有实力，出来见识一下高手感觉就是不一样。”

“别。我可没那么厉害。不过，我师傅厉害。你以后要是超过我了你就可以去跟他继续学。其实 DOS 里面 popper 很少，不过以你现在的实力考个队员还是不会有问题。”

“留在 DOS？我觉得我的实力……算了，先不想了，那是以后的事情了，我觉得现在和你就有非常大的差距。”

“没事，要对自己有信心，如果你能呆到 9 月考核，你一定能行。而且你放心，我会好好待我的每一个学生。

不过，我看你这大包小包地拎着，你是今天才来的？”

“嗯。是今天。”

“哦，这还没来得及放下行李就来上课了，你这积极性和执着让我感动啊。哈哈。嗯，你在上海住哪，有亲戚朋友吗？”

“……没有。”

“没有？那你住哪啊。别告诉我你住酒店。”

“我现在还不知道。”

小斯从便利店里拿着三瓶可乐跑出来，“我请你们喝饮料啊，来。师傅您老人家的。佟西这个给你。”

“谢谢啊，下回上课我再请你。”

“不用不用。佟西一看就是老实人。来，我帮你拿包。”

“还好吧，初来乍到的都不怎么熟悉。”

“对了，小斯，我记得你以前跟我说过，你好像住在外面是吧。”

“师傅你记性真好，我和两个朋友一起租了一套公寓，怎么了你今天有兴趣过去玩玩吗？”

“那你不回学校住吗，学校不查房啊。”

“没事查房都是查大一新生的，我现在大二了没事。”

“这样刚好。小斯，那你就帮他安排一下住宿。”

“谁？佟西？

你，你没地方住啊？不是吧你。”

“别废话。我就不喜欢你这样嘻嘻哈哈没个正经。你就说行还是不行。”

“啊，这个……那让我考虑考虑啊。”

“你又犯毛病，这跟你说正事呢。”

“袁澂，我和小斯今天才认识的，不好就这么麻烦他吧。”

“你麻利点儿，你就说行还是不行。”

“好了好了，既然师父都开口了，佟西你今天跟我走就行了。没事，你放心，我不会把你拐卖的。嘿嘿。”

“这样好吗？”

“没事的，我刚才跟他闹着玩呢。反正我那儿闲着也是闲着。不过你不能有不良嗜好啊。”

“我没有。”

“那就这样吧，啰嗦什么。”

“袁澂，我们这今天才认识的。”

“那你先住一晚，我不说了吗，不行明天再搬。”

“好了，佟西，这帮你呢你还推辞。”

“佟西，你先跟着他去吧，大家都是跳舞的能帮的就帮一下。也不是什么大忙。”

来到上海的第二个晚上，上海的许都大学男生宿舍。

这里的宿舍和他想象中有很大区别，进门后是一个宿舍大厅，这个大厅里包含着四个小宿舍，每间宿舍带独立阳台，大厅里有沙发和电视机，大家公用一个洗手间和卫生间。

小斯带着他回到自己的宿舍，爬上爬下的稍微收拾了一下，又翻了翻柜子装了点东西，把床铺给佟西让了出来。

“我呢平时住在外面，我家也在上海，也就上课时候回来。这里空着也是空着，你以后就住在这里好了。我这里呢还有一些日常用的，但是不多你自己需要的就到楼下的小超市里去买些回来。

这两个床铺是我的两个的舍友，梁小辉和陆明凡，你对面那个床铺上的人也住出去了，空的。我回头会跟他们两个人打声招呼的，只要你没有什么不良嗜好，应该还是处得来的。你就且当自己来上大学了，安心地住在这里。”

“小斯，真的谢谢你。”

“没事没事，我就是顺便帮个小忙而已。而且以后在跳舞上你还要多帮帮我。不过你实话说你确实是今天来的上海吗。”

“呵呵……被你发现了。其实我是昨天早上到的。”

“不是我发现了，是你头发上的味道让我发现了。嘿嘿，你自己收拾一下吧，好好洗个澡，有事打我电话，那我先走了啊。”

哦，对了对了，你以后就是这个学校的学生了，你是许都大学文学院的，大二的，可要记住了哦。”

佟西把穿了两天的脏衣服洗掉，晾在了阳台上。二楼的阳台可以清晰地看清楚下面行走的人群。对面的应该是女生宿舍楼，阳台下面来来往往的女孩子好多都湿着头发，她们应该是刚洗完澡回来。

来到上海的第二个晚上会是在这里，而且未来的好多天里都会在这里看着太阳落山。佟西用手抬了抬帽檐，擦了擦额头的汗，天边的云彩逐渐被夕阳映衬的泛出红光，剧烈的红色也渲染进头顶辽阔的天空里，奶奶说过这就叫晚霞。那时候田野里会有成群的鸟急促地飞向天空，留下一个守田的稻草人，孤独地眺望着城市。

他终于可以安顿下来了。

世间的境遇究竟还是不可捉摸，他不会想过居然有一天他会住进大学的宿舍里面，面对十年寒窗苦读之后的大学生，高材生。那样一群他从来都不熟悉的人们，多年以前他也曾经想过要加入的那样一群人们。两个月前他在一个世界，两个月后他又进入了另外一个世界。眼前的景象是命运构造的一幅奢侈的背景，它与自己理想的色彩有着巨大的落差。

在宿舍门后面有一把吉他，看上去有些旧了，它的主人一定有相当长的时间没有碰过它了。它呆在外人看不见的角落，听着外面世界的叫嚣风雨。灰尘裹在琴弦上面，手指轻轻一弹也许就是一个春秋，那些铺散满地已经堕落的时光。佟西把它拿起来，吹了吹上面的尘埃纤维，坐下来略显笨拙的动作慢慢弹出了声音，轻轻地哼起歌。

就像那些靠在地铁通道口弹吉他的歌手，面对着一个几乎完全陌生的世界高声唱着。他们唱着流浪，他们的声音也在流浪，他们流浪在自己的心中那个圣洁的世界，那里不曾被现实污浊。

这个充斥情爱声音，街头巷尾流行的廉价乐曲，纷乱纠缠不清的音乐社会，他们都在为钱唱歌，似乎早已经忘记了自己的声音，也听不到自己的声音。就像在城市天空里已经消失很久的鸟鸣。

好多人一直都是哑巴。

行李并没有很多，不用很久就收拾好了。这样下桌上铺的设计佟西还是第一次见到，只不过东西明显不够摆的，桌子上有些空，抬手摸了摸书架，一层厚厚的灰尘不知已经堆积了多久，这里确实废弃了很久，它看上去很荒凉。

还住在宿舍的两个人卫生状况不是很好，垃圾都堆在门口，这两个人的桌子上都不是很整洁，看样子都很懒惰。佟西仔细地清理了一下屋子里垃圾，夏天这些东西会发酵出令人不舒服的味道。他一直都喜欢干净，只是勤于打扫却不是洁癖，他只是觉得整洁的东西让人心情舒畅，在尚舞的时候他就安排队员每天打扫舞堂。不过这两个大学生的生活作风，实在不堪。想到以后要和他们共处一室，佟西不由得皱了皱眉。

最后一共打包 3 袋垃圾，伴随着零星的苍蝇和蚊子。佟西下楼扔掉垃圾，许多清秀面孔的男孩子在这里来来往往着青春，他看着他们，从什么时候开始他再也不会拥有这样的一张面孔。

忽然大脑当中的一个闪念，他想去逛一逛这个学校。

佟西出了门又回去确认门已经锁好然后才下楼，拽了拽帽檐，走出了宿舍大门。他忽然觉得很开心，他看到了有种类似希望的东西，四下蔓延，环绕着自己。那个时候，他忘记了饥饿，忘记了孤独。这是一次突如其来的新生，他又一次看到命运的降临，没有声息，却充满力量。他听到路人开心的说笑，男孩女孩。这个陌生的群体说着他听不懂的话却给了他无以名状的亲切感，他走在这里，他觉得他就是属于他们。他的兴奋慢慢升级，他开始放肆地奔跑，他要宣泄这种情绪，可以热泪盈眶，可以开怀大笑。

“杨平。你会想过我居然是住进了大学宿舍。这样陌生的人群第一次让我看到希望，我想我可以在这里再一次选择开始。我忽然觉得，活着，真好。”

《小鸟》鲍家街 43 号

理想总是飞来飞去
虚无缥缈
现实还是实实在在
无法躲藏
心里充满欲望

身体没有力量
不想感到悲伤
只好装做放荡
飞来飞去
我飞来飞去
满怀希望
我像一只小鸟

我感觉不到倦意
却又无处可去
空虚把我扔在街上
像个病人逃避死亡
这里是个旧道
眼睛无法闭上
楼群那么辉煌
灯光那么冰冷
飞来飞去
我飞来飞去
现实是个笼子
我像一只小鸟

他们给我一对翅膀
他们给我一个方向
他们说那就是幸福
于是我满怀希望
我朝那甜蜜飞翔
然后看到了真相
那里没有幸福
只有一堵大墙
飞来飞去

红

我飞来飞去
满怀希望
我像一只小鸟

飞来飞去 我飞来飞去 我飞来飞去 像一只小鸟
飞来飞去 我飞来飞去 我飞来飞去 像一只小鸟
飞来飞去 我飞来飞去 我飞来飞去 像一只小鸟
我飞来飞去 我飞来飞去 我飞来飞去 像一只小鸟
飞来飞去 飞来飞去 飞来飞去 像一只小鸟
我飞来飞去 我飞来飞去 飞来飞去 像一只小鸟
飞来飞去 我飞来飞去 飞来飞去 像一只小鸟
我飞来飞去 我飞来飞去 飞来飞去 像一只小鸟

我再也不想麻木
再也不想任人摆布
再也不想在谎言中 让生命虚度
我们曾经流浪街头
任寒风拍打着胸口
我们曾经握紧拳头
在争取一点点自由
让我们一起唱吧
唱首自由之歌
让我们一起飞吧 飞向天空
让我们一起唱吧
唱首自由之歌
让我们一起飞
像一只小鸟
像一只小鸟
因为我们
生来自由

6

父亲已经安排了专人负责培训自己对洛嘉公司各项业务的学习熟悉，杨平每天超过 6 个小时的时间都忙于参看各种文案，也开始经手策划一些小型的商业合作。父亲身体不好，早年篮球运动员出身的他落下了好多旧伤，而立之年他的事业才略有小成，父亲和母亲拥有杨平的时候，父亲已近不惑。

如今父亲已经五十多岁，他希望他的儿子能早点成熟起来，面对这样一个资产过亿兼有家具食品和服装三大行业的大企业，杨平越来越能感觉到身上的压力。他开始明白曾经父亲的愤怒，公司是父亲半生奋斗的缩影，他不希望如此庞大的事业转给他人，就如同当初自己对舞蹈的百般不舍与依恋，那上面留有自己成功的味道。而这是否也证明了，人对已经拥有的东西总是不能割舍，怕人夺走，怕会丢失。所以要保护，要让自己心安。

为了更迅速地了解公司各个方面的情况，杨平从家里搬进了办公室，他已经让自己完全投入进去。和他同届的学生，那些等着开学熬日子的学生们还在家里上网睡觉浪费时间的时候，他已经开始经营自己的人生了。

公司开招聘会的时候，杨平和公司主管一起去了面试现场。公司按照他的要求特别给他配了一名商务秘书。

陶莎。23 岁。许都大学，商务秘书，英文高级口译，大四实习生。

刚刚毕业能进洛嘉这样的大公司，陶莎在乘电梯时心里面还是有些许的欢喜，嘴角有细微的上扬。从电梯走出来，她先去了洗手间，给自己精致的脸蛋稍微补了补妆。镜子里的女孩，披肩长发，化淡妆，她不戴首饰，不涂指甲。不是教义的信奉者，有独特的思想，趋于偏执。对周围的事物不温不火，她一直保持着一种略显冷淡的姿态对抗着这个世界，她的第二职业是自由撰稿人。

一个作家。

陶莎在进门之前，悄悄地从玻璃外面看了看坐在里面的男人。有点出乎她的预料，里面这个人有些过于年轻。

“杨副经理，你好，我是刚应聘上来的您的秘书，陶莎。”

“哦，陶莎。你好，我叫杨平。今天在面试的时候我注意过你。”

“这个……直接称呼您的名字恐怕不太好吧。”

“工作的时候还是副经理称呼，其他的时候你就直接叫我杨平好了。其实说起来，我还算是你的学弟呢。”

“学弟？”

“没错。我今年刚刚考进许都，金融系。之所以招你，因为你是许都大四毕业生这一点很重要，而且九月份你要跟我一起去上海的公司。这个面试的时候面试官应该跟你讲过了，你必须要保证时间。”

“哦。是的。时间这个没有问题，我在上海上了三年大学，不管是学校还是上海我都还是蛮熟的。相信在一些方面我应该能帮的到你。”

“那样最好。

好了，我们不废话了。看你的简历上面你的工作经验不少，你接下来应该做什么就不用我再教了吧。”

“嗯，那是当然。”

“好了，你去找一下汪总管，他再跟你讲一些事情。之后就开始工作吧，今天就是你工作的第一天，没有试用期，所以这一天的工资你照拿。”

“好的。非常感谢。”

“哦，等下，每天中午给我点一份外卖，我喜欢意大利面或者披萨，还有加两块糖的拿铁。谢谢。”

“这个请放心，我会安排好的。”

杨平喜欢在下午的某个时间里站在办公室里巨大的落地窗前发呆，阳光或者阴雨，他喜欢用这样一个冷静的姿态静静地注视着这个城市，面无表情的脸，坚定的眼神。有时候看着看着，累了，就坐回椅子上面沉沉地睡过去。

陶莎每次经过他的办公室都会刻意的朝里面看一眼，没有恶意的企图，她必须要了解里面的这个男人，这是工作的需要。杨平每次站在落地窗前发呆的样子都像一个不曾被叙述的寓言，她觉得这个男人隐藏了一个或者许多个旖旎而又剧烈的故事，在他俯视这个城市的时候，一定有无法释怀的记忆在眼前忽隐忽现。他只是把自己画在一块色彩单调的油画里企图消失。

在她工作一周之后，陶莎每天上班都会带一些新鲜的百合插在他的办公桌上。她对花卉没有研究，她只是觉得这个白色符合杨平的气质，她越来越觉得这个男人身上有着和年龄不相符的沉稳和睿智。一个人的出身对他的未来发展的影响，在他身上显而易见。所谓穷人的孩子早当家，但是那些早当家的孩子想的是自己以后怎么活下去，而他想的是以后怎么让公司几千个员工活下去。区别是，一个人对自己的价值。一个人对几千个人的价值。

偶尔闲暇的时候，杨平会把陶莎叫进来跟她聊聊天，作为自己的学姐，他会问她一些关于学校里面的事情。他对自己要面对的新环境还是略有些好奇。陶莎很乐于跟他说一些大学的事情，那些大学生们天天都在做的事情。但是她心里明白，真的入学之后，杨平是绝对没有时间在学校里面混社团混学生会，参与无聊的社会实践。他已经有自己的事业。他读大学只是单纯为了知识去的，他期望大学的知识能让他的事业更进一步。而想到那些天天逃课，追女孩子，打电脑游戏，呼呼睡大觉不肯起床的那些同学，陶莎只是轻轻地叹了叹气，她说，“所以他们以后只能去给别人打工，去求职，求职，求职。”

杨平没有驾照所以家里的车不能天天都开出来，没车的时候就借用陶莎的电动摩托车。两个人有些放肆地奔驰在白城的街道上，杨平每次把车开得很快，陶莎就闭上眼睛两手抓紧车上的把手，杨平脖子上的领带就吊在风里，无休止地飘啊飘。

八月。白城。炎热。

写字楼里整日工作的中央空调。还有办公桌上忙碌的杨平。陶莎每天中午递给他的午饭，他都是 10 分钟之内搞定，有时候从窗户外面看到他吃饭的样子，有点让陶莎有些无奈。

仍旧会在落地窗前看阳光看风雨，不管环境怎么变，杨平有自己坚持的东西。

上个月杨平在家具销售上已经小有成绩，父亲也愿意遵从他的意思，让他转到了服装上来，同样是接手了副经理的职位，陶莎她也一起跟了过来。

杨平积极地工作态度让他的父亲很是欣慰，虽然还没有斐然的成绩，但是公司上下都知道杨董事长的继承者不会有第二个人选。父子关系已经慢慢缓和，早年间少不更事的杨平仿佛一瞬间成熟长大。两人平日之间的交谈也多了起来，陪父亲喝一杯酒或是喝一盏茶，他们的话题，关于生活，关于商业，关于这个家的未来。

八月底。杨平起程上海，前往上海的服装公司总部。

7

下午佟西从 DOS 回来，走在校园里零星能看到的学生每一个都是神清气爽的脸，到处都是他们显而易见的好心情。学校漫长的假期也即将结束，各个院系的学生已经开始陆续返校。

假前在 7 月初的时候，小斯申请了假期留校，所以佟西在假期里仍然能继续住在宿舍。和其他少数没有回家的学生一样，在学校里日出日落的一个暑假。

回来之后听到宿舍楼里又有了男孩子不怎么好听的叫声，佟西忽然感觉有点不适应。习惯平静并不是件好事，总会担心它被打破，可它总会被打破。眼下这个庞大的宿舍楼群似乎已经安静了太久。

佟西站在阳台上，每天回来都喜欢把身体在已经晒得很暖和水泥墙上靠一靠。从哪一天开始，楼下有女孩子拎着大皮箱静静地走进宿舍楼。夕阳的光，大片大片地铺在墙壁上，持续剧烈，还是很浓很浓的红。佟西已经摘掉了头上的帽子，在左眼睛的前面留着一排整齐的刘海，他的身子探到阳台外面，探进那片红色。学校的环卫工人忙碌着修整花坛，割草机拖轰隆隆的噪音碾过，都是春风吹又生的野草。只不过旺盛的生命力终究还是不能太放肆。

在这个暑假里，佟西每一天除了训练的时间他都会呆在学校附近的全家便利店打工。两个月的时间。两个月的上海。他确实已经让自己的生活趋于稳定。有正常的作息。熟悉了这个庞大的类似于城镇一般的学校，有时候坐在看台上看别人踢足球，晚上经常去图书馆，尤其喜欢历史考古。音乐楼上每天都有人练习钢琴，他打水回来就在楼门口坐着听一会儿。时间有时候无限缓慢，又会无限飞快。佟西这样平淡的经历着生活，经历着时间，他似乎喜欢一个人谢幕的电影，只是有时那种经历来的太快，忽然间一个人留在这突如其来的寂静中。只剩他一个人的足球场，陆续离开图书馆的人群，夜幕降临的楼梯口。

地铁 8 号线每天准时把他送到 DOS 训练。上个月的考核他合格地考进 DOS，但是最后他没有选择 DOS。

临近放假的那几天晚上，同宿舍的小辉和明凡都在紧张地准备考试，减少上网时间，减少睡觉时间。桌子上还留着假前狼狈的复习资料，还有那一本本崭新的课本。佟西只是觉得大学很不可思议，可以不用上课，轻松的睡觉打游戏。佟西问他们考试就这样临时看看行吗，小辉说，老师已经给划了重点只要背下来就能考过。

在佟西眼里，他记忆里的考试永远停留在高二的下学期的那次期中考试，考试前笼罩在班里的紧张气氛，闭上眼还能看到教室里飞舞的试卷，笔尖上忙碌的情绪。杨平很认真地在复习做题，他会把作业做好然后拿给自己看。还有在楼上高年级教室第四排靠中间的座位上坐着他心仪的女孩子，素宁。想念如果有声音，那会是素宁看他时眨眼的声音，QQ 上她发来消息的声音。杨平和他搭着肩走路唱歌的声音，两个人排舞数拍子的声音。

阳光很温暖。佟西额头上的汗慢慢风干。

《难忘的一天》许巍

阳光真温暖
一直照进我心里
如果没有你
怎么会有我今天
有时我会想起
和你经历的故事
那些轻轻在飞扬甜蜜又感伤
再次走过熟悉的地方
如今的你不知在何方
你曾给我的温暖感觉依然在我心里
如果再见你又是怎样的情景
会不会将你再次拥进我怀里

阳光真温暖
一直照进我心里
往事已遥远一年又一年
竟然在这一天在不经意之间
人群拥挤的街头走过我身边
风吹起的青色衣衫
夕阳里的温暖容颜
你比以前更加美丽
像盛开的花
这是我难忘的一天
在隐忍和冲动之间
看着你渐渐的远去消失人海中

佟西收拾衣柜的时候，突然在耳机里听到的这首歌。

“杨平，一个人面对音乐，我总是会伤感不堪的沉默。一个人面对你们的消失，我仍旧坚强不起来。如果你也会怀念，是不是也会和我一样每天沉在夕阳那片浓浓的红里对着西天发呆，每天每天急速消耗的青春。如今我已经开始了全新的生活，而我们故事终于有一天也变成了沉重的回忆。

你还好吗。

我开始想念你，想念奶奶，想念素宁。没有你们的消息，不知道在哪一天，我们忽然在各自的生活里失踪。”

DOS 的暑期课程结束。佟西决定跟随袁澂去另外一个舞堂。

GLARING. 中国大陆最优秀的一个街舞团体之一。袁澂是 ROBO POPPIN 团的团长。

改换交通路线，从学校前往 GLARING。

上海庞大的地下轨道交通忙碌着接送东南西北忙碌的人。车厢里弥漫着拥挤的味道，黑暗中吹来的凉风粗暴地穿透一节节车厢，车窗上映衬着一张张面无表情的脸。经常坐地铁，慢慢的会产生一种幻觉，那种一成不变的冷漠的报站声会不自觉地在某个时刻忽然从耳边闪过，忽然惊醒的身体，仿佛咒语。

有时候前往一个地方，需要穿越大半个城市。每次出行提前做好时间安排，从地下穿过，再回到地面，也许就是一两个小时的时间。上海这个东西，确实大的可怕。

佟西没有像样的手机也没有 PSP，只有一个很旧的 MP3 挂在耳边陪着他慢慢耗过每天每天坐在车厢里被动的时间。很少会打盹，他觉得一个人睡觉的样子是属于自己的秘密，他不愿被任何眼神来定义，无法像那些睡梦中的人一样，把身体完全交给一辆冷冰冰的列车，他们低着头，歪着身子，对着外面的黑暗，一脸的茫然。

袁澂的生物钟和忙碌的城市人完全不同。他的活动时间是在北京时间中午 12:00 到次日凌晨 2:00。他的日出时间都是在东八区的中午。

佟西从 8 号线的一站出来，按照袁澂短信上说的开始寻找 GLARING。从写字楼下巨大的阴影下走过都会感到浓重的寒气，迎面吹来的凉风会引发鼻炎，连续地打喷嚏，流鼻涕。样子看起来有些狼狈。路边有些古旧的民房，两层的小阁楼。外面的墙壁应该是重新刷上的新油漆，如果不是看到窗户外面大摇大摆晒着的睡衣、袜子，会被误认为是很有味道别墅。那里面就是弄堂了，以前在电视上看到过的破旧的弄堂。佟西在里面转了转，绕过靠在门边的自行车，楼上有电视机放出的声音，中年妇女从窗户探出头来喊自己的孩子回家吃饭。

初秋温暖的正午，头顶潋滟阳光。

找到福隆大厦的时候，有些小兴奋。像是在这个城市森林里寻找一棵其貌不扬的大树。

佟西喜欢这种感觉。记得上学那会杨平给他做过一个关于未来职业的心理测试，书上说，他最适合的是自由职业，天生有着桀骜不羁的性格，渴望自由，追求自由，用心看世界，视角独特。推荐职业，作家，画家，探险家。

那时候他还能靠在椅子背上，一只手转着笔，遥想着有一天自己成为这样一名城市里面自由的骑士。只是目前看来自己的状况也无法跟这些职业勾上关系。不知道是什么原因，几年过去了，却还能记得这个小游戏。

“点起一支万宝路，放入有些干裂的嘴里。靠在那辆跋山涉水的吉普上，脚下是大漠的黄沙，红红的太阳在身后慢慢下落。”

那样的情景是街道的对面有一家户外用品店橱窗里的巨大海报。佟西站在路口等红灯，福隆大厦就在前面。

GLARING 的这家店开在这座写字楼的顶层，电梯缓慢地爬升。30 层。

佟西推门走进来，里面只有一个女孩子在打电话，正午时间大家都在吃饭或者在赶过来的路上吧。

因为太安静的缘故，脚步声都能听得清楚，木地板上生涩的摩擦声。佟西看了看墙上的华丽的大幅宣传海报，然后绕到后面的大教室。教室的窗户都被窗帘严实地包裹，关上门，这里就是个封闭的空间。他走过去抬手拉开窗帘的一条缝隙，阳光如瀑布一样倾泻出来。积蓄在外面浓厚的光线，终于磅礴而下。佟西被这突如其来光线刺痛了眼睛，没来得及合眼，狼狈地退后几步，那一刻几乎目盲。

外面是一个天台。打开门的时候，塑料门转动发出尖涩的摩擦声，让人一身颤抖。天台的小桌上有人丢弃的麦当劳餐盒，可以想象当时他们坐在这里一边吃快餐一边谈笑风生的情景。像是一个很有情调的区域。门边有一辆很久的山地车，看样子是好久没人骑过了，就放在这里，一直被丢弃。

佟西走到天台边上，靠在半人高的水泥壁上，这是30层的楼顶。

上海在这角度看出去，就符合世博会宣传片上的美丽无瑕，雄伟壮阔。密集的高楼是这个城市的象征，这也是很多人对人生的全部理解。无情。冷漠。欲望。天光下四处升腾的幸福的幻觉，喧嚣的城市，隔着一层一层的幻像一眼望去看不到边。地面的行人奔走在自己幸福的幻觉里，他们辛苦地操纵着这个城市节奏，乐此不疲。假如从这里跳下去，急速下坠的风会瞬间撕碎任何幻想，最后的一眨眼面对颠倒的世界，落到地面便是圆满。

手机在口袋里突然地抖了一下。袁澂发来信息说就快要到了，让他放开音乐开始热身。

8

小斯搬回宿舍，住在另外一张空床铺上，和佟西头对头。

每年的大学开学都是个兴奋的季节。学校上上下下都因为新生的入住而热闹非凡。社团招新，培训班招新，推销商品。新生是个无知的群体，初涉弱水的孩子，他们眼睛还是和高中时候操场上空的天一样蓝，45度仰望天空，脑海里都是对新生活的向往和期待。全不知眼前进入的是一个怎样的世界。

只是或许人都是需要不断经历梦想与现实的巨大落差，挣扎在那种极端无奈的情绪中慢慢舔着伤口让自己好起来。

佟西走在小斯旁边，拎着一位新生的行李，听着他对学校和专业的介绍。路上繁忙的车辆行人，如街头一样情形。前来迎新的同学，忽然间变得热情又善良，笑容甜美。

小斯说，大一的是块肥肉，下手晚了连味都闻不到。每一届都是这样，这个传统适用于中国大陆任何大学。这个时候就是学长泡学妹，学妹勾搭学长，学弟追学姐，学姐故作姿态矜持的季节。所以他说笑道，自己搬回来也是“方便于他采取行动”。

佟西只是觉得好笑，这些人仿佛来这的目的只是恋爱，经过了高三的炼狱，终于进入了渴望已久的伊甸园。大学成了恋爱的理所当然的梦想乐园，难怪毕业生成群成群的没人要。

送完一名新生。佟西跟着小斯又去生活区的复印店，打印了厚厚的XX社团报名表。

“今天下午开社团会议，晚上我们就要全体出动去招人，你晚上回来就过来帮忙啊，到时候给你介绍个女友啊。”小斯说话时眼睛里充满了自信，只是佟西不明白，“学长”这名词会不会真有那么大力量。

晚上小斯带着佟西连同社团的一些干部浩浩荡荡的一批人进班宣传。

佟西一直跟在大部队的后面，手里也拿了一些宣传资料，报名表以及传单。看着这副架势，佟西忽然觉得有种去打家劫舍的荒唐感觉。

来到文学院的教室楼层，佟西才算是开了眼界。从东到西的走廊里已经满是社团宣传的大批人马，各条道上的英雄好汉都齐聚于此，按照次序大家依次进班宣传，类似于诸侯豪强间的招兵买马。坐在里面的大一新生都老老实实地等在那里，等着被一批一批进来的学长学姐带走钱包里的十几块钱。一间一间的教室像忙乱的街市，都是周瑜打黄盖，每个人都乐此不疲。

佟西只是靠在后门看着，他只是想不明白，是什么让这些学生干部对招新的事情如此卖力。这样你方唱罢我登台在他看来简直就是一场滑稽的闹剧。

坐在后排的有一个已经不耐烦的女孩子起身离开了教室。而从头到尾，好几间教室，几百人，全部都在盲从或者沉默着忍受，只有这么一个女孩子选择离开。她用自己的价值观否定掉了这件荒唐的事情，并且敢于反抗。这么庞大的一个新生集体，他只听到了她一个人的声音。

佟西随后把手里的东西交还给小斯，然后离开。

在回去的路上，校园里这几天主干道两旁还能看到摆地摊的学生，贩卖各种各样的生活用品。佟西只是想，这些人会把赚来的钱用在什么地方。

有向他问路的新生，喊他学长。佟西听了感觉头都炸了。他感觉自己有些脸红，他这样一个冒牌大学生居然也被人尊称学长了。给他们指完路，有些自嘲地撇了撇嘴。虽然并不属于这个学校，但是这里却是自己的生活环境，每天都要出入的地方，他的的确确也在经历着一个大学生的校园故事。

一个人走在路上就想到杨平想到玲珑，不知道现在他们的生活又会是怎样的。而同样是新生的杨平会不会也在遭遇和这个学校新生一样的不幸。但是佟西知道，杨平不喜欢讲话，但他也不会是沉默的羔羊。

佟西看了看手机上的日期，离开白城的日子，如今已经三个月了。

"杨平。你现在还好吗。我现在生活稳定，只是不知该如何与你取得联系。我们都消失得太久了。我在上海睡觉，而你又会在哪座城市里醒来。好多时候我都在想，命运给我们安排了这样的分别，会不会是重逢的伏笔。当初我突然地离开，我没有说再见，因为我怕说了就真的再不见。我只是会想，再次见面那一天会是哪一天。如今我对生活充满了希望。"

清晨就要爬起来去便利店接班，6 点到下午 2 点。然后才开始训练。

跟随袁澂已经有些日子，佟西每天都会严格地执行他安排下的训练任务。只是现在不用再坐地铁到处跑。便携式充电小音箱，黑色背包，古旧的 MP3。理工楼三楼的楼梯口，那里有一面大镜子，场地的宽度足够他一个人用来训练。整个楼层是实验楼层，除了周三的下午，平时人烟稀少。

佟西一向喜欢安静的环境。小音箱的声音不用放很大就可以听得很清澈，身体疲惫的时候就靠在窗户边坐下，把舞曲换到自己喜欢的声音。这些 POPPIN 舞曲不知不觉中也被命运摆布，它们从喜好的感觉逐渐演变成了职业的需要。额头的汗水在安静的音乐声中晾干。

每天的训练，路过的学生偶尔会有人停下来看他几眼，漠然的神情，好奇或者不屑。每天打扫卫生的阿姨后来把那块地方打扫的时间提前，会在佟西出现之前完成，她或许是不想打扰到这个男孩。她有时候也会站在后面看他跳舞，看得出神。也许他看到佟西会想到自己那个还在远方为生活拼搏的儿子，上学或者工作，她只是把这个男孩当做一种念想，也会挂念着儿子是不是也像眼前这个孩子一样一个人辛苦，一个人坚强。

许巍《家》

拥抱着亲人的时候
多希望时间就停止
如今我对自己的故乡
像来往匆匆的过客
我在远方
很多的岁月
时常会想起你
这一刻的情景
此刻你的
每一个街道
你独有的光彩
你的繁华
我在远方
很多的岁月
总是会想起你
给予我的一切
你给我的
每一次爱情
有幸福有疼痛
让我成长

窗外天空
掠过的候鸟
又让我想起你
这一刻的情景

此刻你的
每一个街道
在阳光照耀下
你的天空
我在远方
很多的岁月
总是会想起你
给予我的一切
你给我的
每一个梦想
在漂泊的岁月
让我坚强

有一个下午，佟西把这首歌反复听了好多遍，一直听到自己不敢再去听。那些歌词是裹着旋律带刺的棉花，扎进耳朵，流出眼泪。佟西想家，想念奶奶，想念那个已经被拆掉的老屋。跳舞的时候，音乐声可以让他很投入，只是安静下来就只剩下自己呼吸的声音。一个人坐在墙边听着下课铃，夕阳在西边挂红。

“杨平。一个人的生活里有太多过去的影响，我始终无法忘记素宁，忘记龙二、美雅，忘记玲珑。记忆里太难容纳一张新的面孔，我知道这是一种无法修补的缺陷，我应该等待已经跋涉岁月远行的某个人，停下，转身回来，然后带我离开。”

在那个破旧的MP3里，许巍的声音，一直听到害怕。一首一首都像是挂满泪痕的故事，直接逼近他的心脏最脆弱的角落。

9

许都开学的那天，陶莎忙前忙后地给杨平办入学手续以及住宿。也介绍了几个她的好朋友给他认识，方便杨平以后在学校里有什么事情可以找他们来帮忙。

庞大的许都校园，就像一个微型城市一样。陶莎的朋友凌霄开车送他们，学校里的人很多，车子开的也不是很快。杨平打开车窗，表情平静，外面热闹的情形似乎跟他一点都没有关系，同样作为新生，他却丝毫找不到那种兴奋的情绪，不为所动。但是来到这里确实是自己曾经想过的画面，但是现在来到这里也确实没有任何感觉。来到这里似乎早就是理所当然的事情，今天终于来履行这个契约。杨平抬手松了松脖间的领带，看了看手边的通知书，然后拿起来递给前面的陶莎。

“你去帮我登记，我不想去了。”

原来儿时的理想和愿望都是这样随着成长逐渐消失的，曾经对未来渴望的眼后来变成一张现实中面无表情的脸，看着别人实现儿时梦想激动不已。死一颗年轻的心，便是成长。这样欣欣向荣的美好画面都只是变色玻璃外面的另一个世界了。杨平转过头来，满脸克制的失望与无奈，这便是他与大学的相遇，这一切都稀松平常，以前对这个地方的想象忽然被抽走，有什么东西在他眼睛里粉碎，不复存在。

副驾驶座上的陶莎在后视镜里看到杨平一直盯着外面，转过头来说，“这些孩子十年寒窗才考到的名校，开学第一天兴奋也是很正常的。”

“只是为什么我怎么一点感觉都没有呢，这以后的日子……我看还是住到公司比较好。”

杨平说完就把玻璃放了上去，不再去目睹那些像世博会宣传片里面一样的天真灿烂笑脸。

陶莎转过头冲着驾车的凌霄笑了笑，示意他不要说话。她只是看着后视镜，看着杨平。没有人知道，这个穿着灰色衬衣的少年刚刚开过上海分公司的部门会议，宣布上任总经理。他眼里的世界被局限在身后的那家公司，他的出身也注定他无法拥有像她一样美丽的大学生活。晚会。恋爱。旅游。野炊。比赛。这些给她的记忆摁下手印的事情，而杨平都将无缘。

她忽然想到自己第一天站在这里的情形，而如今的那个纯粹的女孩子也早已经失去声音，失去颜色。只是一张相片摆在书柜里，至于漫长的时光里年轮一样一圈一圈的不停发黄。原来人的成长，并不是一个逐渐持续的过程，而是突然发生的质变。陶莎拿出化妆盒，轻轻地补了补妆。

她的成长应该就是从打开这个小盒子开始的。男朋友送的生日礼物，满脸幸福的洋溢，以为这就是爱情的意义。这个昂贵的小盒子葬送了她的第一次以及她对爱情全部圣洁的向往。男朋友的背叛让她哭泣，在足球场的角落里甩手离开。她双手掩面，无助地蜷缩起身体蹲下，用双臂抱住自己，眼泪如注。她的世界在这个城市忽然间失去平衡。她的爱情对她冷眼相对，她看着自己无能为力。

那一刻，她看到了自己的处境，对感情万念俱灰。逐渐变小的抽泣声。一个人在暮色四合的空旷中逐渐苏醒，逐渐清醒。她起身红着眼睛恍惚着意识走回去。楼群之间的天空一点一点消失的红光，伴随着静默的风声，颠簸着逃离这片阴影般的寂静。

爱情的崩溃曾经让她对生活突然绝望。

下了车凌霄帮着杨平拿东西进宿舍，陶莎去校园的超市给他买日用品。

“两人公寓式宿舍。嗯，杨平啊，这里蛮好的啊，我还是第一次来这种宿舍呢。你以后还是不打算常住宿舍的吗？”

“也不是，周末的时候回来放松一下还是不错的。当然了，有些上课需要的东西当然要留在这边，不过我只上专业课。”

“乖乖，你把学校当旅游景点了啊。不过你其他的课程不修完学分怎么毕业啊，那可是拿不到毕业证和学位证的。”

“毕不了业也无所谓，我并不是很需要许都的毕业证和学位证。”

“……你这小子挺狂啊。”

“没有，我只是实话实说。但是我也不是来玩的，我会把专业学得很好。”

“看不出来，你还是偏才啊。有个性，我喜欢。呵呵。我今年也是大四，以后这边有什么需要帮忙的你尽管说话啊。”

“嗯。当然，陶莎说过你人很不错。我不会客气的。”

“好啊，你是莎莎的朋友就是我的朋友。”

“你叫她，‘莎莎’？”

“啊，我们大一就认识了，现在都三年了。熟了就这么喊了。刚开始叫她，她还是反对，不过时间久了也就默认了。”

“嗯。这样叫是蛮好听的。”

“奇怪啊，你这一个皮箱里的衣服怎么都是正装风格的，牛仔裤都没有。啧啧……你这打扮哪像是大一的孩子。”

“我平时就穿这个，这些都放学校。”

凌霄看杨平的眼神忽然间注了一层纱，从他见到这个人的第一眼就觉得那里不对劲，现在看来确实非常怪。接过那么多新生还没见过有一个像他这样对许都漠视的学生，不合年龄的谈吐举止，衣着打扮，还有为什么陶莎对他有些毕恭毕敬。杨平去阳台上接电话，凌霄从后面看着他，似乎想要从他身上盯出答案来。

陶莎买东西回来，帮着凌霄收拾床铺。忽然有人推门进来，地上两个大包，站在门口的一个男孩子，黑色棒球帽，白体恤，黑色吊裆滑板裤，脚上黄色的大板。这个人就应该是杨平的舍友了。

凌霄很友好地忙上前去帮忙拿东西。杨平打完电话从阳台走进来，突然撞见这个男孩的眼睛，他眼里的光让杨平躲闪不及。整个人像忽然间被打穿一样，有东西在脑子里被击落，沉重地摔下去。杨平闭上眼揉了揉额头，他有些措手不及，这曾经是他那么熟悉的眼神。桀骜不驯，满是自信。

那是佟西的眼神。

“你们好，我叫秦夜。不知哪位是我的舍友呢。”

“哦。你好，我叫杨平。”

“嗯，以后多多关照啊。”

“来来来，别傻站在那，快进来啊，凌霄帮他把东西拿进来去。”

“小子啊，我和这位漂亮小姐都是大四的，你的学长学姐。你们这新生以后有什么需要帮助的不要客气啊。”

“别废话你。”

“噢。呵呵。有劳有劳。”

“不过奇怪啊，你们学院没人接吗，自己找到这里来的？”

“呃……是啊，我是上海人，暑假就来这里看过了，四处都还算熟悉认识路了所以不用接的。”

“哦。来吧，我帮你铺床。”

离开宿舍，陶莎带着杨平逛了逛校园。杨平给司机打了电话，只是让他把车停到学校大门口，他们走出去，没有乘车。

“杨平，你刚才是怎么了。那个男孩有什么奇怪的地方吗？我看你刚才脸色有些冷。”陶莎抬了抬肩上的包，转过头看着他，等待回答。

“没有。只是从他眼里我突然看到了一个人。他是我最好的朋友。我一直觉得，这个世界上会有长的相似的人，但无论他们的脸庞如何相似，眼神是不可能相似的。可是今天看到这个秦夜，我有点措手不及。”

杨平不再说话。两个人在路上默默地走。只是陶莎偶尔会遇见熟人打招呼时有些脸红，谁都看得到她身边站着一位气质不凡的男孩。

陶莎不知道这是一种什么感觉，一个朋友靠在耳边的玩笑话，让她忽然有些不自在。在她心里，一直以来有某种东西和杨平的眼睛一样敏感。它似乎像是一种生命一样的自然存在，那种自然就像是与生俱来的真实一样，有时模糊不定，但是确实存在。而自己也无法把它琢磨，定性。在听到这句话之前，她保持着一段秘密的距离，让自己无法泅渡同时身后也有无数退路。这个在她面前若隐若现的空间有着外人无法窥探的神秘，她小心翼翼地对空间里的实物着迷。

那个人说，“陶莎你什么时候谈的男友，这么有型，真有眼光。看样子这个人卓越不凡，能让你陶莎倾心的肯定是抢手货，你可要看住了，好好珍惜啊。”

杨平在前面停下来等陶莎，她与朋友告别，然后追上去。只是感觉心里面忽然间轻松了许多，类似于夜路行路人忽然间找到了光亮。笼罩在心头的浓浓的烟雾，从一句话戳开的缺口中漏出。她看到站在自己面前的这个男人，轻轻的微笑。

陶莎走到杨平的右边，红红的夕阳落到两个人的后面。杨平一边走一边询问一些公司的事情，她谨慎地说出自己的想法，然后转过头看着杨平若有所思的点头或者摇头。她与他对视的时候会有一种自然地放松，那双眼睛能够担当，能够包含。不需要小心翼翼的敷衍这个人世。

司机早早地等在大门口，看到杨平出来，马上下车开门。在做好准备开车的时候，杨平忽然喊了一声，“等下”，然后匆忙地从车里出来，他似乎看到了什么，陶莎跟着出来看到杨平满脸的紧张，他一定是看到了什么他很想看到的东西，那双眼睛在来来往往的人群中焦急的寻找。

“经理，你怎么了。”

“佟西……”

“谁？”

“佟西。”

回到公司之后，杨平就扎进办公室开始看桌上的文件，熟悉这里的工作，告诉陶莎晚餐还是老规矩，买回来她就可以下班了。

陶莎仔细地看了看这间屋子，用笔在纸上耐心地记录着房间里缺少的日常用品，偶尔偷偷地瞄一眼坐在办公桌前的杨平。

“经理，是不是把隔壁的小房间腾出来作为卧室，我看了看这里的空间不太适合放一张床。”

“嗯。不用了。床也不用买了，有空的时候我还是回学校住宿，反正学校离公司也不是太远。”

“啊？那你是改变主意了。”

“算是吧。现在这里也不要添什么，那边的两个皮箱明天你找人给我送到宿舍里一个，这里留一个就够了。”

“哦……好的。我会照办的。这里没有什么事的话，那我先出去了。”

“好的。”

陶莎关上门的时候还是有点糊涂，杨平的决定改变的这么快，让她感觉有些反常。她想起下午在校门杨平眺望进人群里那双紧张的眼睛，她从来没见过的那双眼睛。他一定看到他口中的“佟西”。而这个人或许就是他的要害，杨平身上那场秘密的电影应该只有他一个人目睹过。

她回到自己的办公桌上，和杨平一样开始熟悉公司的文件。跟在这个男人身边不久，记忆中好像陶莎从来没有像现在这样认真过。

"珍惜这样的工作好机会，不是每个人都会这么走运的。"

她就在心里反复的这样告诉自己。人是要把握住机会才能生存的，为此她也愿意做出牺牲。

"佟西。那个人会不会就是你。你会不会就在这座庞大的城市里。从你离开，如今已经三个月了，而这些日子你又是如何挨过来的。

我无法得知你现在的生活，仿佛瞬间，你就在我们大家的视线中忽然的模糊了。当初我只是想到你会离开，只是没有想到你选择的不是离开而是消失。或许只有你自己知道你回来的时间，这个漫长的时间限制你会如何来刻画你的样子，还会不会有那一双和夕阳一样的眼睛。"

《你笑着流出了泪》伊吾

我快要睡着了
可还得睁着眼
你说呀说不停
你说活着真没劲
我听也听不清
轻轻叹了口气
又突然笑哈哈
你傻笑什么呢
你说你没情绪
把日子过下去
你说他妈的
是生存还是死去
你笑着流出了泪
也流出了几分疲惫
你是因为感到了虚无
还是真的活得压抑
我说你是喝多了啤酒

红

还是真的没米下锅
你说给我生的理由啊
和存在的意义
我真想安慰你几句
可没有合适的词句
我说只要存在着生命
谁又会把希望放弃
你说希望顶个屁
钱也没啥意义
你说只想弄个明白
到底谁是谁的上帝
我真想安慰你几句
可没有合适的词句
你说存在的都将无意义
所以活着需要勇气
我说你别再喝了
明天还得赶路呢
你说走他妈再长的路
还不是通向坟墓

活着就是受罪
活着就是劳累
活着就是互相折磨
活着就是不对
活着就是受罪
活着就是劳累
活着还得互相安慰
活着就会憔悴
活着就是受罪
活着就是劳累

活着就得拼命挣扎

活着就得干脆

杨平合上厚厚的文件夹，看到窗外的天空越来越红。屋子里景物的影子沉浸在这片浓浓的红色里，仿佛羊皮卷轴上逐渐显现的古老字迹。

10

周六晚上 GLARING 的 POPPIN“萝卜团”团训结束后，Edison 喊了袁澂跟他说了些话，佟西穿了衣服去门口等袁澂出来一起去吃饭。

这些日子跟着 Edison 的“萝卜团”团训，佟西的实力也在迅速提高。训练的时候他从来不说话，他总是会比其他的队员练的刻苦。和其他的队友没有过多的交流，他无法听懂上海话，也无法去适应他们现代化的生活。每天他来得最早，走得最晚，只要来到 GLARING 的练功房除了训练，佟西只剩下一个人对着镜子发呆。

在其他 POPPIN 老师上课的时候，经常能看到他一个人站在玻璃门外面跟着学，尽管隔着一层玻璃门，他的态度仍然一丝不苟，屋里的人一个动作做多少遍，他就在门外面做多少遍。有人会把跳舞当成爱好，但是有人会把跳舞视为生存的必须。对于一个上海的孩子来说，有 GLARING 这样的舞蹈团体或者是一种理所当然，每个星期都能跟着 Edison 上课也是正常的事情。但是对于佟西，能在这样的舞蹈团体学习是一种非常难得的机会，他珍惜在 GLARING 每一天。珍惜这里的老师，场地，还有这里无与伦比的舞蹈气氛。

因为他并不属于上海，无论在这里多久，这里都不是家，GLARING 在上海的存在无论什么时候都不能让他有恃无恐，他知道他迟早有一天会离开这里。也就是迟早会失去现在拥有的这些宝贵资源。

“师傅，今天咱俩去吃什么？”

“嗯。等下再说吃什么。你这周星期五上午有没有时间？”

“啊？上午啊，我上午一般要去便利店上班的。”

“请假。”

“啊？什么事情啊。”

“Legend 马上要来上海教学，会在上海呆一阵子，Edison 吩咐了那天我们去虹桥接机。”

“真的假的？”

“你就说你去不去吧？”

“我当然去了，我肯定要去啊。”

“别一脸花痴样儿，PETE 都来过好几次了。你就好好在 GLARING 呆着，这样的机会以后多着呢。”

“好啊。那今天我请你吃饭。”

“嗯，我看行。”

这个消息让佟西兴奋的有点过度。虽然他的偶像是 DINO，但是 LEGENGD 同样是世界级的大师，能有机会和这样的人物面对面。这种事情在以前佟西是连想都不敢想。

当他走回学校的时候如果不是晚上，路人一定会觉得这个人精神有问题。戴着耳机走路的样子摇晃不稳，看着眼前世界跟他一样摇晃起伏。

佟西在小超市买东西的时候，看到了小斯，只是他身边多了一个女孩子，这个变化让他还是多少有些诧异。小斯对他笑了笑，佟西看着这个笑脸忽然觉得有些尴尬。不过，现在看来当时他盛大的招生已经有了很丰厚的回报。

“佟西，这个是我刚认识的朋友，秦丹。”

“哦，你好你好。很高兴认识你。”

“你好。”

“他叫佟西，是我的好朋友兼舍友，就是我跟你说过的那个街舞男孩。”

“嗯，看他的穿着就像个跳舞的。”

“对了，小西啊。我正准备回宿舍找你呢，有件事要你帮下忙。”

“诶，打住啊，不会又是……”

“什么啊，不是招新。你听我说。下周五有个全校的迎新晚会，就在大礼堂。我们院推了几个节目其中有我的一个舞蹈，我想你如果能和我们一起上的话，那效果一定非常棒的。”

“你的意思是让我加入你们的舞蹈。但是……”

“没有但是，我们到时候是戴面具上的，没人会知道你的。”

“哦。这个……那你总得提前给我说一下吧。”

“现在也不晚啊，还有好几天呢。从明天开始每天晚上我来喊你去排练。当然了，你放心，我不会让你白忙活的。”

“我倒不是这个意思，我也不需要什么报酬，毕竟你喊我，那我就去吧。”

“这才好，真够意思。你过来买什么的，来吧，我给你一起付了。”

“别，这个我还是自己来吧，你赶紧陪你的朋友去吧。”

“不错，够哥们。等会回宿舍说啊。”

“好。”

佟西天生有些言语上的笨拙，不太会去拒绝别人说出的话。一头雾水地从超市离开，自己也不知道接了个什么活儿。走进宿舍大门时，抬头看了看二楼的宿舍，灯没亮，估计两个舍友又出去玩了。

进屋打开台灯，坐下来，拿出日记本。这是他的习惯，一天的活动结束回到宿舍，认真地记录下今天训练情况还有偶尔会涌上心头的想念。

宿舍里舍友上学期用过的那么多崭新的课本，现在不用了，佟西就都借来搬到了自己的书架上。他来看这些教科书，其实这多少有些滑稽。只是他把这当做一天忙碌之后闲暇之余最开心的事情。没有电脑，没有网络，没有游戏。看书是他在这个房间里除了睡觉最喜欢的事情，也是他能做的为数不多的事情。

有时候看着书本还是会走神，时间过去这么久，还是改不掉。或者怕是永远改不掉了。有些习惯注定是要跟随我们的生命。只是这会儿，杨平不会扔过一个笔帽把他砸醒，没有老师喊他起来回答他根本没有听到的问题，没有教室里那股不太好闻的热气。离开白城之后的生活，总是会不自觉地想到过去的那些事情，发呆久了，佟西也会摇摇头把这些影像打乱。不知道从什么时候开始，他已经越来越不愿记起那些故事。他在那个故事里，那个只有一个人的故事里活得太久了，除了他再也没有其他声音。

手机电池因为太旧了所以每天都要充电，关了灯的屋子，充电器细细的光线一闪一闪。楼道里有间歇性的脚步声，隔壁宿舍偶尔会有怪叫和笑声。大学生也是睡得很晚的一个群体。

夜已深。月亮挂天空。

接机的那天。袁澂和佟西早早的等在指定的机场出口，佟西拿着GLARING专门为Legend做的迎接牌。第一次来机场，这里也是他从来没有涉足过的地方。佟西不时地看看周围的事物，这样庞大的建筑散发着一种特殊的味道，只有第一次来的人才记得住。

国际航线出口来来往往的外国人，那些人流利的英文或者其他的语言，身边有时会有漂亮的翻译。高瘦的欧洲男子和巴宝莉用的模特一样帅气。这些没有交谈的外国人保持着严肃，看起来并没有世博会宣传片中展示的那么友好。

佟西盯着不远处一个外国小女孩看了很久，一头金发的小姑娘，像电影里一样真实的场景。她站在原地，牵着妈妈的手，不停地抬头四处张望，或许这是她来到异乡的第一笔记忆。她应该是和妈妈在等爸爸。还记得在来上海的第二天的早上，那个小区里晨跑的那一家三口。小孩也是和妈妈站在远处等爸爸。

10：30袁澂拍了一下佟西，让他注意看着出来的人，这个时间Legend乘坐的飞机已经降落了。

忽然间有些紧张，佟西深呼了一口气，把涂有Legend照片的牌子举起来。昨天晚上准备了好多句英文，只是为了见到他的时候开口第一句话。

两个人站在边上，仔细地盯着眼前的经过的人。

佟西表情变得有些僵硬，突然像傻了一样，缓缓放下了手，一动不动地看着远处和Legend一起走过来的女孩。袁澂拍了拍他，“来了来了，快把牌子举起来啊，你个臭小子别只顾着看美女啊。你傻了？”

袁澂看他还是没什么反应，自己举起牌子喊Legend，两个人看到Legend的照片，然后朝他们走了过来。Legend冲袁澂挥了挥手，女孩摘下黑色的眼镜。

只是这双眼睛太熟悉了，突兀的光线导致短暂的失明。那种痛觉，像是图钉生硬地摁进眼里，溅出满地的记忆。佟西低下头揉了揉眼睛，“师傅，我眼里进了东西，我去一趟洗手间，就别等我了，你们先走。”

袁溦没有来得及顾他，当下他要用他那并不是很熟练的英文与外国友人进行谈话。

你好，Legend。好久不见，今天多了个漂亮的女伴。

不，她是我在飞机上才认识的，你身边那个男的呢，刚才还在呢。

是的，他是我的学生，有点不舒服去洗手间了。

哦，那我们等他。

他说让我们先走，我都安排好了。

好。

还有这位美女，一起走吧。

谢了，我还有安排，你们先走，能不能告诉我那个男的名字。

你们认识？我们都叫他佟西。

佟西？

怎么了？

没什么，回头联系吧。

佟西绕过接机的人群，站在快要到出口那块自动玻璃门后面看着女孩与他们分别然后优雅地坐上一辆漂亮的汽车，紧跟着车门“砰”的一声关上，转眼间就消失在立交桥上。

在那一刻，他们是隔世的人。命运费尽心机操纵这一场相遇却又让他们轻而易举的头也不回地走开。佟西一直站在原地，这样的镜头，有一种心灰意冷的茫然。显然她的出现让他手足无措，而面对她再次的消失又无可奈何。这是一种极端矛盾的情绪，他看着她离开，一直撑着没有眨眼，因为一眨眼就是两个世界。

他身上的秘密从她摘掉眼镜的那一刻终于从被戳开的封口里慢慢地漏出来，重新面对繁华靡丽的世界了。

佟西紧咬着嘴唇，忘记了时间。

“素宁。你终于回来了。”

“佟西，你站在那边干什么，臭小子倒是让我们俩等你了啊。”袁澂有些调侃地骂他。他身边的Legend冲他做了滑稽的笑脸。“这位就不用我介绍了，你快去外面拦一辆车。”

“师傅，刚才他不是还有一个同伴吗，怎么？”

“靠，臭小子，你惦记的还是那个女孩啊。他们是飞机上刚刚认识的，别瞎想了。快去。”

安排下Legend，佟西跟袁澂一起回家。坐在地铁上，袁澂给了他一张纸条，“这是那个女孩的联系方式，上午在我们简短的对话里她居然问我刚才在我身边的男孩叫什么，我觉得怪怪的，而你今天的反应也很不正常。我想你们是不是认识。这是我问Legend要的，我感觉你们像是在演偶像剧，有点狗血的剧情啊，别告诉我你们有故事。

呵呵，开个玩笑。我现在回家了，就不陪你了，我在杨思下车。”袁澂冲他笑了笑然后起身。

“对了，明天Legend上课，你可不要迟到啊。我先走了。”

列车短暂的停留，仓促的关门提示音结束后，马上又驶入一片漆黑的隧道。它们长年累月的在地下穿梭，不见天日，黑暗是它们没有生命的象征。车厢里迎面撞来凉风，在每一张脸庞上撞碎，无数黑色的碎片在耳边迅急地消失。

能刮伤耳朵的碎片还是她声音。

佟西，看着手里的电话号码，岁月忽然飞逝。他曾经的爱情，他曾经和风声一样支离破碎的爱情。

接到小斯的电话，佟西才回过来神，今天星期五，晚上的演出差点都忘了。

11

杨平叫了司机送他去学校，今晚想去上晚自习，也是开学来他第一次去晚自习。

进了学校大门，他告诉司机把车开慢些，沿着这样复杂的道路，他想看看这所校园。这个庞大的校园，仿佛一座独立的国度。

玻璃窗拉下到一半，仔细地看着这所全国名校里面诱人的模样。杨平把领带解下来，松开衬衣上面的两个扣子，这是一个寻常男子放松自己的习惯。窗户外面的这些人，千辛万苦地奋斗到这里，并且以来到这里为梦想。只是不知道他们如今实现了梦想，接下来还能干什么。他还记得报名那天，从眼前闪过的那些新生骄傲的笑容。

按照陶莎电话里讲的路线，司机把车停在一座教学楼下，等着陶莎过来。

陶莎陪着他坐在教室里。坐在最后一排。

杨平只是觉得是不是这个专业的学生都和他一样忙，为什么晚自习教室只有这么几个人。不时有进来宣传各式各样社团的或者培训班的学生，多半的人只是站在门口看了看，见没多少人都转身离开了。

杨平把西装铺在桌子上，趴在上面休息，衣服下面传来嘟嘟囔囔的话音。

“陶莎，跟你说的很像。以后还是不用来上晚自习。”

“其实，我倒觉得这也是大学生活的一部分，什么也不参加，这样的大学生活会很枯燥。最后要离开时回头看看都没有记忆。”

“可是我现在不喜欢记忆。

记忆本身就是负担。它看似简短，却又无限漫长。一旦拥有恐怕就是一生风景的伤口。如果有可能，我倒希望能一直呆在公司，把它做大做强。并不想去涉足其他的琐事。

“杨平。其实你不应该完全沉沦在一个身不由己的背景中，属于你的青春脱离的太早。”

“我也知道那些情感。只是我已决心放弃，没有留恋的余地。我看到坐在这里这些人，但是找不到证明和他们相似的方法。

“原来的你会是一个什么样子？”

“……

原来的杨平也会穿大板，穿滑板裤和套头卫衣。呵呵。”

“像个嘻哈的街头男孩是吗？”

“算是吧。酷酷的那种，呵呵。

不过，那些都是无从期许的过去了，早就找不到了。那段时光，我只要知道它在那里，这就好了。”

“你的故事还真的很深啊。”

“随便你怎么解读。但是我们现在生活很美好。不是吗？你去问下哪个是班长，我去报个到。”

“你的情况我已经跟你们班主任强调过了，你现在突发奇想认识个班长，我看也没有这个必要了。”

“唉。好吧。我还没吃晚饭呢，不如你带我在学校里面吃点东西吧。”

“这个主意不错，没问题，那我们走吧。”

买一个东西换一个地方，来来回回，陶莎带着杨平频繁地进出店铺，手里的小吃越积越多，最后两个人坐在荷花池边的亭子里，只是吃东西时的样子完全颠覆了整个人的形象。

杨平把手里的西装往护栏上一搭，领带解下来随手一放，挽起衬衣的袖子，直接下手抓着吃起来。陶莎忽然愣了一下，杨平的表现让她的嘴角不由得轻轻上扬。这一刻，他终于不是那个驾驭一整个公司的年轻俊才了。他还是那个刚刚进入大学的青春少年，保持着眼光活力的懵懂男孩。

“看见你吃东西这样子，很夸张哦。”

“你也吃啊，嗯，这个意大利面吃多了还是不行的。你们学校的小吃也蛮好吃的啊。”

“什么你们学校，是我们学校。你也是这个学校的学生，这个给你，收好了。”

“学生证？”

“对的，这是对于每一个许都学子来说，都是骄傲的一枚徽章。”

“看你说的，比我现在的样子还夸张。”

“是的，我觉得我很荣幸。”

“什么意思啊？”

陶莎没来得及把后文补上，有人在喊杨平。杨平顺手放下了学生证，起身走了过去。

“嗨，杨平。”

“噢，真巧啊，秦夜。”

“学姐好。是好巧，你二位真是好雅兴，坐在这亭子里吃东西啊，真是创意党。”

“是你啊，杨平的舍友。哪有啊，我这是带他熟悉一下学校。那你来这不会是等人的吧？”

“当然不是。我只是路过，意外撞见你们咯。对了，你们要不要去看晚会啊，今天大礼堂全校的迎新晚会。”

“哦，对了，怪不得班上都没几个人。陶莎走啊，我们一起去看看啊。”

“真是奇怪了你，今天这么反常。”

“来，秦夜，拿着，吃啊。”

“你拿着吧，他今天有点开心。”

佟西回到学校就直接去大礼堂找小斯。排了一个星期的节目这就要上台了，从来没上过这样的大舞台，佟西还是感觉有些紧张。

佟西把面具戴上在镜子面前照了照，这个白森森的样子晚上出去确实恐怖。这个舞蹈剧里面只有他一个人戴面具，他扮演的是一个魔术师的角色，面具是他能量的源泉，让他拥有异乎常人的召唤力量，在舞台上魅力无限。他沉溺在其中，只是这面具戴的太久后来却发现摘不下来了。

杨平三个人选了一个靠前的好位子，杨平拿出手机，关机。他今天晚上是要好好轻松一下了。陶莎拿从前面熟人那里拿来一份节目单，第 11 个节目《面具》街舞。

秦夜吃着爆米花，说话声有些不连贯，“我觉得这个节目有点看头，你们喜欢街舞吗？”

“跳舞的。嗯。”杨平抹了抹鼻子没有再说话。

“我还好，这几年上学看过好多街舞表演，观众大都喜欢看，比较有感染力。”说完，陶莎把节目单递给秦夜，“其实我感觉你这个样子就像个跳舞的。”

佟西和小斯在后台把舞蹈又重新过了一遍，看得出来小斯很期待这次表演，整个舞蹈前前后后的需要他都亲力亲为。

佟西不时地还是会盯着镜子看。眼前这个没有表情的面具，微张的嘴唇，它或许想说什么。眼睛镂空，缺失的灵魂。

舞台上的节目已经开始，空气里抖动着音响的声音。佟西深吸了一口气，按着节目单上的顺序开始倒数。

这是几乎所有的晚会都要走的形式，开场舞结束后，主持人先要介绍到场的领导人员，他们要首先接受学生的掌声，然后介绍哪个商家赞助感谢人家的投资，最后说到的才是整台晚会的主题。

杨平颇有兴致地看着舞台上表演，和场下所有的观众一样，对后面的节目满怀信心地期待着。

期待着。

三　玻璃窗外的日出

1

汽车驶进荷兰小镇别墅区。

这个小区到处洋溢着富丽堂皇尘世安逸的气息，像是迷宫一样的城中之城，遗世独立，这里是少数人的乐园。

素宁望着车窗外的住宅，表情诧异。她慢慢摇下车窗，无可置疑这里会是她以后回来要居住的地方了。

“哥。我们家什么时候搬到这地方来了。这种小区……我们家一夜暴富了吗？”

“瞧你说的，咱家不是暴发户。但是我们家现在确实比以前有钱了。我和爸爸清空了家里的积蓄以及上次你那官司之后拿来了的钱革新原厂里的所有设备，之后合并了一个针织厂，加上我们长期的诚信效益，我们的服装现在已经小有成就。全家就都搬到上海来了。这就是你眼前看到的，终于和以前不一样了。”

“真替你们高兴，不过这样的房子，怎么是你几句话就能盖的出来的。虽然你不说，我知道这些日子来，你们一定受了不少苦。”

“没什么苦不苦的，现在日子过好了就行了。所以爸爸说该把你从二叔那边接回来。这一年多你在外面也辛苦了。”

“我现在都有点不知道该怎么适应这样的环境了。”

“看你说，我们又不是怎么大富大贵了，更何况这还是家啊，怎么说不好适应。打个比方说，有些人去了高原会有高原反应，有人来到城市会觉得空气污浊，无法正常呼吸。每个人刚刚来到陌生的地方的时候都多多少少会有不正常的一些反应，但是生活久了之后这种症状就会慢慢消失掉，这其实不是说适应了，更恰当的应该说是习惯了。”

“嗯。哥，你比以前懂事多了。”

“死丫头，你这话说得。埋汰我还是夸我呢？”

“嘿嘿。”

“说说，这次回来之后有什么打算吗？”

“在美国私立大学读了一年，现在也没有什么想法。至于以后回来什么打算，我现在还没有去想。”

“你要是不习惯中国的生活，过一阵子就还是送你回去，接着读完你的大学。”

“嗯。其实我也是办了休学回来的，这个学期也不着急的。先在家住一段时间再说吧。我也很想家了。”

“一个人在外面也不容易，身边又都是外国人，想找个说话的都难。”

“也还行，不过那边的生活可没有我们国家好多人想象的那么天堂。”

“小宁啊，有谈男朋友吗？”

“呵呵，我现在还没有准备谈恋爱。”

“一个人在外面，别太委屈自己了。”

“我知道。咱先不说这个了。”

“也是，你难得回一次家。好好享受在家里的每一天。呆的累了，哥哥就送你回去。”素远抬手朝前面指了指，“瞧，那幢房顶飘着国旗的就是咱家。挺气派吧。”

“嗯。这个小区的建筑风格很有欧洲味道。他们现在都已经在家里了吗？”

“傻丫头，看你问的，你觉得呢？”

2

回家的路上接到的公司打来的录用电话，玲珑的头脑忽然清醒一些，工作的希望带来了情绪的开阔，在电话里顺利完成了一次角色转换，并且得到了满意的答复，她有些沉默的欢喜。也算是找到了一个说服自己心情的理由。

她刚刚从许都大学出来的时候，整个人类似于失去意识，机械地行走。她此行的目的只是和GLARING一起作为嘉宾参加这次迎新表演。她在后台做准备，在化妆的间歇，落地的镜子前面站着的男孩摘掉了面具，她刚好从他身边走过，镜子中他的脸忽然陷进她的眼睛里。

三年前那场晚会和佟西在后台相识，而三年后，今天的晚会再一次和他在后台撞见。如此相同的套路。人生中似乎非要有这些应该有不应该有的巧合，才能来证明一个人的重要性，证明还要继续的相遇。这样的天时地利人和，命中注定发生的事情总是要出人意料，又要形成一个被认为理所当然的遭遇，同时带有充分的戏剧性，经久之后回味时便顺理成章。

我们的生命中有些人，总是要相见的。

玲珑去到下一个目的地，差不多有四十多分钟的行程。

地铁加步行。

没有坐公车。

“佟西，你怎么也会在这个学校？”

只是当时走得匆匆，却没来得及跟他说句话。有一连串的疑问无从解答，因而困惑着心感觉到压抑。越去思考，就越会觉得压抑，胸口困顿。

一个人正好顺路去了朋友的酒吧。那里通常是天黑之后开始渐渐热闹，空气里烟草和酒精的味道让人有种朦胧的感觉因而会变的放松。她要了一杯加冰的红茶，然后端着酒杯站在水箱旁边看里面不停地张口呼吸的金鱼，一直到把饮料喝完。再回到前台，爬上高凳子和调酒师开始聊天，说及一些事情，中间继续有时候会喝一些酒。

不过，今天调酒师告诉她，她的朋友今晚上不会过来，她轻微地点点头。

几个月来的东奔西走，慌慌张张的毕业，没有着落的工作，如今总算是尘埃落定，算是给大学四年的挥霍和惋惜做出了一个有所担当的交代。这是件值得高兴的事情，总算是可以脚踏实地自己走路了。

她在凌晨的时候回家，父母已经入睡，洗个澡然后回到房间，她抱起宠物狗坐在窗台上，拉开窗户，开始抽烟。小区里不断地有私家车开进来，车头摆着明亮的氙气大灯，如同深夜游动的生物搜寻食物的眼睛。这个时间段是这个城市安静的开始，直到五个小时以后将再次苏醒。烟灰有些洒落在小狗的头上，它抬起它的爪子不停地挠啊挠，那些一碰就碎的灰烬开始了第二次粉碎的过程。

我们从一座城市前往另一座城市，需要带走的行李中隐藏着的那些面孔，他们的每一次出现都会让过去无处遁形。无论我们经历多少，这些面孔仍旧会让我们无法入眠。可以仓皇的逃走，但是没有办法坦率的面对。

“佟西，其实好多次我都想这样平淡的把你慢慢地遗忘掉，我们就这样各自舞蹈在各自的生活里。我无法想象下一次的相遇，如果仍旧是这样的仓促。我们落在上海这座城里，就像是落进了大海，那个忽明忽暗的地方。

佟西。一个人的生活，好好照顾自己。”

黑色披肩长发，精致的高跟鞋，不化妆。玲珑给自己的宠物放好食物，然后拿起包出门。

这是正式工作的第一天。

虽然这些天睡眠时间不多，但是精神还算不错。见到小区里的熟人还能热情地打招呼。她终于完成了安排在自己身上二十多年的任务，按照父母的预想开始工作了。

她在地铁口给公共交通卡里充进固定数量的人民币，一分钟后穿着粉红色衬衣的工作人员把卡还给她。机器在那张卡上面标记了固定的出行路线，固定的路费，固定的时间消耗，固定的表情动作。这是另一段人生开始的标记。

列车停顿然后开动，车厢里间歇的报站声，以及那些和自己一样同样拿着包的年轻人。从此往后，她每天都要经历的这些事情。当然，在未来的某一天，会有一个男人和她结婚，然后两个人一起继续过这样的生活，继续一遍又一遍地复习这些事情。

玲珑在站台等车，头顶的电子屏幕显示着下一班列车到达的时间，她距离新生活只有三分钟。

四年大学的花费和青春就是为了有一天能交换这样的生活吧。

3

回到家里一个星期，已经开始适应这边的生活。每天醒过来的时候，一家人只有自己一个人留在家里。睡得很晚，时差仍旧很难改过来。

打开手机的未读信息，晚上的时候在上大学的表妹要过来玩。素宁站在镜子前面抓了抓头发，额头的角落有新鲜的粉刺。她轻声地叹了口气，走到花伞下面，拧开水龙头。这些天的睡眠很差劲，很容易失眠，做很多的梦。整个人每天都被抛弃在梦里，一直睁着眼睛在四处的奔走，这种暴烈的行走一直持续着。

洗完澡，换上干燥的睡衣，然后走到阳台上看着远处的天空出神，一个人默默地喝完一杯酒。

“某天如果我感觉我不再爱你，我就不会感觉寂寞。”

人一旦陷入无法摆脱的寂寞，有时候真的是一句话都说不出来。

素宁在黄昏的时候扛着笨重的相机出门，坐电梯来到小区对面高层写字楼的天台，架好相机，每天都用镜头看着这个城市和太阳一起落下去，一起沉入一片茫茫的夜色中。一个人，冰冷的嘴唇吻着纯真的天空，远处逐渐模糊的城市，逐渐明亮的城市的灯。

她在拍照。

真实的景物。

戴着面具的人。

“小宁，就知道你还在这里。”

“哥。”

“今天拍到好东西了吗？”

“嗯。看这里。我拍到一架飞机，飞进了那片红色中。”

“是不是呆家里觉得无聊，想回美国了。”

“不知道，只是在这里，我觉得我能做的只有这么一件事情。我突然想用这段时间完成一个摄影集。”

“好啊，需要什么东西就跟我说。哥哥绝对支持你的想法，看来我们家要出一位摄影家了。

好了，今天到这，我来帮你收拾了。三叔家的表弟和表妹都过来了，咱们回去吧。那俩活宝都是冲着你这个姐姐来的。”

“哥。”

“嗯？”

“……”

“怎么了，说啊？”

“我见到吴佟西了。我想他。”

“……

小宁，我们先回家吧。”

下车后，在大门口见到秦丹，她兴奋地跑上来把素宁手里的相机接了过去，走进院子，秦夜看到他们进来忽然从二楼的阳台上跳下来，“姐姐，回来了？”素宁站在原地吓得一直拍胸口，“你个死人啊，真是不要命啊你，哪有这么玩的？都上大学了还是这么调皮。”

“姐，我这不是看到你回来了吗，兴奋的。你拿这个大家伙这是出去拍什么了？还有这么专业的装备。”

“你姐姐我是摄影专业的，这些东西当然要专业了，呵呵。”

“小丹，把那玩意儿拿过来我摆弄摆弄。”

“走吧，都进屋去，别在外面了。进去再说。”

“嗯。小丹帮我拿东西，先跟我回屋。”

“走啊。”

“姐，也算我一个，我得去看看你那里还有什么好玩意儿。”

素远在下面看着素宁和小丹他们跑上楼去，然后走到客厅里，坐在沙发上开始抽烟。素宁刚才在天台上对他说的话，她看着自己时的眼神，那双眼睛里涌动的内容已经无法用语言来形容了。

这些或许他应该想到的。

去机场接素宁的那天，那个男孩也等在接机的人群中，那时候他已经注意到了对面一个男孩的面孔，当素宁走出来，而那个人却转头走开，那一刻他只记起了一个名字。

遭遇了那么大的事故，几乎可以摧毁任何感情，但是一年之后，两个人对彼此却仍旧念念不忘。至少在素宁心里这个人如今还是无法被替代。

这才是他没有想到。

4

第一天工作的结束，算不上累但是也是忙得有些措手不及，毕竟是第一次接触，看来新工作还是需要慢慢来适应。

玲珑的工作是负责完善英文方面的广告设计方案，不难猜想，公司在服装设计风格方面已经要开始转变了。而从服装设计，市场营销，广告设计这样对公司发展极为重要的部门基本上任职设计师都是和自己年龄相差不多的年轻才俊，才刚刚在上海站稳脚跟的公司，就大批地启用年轻的毕业大学生，能拥有这样的魄力和胆识的公司决策者绝对非同一般。玲珑开始有些佩服这个人的勇气。

傍晚离开公司的时候，同事们大多数都已经离开了。刚走出写字楼大门的时候，有人喊住了她。

“岳小姐，等一下。

你好，我是公司总经理的文秘，我叫陶莎。”

“哦，你好。你找我有事吗？”

“岳小姐，经理现在找你有些事。当然现在是下班时间，如果岳小姐你不忙的话，他就在办公室等你。”

“经理找我？什么事？”

“抱歉，这个我不知道。”

“……那好吧，那就有劳你带路。”

“请这边走。”

走进办公室，杨平转过身来的时候，玲珑看到他愣了一下，反应了几秒钟，不由得一下子就笑了出来。

“杨平啊，真有你的。”

“你第一天来公司面试的时候我就知道了，我还特意吩咐面试官给你出几道难题，看看你到底需不需要我给你走后门。”

“那我有让你失望吗？”

“以岳玲珑的实力当然不需要我使用非正常的手段来帮忙了。”

“真是没想到啊。”

“白城一别几个月，是没想到我们会用这种方式再见。那天我在一堆简历里无意间看到你的那一份。”

“那上面的一寸照片是很丑的，你居然也能认出来。”

“一个人的面孔无论在岁月里怎么变，她的眼神都是不会变的。岳玲珑的大眼睛，永远是那么神气。”

“得了别夸了。”

“今天晚上有空吗，我们去喝一杯。”

“可以，没问题。”

“姐，你这里面怎么拍下来的都是差不多的东西，这些是每天都能见到的城市的落日。你到底想拍什么。”

“你们当然看不懂了，这是专业的。呵呵。”

“这话说的。

我现在是许都金融，小丹是许都美术，你怎么还觉得我们俩不成气候啊。唉，或许我比较浅显还是不懂艺术吧。”

“你们俩在我眼里头，再有成就还是我弟弟妹妹。”

“怎么说话的感觉越来越像我妈了，姐，你在美国越混越老了。”

“哥，怎么说话的呢。”

“姐，他还是那么没大没小。”

“对了，哥，我昨天在学校里捡到了一个学生证，就是你们金融的而且也是今年新生。”

“噢？是吗，掏出来我看看。”

“原来是杨平的啊，这小子，这玩意儿都弄丢。”

“杨平？

小夜，快拿来我看。

……你怎么会认识他的。”

“我们俩一个班又住一个宿舍啊，我怎么能不认识他。”

“姐，你也认识他啊。”

“……不是，只不过我以前一个朋友也叫这个名字。有点耳熟。”

“杨平，前面DIARY酒吧停车。以前我每天回来都要来这里喝上一杯。那时候都是漫无目的地寻找。”

“想不到玲珑还有这个癖好。”

“这是我一个朋友开的酒吧，她是个调酒师，我们关系一直不错。是我很好的朋友。”

“也难怪，每天都来捧场。”

“这个时间客人并不多。那么，杨经理，今天想喝点什么，我请客。”

“已经出了公司就不要这么喊了。

啤酒，嘉士伯。”

“还是老样子，都是经理了，还在喝着啤酒。

好了，那你就说说吧，你这个经理是什么情况。”

“看你说的，难道我偷来的不成。

白城的总部去年就在这边成立了分支，然后服装整个部门全部搬了过来，我正好也在这边上学，所以就过来了。”

“你这样子还上学啊。有几个大学生像你一样，西装笔挺的。”

“当然我在学校只上专业课，其他的课基本上不会去，我也没时间去，这么大的一公司我哪里脱得开。至于穿这身衣服，也是应该的，你觉得我穿的像个嘻哈男孩一样怎么进公司。”

“呵呵，有意思。你还真别说，你要是穿成那个样子，再进公司……。”

“真没想到，我们用这种方式又见面了。”

“上次白城一别没想到会这么快。”

“嗯。一整个夏天的时间。

有些人总是要见面的吧。”

“哦，对了，嗯……前些天我见到了佟西。”

“……在哪。”

“许都迎新晚会。”

“《面具》之中那个戴面具的就是他对吧。”

“你也去看了。”

“你忘了，我也是许都的10届新生。当时我也感觉是他，但是他一直戴着面具我看不到他的脸。”

“他是一直戴着面具，我是在后台化妆的时候，在落地镜子里看到他摘掉了面具。”

“也许我应该去找他了。”

“……那场晚会只来两个街舞团体，除了我的那个还有GLARING。但是他并不是和GLARING那些人一起的。”

“GLARING来的只是b-boy，没有dancer。玲珑，假设如果佟西一直都在学校里面呢。”

“杨平，你想过吗？我们是不是真的有必要找到他。或许他现在过得很好。他若依赖你我的感情，当初他就不会不辞而别。”

"玲珑你说错了。

他依赖你的时候，不辞而别的是你。"

"……"

"好了好了。先不说他，来，干杯。Cheers。"

"Cheers!"

5

秋天的上海像是一座会哭泣的天空之城。

宿舍外面在清晨的时候会有嘈杂的割草机声响，有不耐烦的同学在阳台上大骂。浓浓的雾气穿过他干净的脖子，校园里有少许早起的学生行色匆匆，他迅速地从他们身边跑过，又从他们的视线里迅速地消失。

东奔西走的风。南来北往的人。

这一天明亮的早晨里，飞机飞过天空，在一片雾气中阳光越来越清晰。

佟西要去便利店接班。

这份工作已经持续了三个月，有时候的行走像是梦游一样没有记忆。到达之后会很快忘记刚刚路过的一切，没有人记得一个奔跑的少年，他也不会记得握着咖啡走路的中年人。后来身体一直会机械地完成这段距离的行走，他不知道这样还要持续多久，持续多久这条没有目的路。

清晨的店铺通常少有顾客，做完简单的查询记录工作他会趴在桌子上休息，等待自动门第一声清脆"欢迎光临"将他拽起来开始这一天的工作。

收银台前有好多废弃的电子账单，佟西喜欢拿来在背面写写画画，歌词，数字，漫画，这是他闲暇时用来消磨时间的方法。

从接到袁澂今年 WIB 比赛的通知，佟西每天的训练量开始增加，这是他第一次参加圈内这样重量级别的比赛。

Legend 来上海的目的也是为这次比赛做裁判。有时候在 GLARING 碰见 Legend 打个招呼，有第二句话但是一直说不出来。经常在舞房的角落里，看着 Legend 和 Edison 交流着什么，看着他们跳舞。

他想问素宁的事情，但迟迟张不开口。袁澂给的电话号码一直夹在日记本里，一直没有勇气拨通，没有勇气面对素宁开口的声音。他的视线穿越一连串的数字穿过城市朦胧的天空，落在荒芜人烟的境遇。

认真地在舞房练舞，完全用心地去感觉四周的音乐。他这样强制着自己不去想一些事情，他也是一个平凡的人带着平凡的心事行走在城市。那段时间，晚上总是会失眠。躺在床上翻来覆去，偶尔听到舍友们熟睡中的鼾声或者呓语。房间里寂静的没有声音，洒落一地空荡的月光。往往在凌晨的时候，一个人坐在阳台上抽烟，不停地看着摊在手里的素宁的相片，这是他回忆这个女人最清晰的线索。沉默着的远方的天空仍旧没有亮起来，过往的风景就像夜空里的云。一整夜的时间像烟灰一样轻轻一弹就碎了。

一个人的寂寞，有时候真实得像一场电影，只是从头到尾都只有自己一个人，无法用台词来说明表达。他看着这个世界，这个世界看着他，无论多漫长的对峙，就是一句话都说不出来。一句话都说不出来。

一句话都没有。

傍晚的时候，佟西歪在舞房的沙发上睡着了，也不知道睡了多久，直到耳朵感觉到了音乐的震动，才缓缓地睁开眼睛坐了起来。

袁澂见佟西醒了，从包里掏出一瓶水递给他。

“我看你最近这状态啊，总是这么混混嗒嗒的，应该不是因为跳舞吧？”

“呵呵，这你都看出来了。”佟西疲惫地转了转脖子，声音有些僵硬。然后拧开瓶子盖大口大口地喝水。

“你怎么回来的这么早，你不是跟大家出去吃饭了吗？”佟西放下瓶子站起来伸了伸懒腰。

“你睡糊涂了吧？小子，看看时间你都睡了两个多小时了。赶紧活动活动，等下我们去虹口店，今晚上队内有比赛，他们现在都已经过去了。”

“哦。那我先去洗把脸。”

收到Legend的信息，素宁多少有点意外。短信里说今晚邀请她来GLARING玩。

回来这些时日，这个滑稽的老外一直沉寂没有消息，今天突然收到这样的邀请，素宁看完笑了笑，撂下手机继续在电脑上整理她今天刚刚拍回来的图片。

每天的黄昏，一个人站在高高的楼顶，她注视着镜头里的城市和夕阳，她的姿势沉浸在一片浓郁的红色里面。看的久了，就离开镜头揉揉眼睛来看这个真实的世界，一卷落日诗歌一样的写在纸上，和大雨茫茫的黄昏不一样，它的寂寞是温暖的。她低头看了看T恤上的这个卡通头像，那时候她觉得如果身边有个人，一起来看，这朵巨大的红色向日葵一定会更妖艳。

她在做一个摄影集，名字叫做《红色向日葵》。

进入GLARING的楼层，远远地就能听到热烈的舞曲声。今天晚上的GLARING很热闹，除了自家的队员教练以及学员，其他的舞堂也来了好多凑热闹。虽说比赛要分个胜负，但是在跳舞上面就要看谁更放松更敢玩。

Edison临时客串做起了MC，说着无厘头煽动大家的情绪。佟西来上海这些时日，这是第一次感受到真正的街舞氛围，比起白城的那些，佟西想了想然后没有再想下去。

Legend带着素宁来到了现场，强烈的节奏让素宁忽然有些不适应，强烈的重低音撞击着她的心脏，她抬起双手捂着耳朵，Legend在后面推着她的肩慢慢往前走。因为是内部的比赛也是娱乐，所以作为裁判的Legend坐在了人圈前面，也没有坐椅子，素宁坐在他后面。

逐渐适应了这个环境之后，素宁慢慢地把手从耳边拿开。这里是另一个世界。原来这里面的声音和D迪厅里面粗俗的声音完全不一样，和大楼外面马路上的声音不一样，你能看到，这里不是放纵不是沉沦，是一种陶醉和热爱。这些音乐在这群人身上说着更精彩的言语。她开始怀疑自己以前的看法，那时候她很排斥跳街舞的这帮人，对他们穿衣方式言谈举止嗤之以鼻。那时候她还在白城。素宁想了想然后没有再想下去。

比赛抽签后马上开始。POPPIN组排在LOCKIN组后面，是最后一个开始比赛的组别。佟西从第一场掰到最后一场，出众的音乐的表达能力和身体的控制，让他每一场比赛赢得都没有太大的悬念。袁澂在下面看着他跳舞也是连连点头，来到上海的这几个月佟西的水平在迅速地提高，已经不是那个在 DOS TEAM 跳舞还有点害羞的佟西了。

其实有的时候比赛确实是检验一个人实力的最好平台。

一直到最后一场比赛，比赛的两个人状态应该是最热的。只是佟西在对手第二回合的时候走着走着就蹲坐在地上头也不抬，任凭对手怎么来挑衅，突然地安静下来了。

老怪教他的时候曾经跟他说过，如果你无法让自己安静地听音乐的时候你就坐下来，一定要把拍子听清楚再跳。不管音乐有多么激烈，跳舞的时候内心一定是最安静的。

但是这次并不是音乐，因为这首曲子他再熟悉不过了。

这样一幕的场景，熟悉的仿佛曾经在那里上演过。思绪拉着他在记忆里无助的寻找着线索。紧张，惶恐，白城，尚舞。素宁。

素宁。

素宁。

素宁。

对手的第二个回合已经结束，但是佟西还坐在地上。Edison 用麦克风提醒他，已经到他的回合了，袁澂用瓶子盖砸他提醒他赶紧站起来，DJ 慢慢放低了音调，这间屋子的人全部诧异地看着。

佟西面无表情地站起来，他拽起 T 恤衫擦了擦额头的汗，看了对手一眼，然后开始跳舞。

那是已经发黄的 T 恤，那个卡通头像就是素宁。DJ 放的这首音乐是素宁说过她喜欢听的那首曲子。

那一年尚舞内部的比赛，素宁坐在下面看着他跳舞，她看着他从第一场跳到最后一场，看着他亲吻 T 恤上的卡通头像，看着他赢下比赛。

她拿着湿巾给他擦汗，她说，这是我见过你跳的最好的一次，而且最后这首曲子蛮好听的。

他说，那你可要记住它，它就长得像我这个样子。

她笑了。

比赛结束，Legend 和其他两个裁判把手都指向佟西，这是获胜的示意。之后 Edison 宣布获胜名单，今晚的比赛全部结束，屋子里的人热闹着开始散去。

而那时候佟西早就不在乎这一切了，比赛的胜利，参加 WIB，这一切对他来说都已经不重要了。

就在裁判宣布结果的那一刻，他已经看到了在 Legend 身后的那个女孩，那个已经泪流满面的女孩。她看着他从第一场跳到最后一场，她穿着的 T 恤上面也有一个卡通头像，那是还戴着帽子的佟西。

那时候她是他的女朋友。

她叫秦素宁。

他走过去，对她微笑，对她讲话。

“素宁……”

“……”

“你早就来了吧？这比赛你都看了。”

“都看了。”

“没想到现在你喜欢看这个了。那时候你还不太喜欢这个的。”

“佟西，我们竟然还穿的同样的衣服。”

“嗯。

只是没想到你还会穿出来。”

“你比以前厉害多了，你进步很快。”

“你现在都看出好坏来了。”

“看着周围这一圈人的反应，也能看出来的。”

“……

你还记得刚才那首曲子吗？”

“我一直记得。”

“你……你现在还好吗？”

“我这不是健健康康地站在这里吗？”

“……”

"……"

"嗯……

你怎么今天回到这里来，你知道我在这里？好巧啊。"

"Legend 找我过来玩的。是，好巧。

但是那天在机场你却藏了起来。"

"原来你还是看到我，我以为你看不到我。

当时你出现的太突然了，慌乱了，只是我有些不知道该怎么面对你。"

"那现在呢。"

"……

都太突然了"

"我对你来说也是突然吗？

你既然看到我了，可是你为什么不来找我？"

"去找你……

素宁。

那你觉得我该以什么名义去找你？"

佟西没有再正视她的眼睛，那双潮水一样的眼神，几乎要把他淹没。他没有再讲话，只是站在那里。

"佟西，抱我。"

话音落地，空荡荡的舞房她仍旧只能听见自己的声音。

"佟西。

那你告诉我，你还爱不爱我？"

她突然地问他。突兀而且直接。

她要寻找一个答案，就在这个书一样的男人身上。那里面有她青春唯美爱情的痕迹，当初少年时充盈的感动。只是现在它们非常孤独。非常寂寞。

素宁一直看着他，眼泪一直在流，在脸上留下一条条爱情的裂缝。她目不转睛地看着他，生怕遗漏掉任何一个答案。她抑制不了这样的情绪，它们一直被禁忌在他的心里。她眨一眨，豆大的眼泪成行成行顺着脸颊流了下来，周围却寂静一片，只有心中起伏的感情暴露在脸上，无法自控。

“吴佟西！给我一个答案！

你说话！

你说话！”

终于爆发的情绪。

她的手打在他身上，不停地打。而他的脸仿佛被什么东西锁住无法动弹，他站在原地面对这个自己日思夜想的女人却无动于衷。他闭上眼睛，脑子里闪现她的笑容，干净的短发，放肆的眼神，性感的嘴唇和下巴。

他睁开眼，她的脸忽然沉没于黑暗里。

素宁打累了，无助地蹲在地上，把头埋进膝盖里。那时候周围的一切对她都已经不重要了，她感觉到她的肉体和灵魂慢慢地沉沦，被绝望一层一层地覆盖。

眼前的这个人已经不是那个佟西了。那个坚强、执着、傲慢、放肆的男孩，那个在操场上在人群中突然把她抱起来，每天放学准时等在大门口对着自己吹口哨，她遇到灾难的时候他曾经不顾一切地冲上去。那个让她每天都会想无数遍的男人。

可是现在，他只是一个不敢面对自己，发不出声音懦弱的男人。他的成长，显然是一场对痛苦和绝望的臣服。人的脸上，最容易显现真相，而素宁脸上的真相，就是绝望。她不知道该如何来接受这个消失了一切语言的人，而这样荒凉的场景，她在天台看夕阳的时候就有不安的预感。

一夜秋风，让她忘记了昨日的红花。

“佟西，如果我知道你已经变成这样，我又何必再回来。”

素宁起身推开身边的人快速地消失在这栋大楼里，消失在外面这座空茫的城市里。那一刻，佟西忽然感觉到了什么，他看到了一个慌乱陌生的背影，他丢掉他对爱情的所有信仰，折损了他美好的回忆。

原来，这突如其来的一切就是一场突如其来的道别。

《忽然之间》莫文蔚

忽然之间 天昏地暗

世界可以忽然什么都没有
我想起了你 再想到自己
我为什么总在非常脆弱的时候 怀念你
我明白太放不开你的爱 太熟悉你的关怀
分不开 想你算是安慰还是悲哀
而现在 就算时针都停摆就算生命像尘埃
分不开
我们也许反而更相信爱

如果这天地 最终会消失
不想一路走来的回忆
没有你
我明白太放不开你的爱 太熟悉你的关怀
分不开 想你算是安慰还是悲哀
而现在 就算时针都停摆就算生命像尘埃
分不开
我们也许反而更相信爱

佟西没有搭乘任何交通工具，只是一个人游晃在大街上。上海的夜景美好的并不真实而且也和自己毫无关系。

他在经过一家理发店的时候，听到了这首歌。他坐在不远处的公交站牌下的座椅上面，一个人在上海夜晚的街头听完这首歌。

秋天的晚上已经有明显的寒意，公车的来往带起的凉风让佟西不自觉地打了个喷嚏。他不清楚这里是哪里，也不知道自己是如何走到这里来的。他刚刚失去他深爱的人。只是十几分钟的时间，素宁让他的世界再次天昏地暗。他知道，这一走，真的就没有了以后。只是没想到这样匆匆一面竟是这样的决绝，他侧过脸看到这个寂寥的世间一笔一划地写着爱情，一边写一边失踪，一边失踪一边遗忘。

也许在很多年以后，他会将这段记忆遗忘，而她也一样会遗忘掉他的脸。佟西低下头，闭上眼睛，用双手抱住自己，此刻她又看到了她的美，倒影在上海这个庞然大物之中。他看到他和她的距离是那么的近，仅一步之遥，他却没有力气将她抱在怀里。那一刻，他决然地服从了自身的理智和身份。他刚从看守所出来，以跳舞为职业，没有学历，没有家庭，不清楚自己的未来，养活自己尚且勉强，他又能拿什么去爱她。

曾经中学时代的青梅竹马，最后还是要做命运的奴隶。这个道理他早就明白了。他不具备战胜命运的能力，他只能在旅途中不断默认身边的来来去去，看着别人被扭曲，别人看着他被遗忘。

“我明白太放不开你的爱，太熟悉你的关怀。”

素宁。

素宁。

素宁。

他亦会沉浸在一片绝望之中。她曾经是他心里塌陷的一块阴影，如今变成溃烂。

他明白，就是这么一照面的时间，也许他们就此，天各一方。

素宁。

有很多很多话，我不能告诉你。

我也无从开口。

6

杨平还没进宿舍，就听到屋里面的舞曲声音。曾经的跳舞经历让他不需要辨认就知道屋里的人在跳什么。贾斯丁的音乐，适合跳 HIP-HOP。

只是没想到自己宿舍里还住着一个舞者，就是不知道他什么水平。杨平开门进去，秦夜在大厅里跳的正 HIGH。

“没看出来啊，你还是个跳舞的。”

“你看出来了，要不然你就不会说了。你也会跳吗？”

“呵呵，你觉得呢？”

杨平关上门，把手里的包扔在沙发上，坐下来开始看他跳舞。”

“你跳啊，我欣赏一下。”

“少来埋汰我。”

“你怎么今天有空回来，今天好像没有专业课吧？”

“我今天休息。呵呵，当然回来放松一下了。”

“乖乖，学校倒成了你放松身心的地方了。”

秦夜把音响声音开小，从冰箱里拿出可乐，扔给他一罐。

“哦，对了。你回来的正好，你的学生证是不是丢了，被我妹妹捡到了，等下我去给你拿。”

“我学生证什么时候丢了？”

“这就是想丢的丢不掉，不想丢的却会丢掉。谁都是这么矛盾着活着。

我想想，放到哪里了……哪里了……

在这呢，来来来，你过来看看这照片不是你吗？”

杨平有点懵，他确实没有印象。不过有人给捡回来了，有总比没有强。

“嗯，那替我谢谢你妹妹啊。不是，秦夜，你什么时候又多了个妹妹啊？”

“我的亲生妹妹，秦丹，和我一届学美术的。你平时忙很少有时间回来，就是回来了我也不一定就在，当然也很少有机会跟你拉家常。你不知道的还多着呢。不过，说到谢谢，你就谢谢我就行了，中午这顿饭你看着办。”

“又是吃。瞧你那德行。”

既然也在学校，就把你妹妹一起喊上吧，刚好认识一下。”

“行啊，今天你回来了就自便吧，想干什么觉得放松就干吧，我出去跳舞了。”

“好好好，你忙。话说的好像这不是我家一样。”

秦夜走出门去，忽然从门边把头探进来，“你确实没把这里当家。”说完就撤退。

杨平脱掉外套，躺在自己的床铺上。窗外是晴朗的天气，明亮温暖的阳光落在额头上，好久没有这么轻松过了。每天的日子过得太过单调而且迅疾，这样的重重复复，哗啦啦的像翻动着薄薄的日历，对消失的每一天没有任何线索可以回忆。

他昨天刚刚和意大利一家著名服装公司签订了合作协议，他的公司将能接受最优秀的设计理念以及设计培训，对方还邀请了自己公司的设计师去意大利参观学习。对于他手下的这些年轻才俊来说，能去接触世界知名的服装设计师，这是多么难得的学习机会，这对他们的成长可能会是质变的推动，而最后这无疑对公司的发展也将会有一个巨大的推动。

杨平想着想着就笑了，而且他也决定和主要设计师一起去意大利，当然他不需要学时装设计，除了能放松放松还可以学习一下国外服装公司的管理理念。一时间，他似乎看到了公司将来发展壮大的盛况，子承父业，他终于继承了父亲的志向，让服装公司在自己手里继续强大。他可以自豪地面对年迈的父亲，他的儿子终于不辱使命。

这就是他的骄傲。是他工作的全部意义。

他起身走到床边，给自己点起一支烟，那些烟雾迅速消失在明朗的光线里，没有踪迹，没有痕迹，没有丝毫的变化。来到这座城市已经三个月了，他从没看见过这美丽的上海。

来到必胜客，看着这样嘈杂的环境，杨平多少有点崩溃，他一向讨厌人多的地方。也许在秦夜看来这就是大学生和新青年吃饭应该来的地方，当然还有肯德基，不过要如果去了那里，杨平应该会更加崩溃。

见到秦丹，她的样子没有太超出杨平的料想。T恤衫小裙子还有一双匡威，眼神明亮，放肆而且无忌，仍旧带着高中生的那种单纯和天真，她的动作幅度大，音调高，这都是对外界没有防备的表现。

也许将来她也会像学校里那些大三大四的女学生一样，变成一个穿着讲究、浓妆艳丽的女子。当然，这样穿着的进化是中国学生一种基本趋势，具有历史性和不可抗拒性。

如果单从穿着来看，这一定会是一个哥哥带着弟弟妹妹出来吃东西。

秦夜有点颇带调侃的介绍他们认识，“他就是杨平，那个学生证的失主。这个就是秦丹，那个学生证捡到者。”这样尴尬的介绍，秦夜说完，自己都笑了。

杨平接上他的话，“你好，秦丹，谢谢你的拾证不昧。很高兴认识你。”

他习惯性的伸手和她握了握手，这是他认识新朋友的习惯。虽然有点不好意思，秦丹还是接受了这个手势。

秦夜在一边已经忍不住笑开了，“行啊，杨平你也蛮很搞笑的嘛。像对待客户一样。”

“杨平先生，我怎么看，你也不像个大一的学生。”

秦丹也是个率性的姑娘，可以很轻松地和任何人聊天，和他哥哥一样，有着同样明亮的眼睛。

“先生？我有那么老吗？”

“可是你穿的很成熟啊。感觉有点不合适。”

“不合适？那你觉得我应该穿得像你哥哥这样吗？”

“杨平，你别又拿我开涮啊。”

“呵呵……听你哥哥说，你是学美术的啊。”

“嗯，室内装潢设计方向的学生。”

“自由发展的职业，我蛮欣赏设计师的，靠创造力立足。”

“杨平，你这不好啊。

别套近乎，我妹妹现在可是抢手货。”

杨平瞪了秦夜一眼，秦夜低着头嘿嘿地坏笑，“玩笑，玩笑而已。我去趟洗手间，你们先聊啊。”

“对了，问你，你跳舞吗？”

“啊？我不会跳舞，但是我哥跳，我有个要好的朋友也跳舞。怎么突然问这个？”

“今天好不容易回了一趟公寓，就看到你哥哥在大厅里面跳舞。那你的好朋友跳什么的？”

“他跳 POPPIN 的。”

“哦，那他跳起来应该满帅的啊。POPPIN 是一种很绅士的舞蹈。”

“倒没有绅士那么严重，不过还好，那个迎新晚会你去看过吗，《面具》就是他和朋友一起跳的。”

“什么？《面具》里面有你那个好朋友？”

“嗯。”

陶莎开始办理去意大利公司人员的手续，然后她要去给杨平准备随身物品以及服装。他是一个有依赖习惯的人，平时用的东西不会轻易改变。但是他的保守让她觉得很可靠。

这次她不会跟杨平一起去，按照杨平的安排，她要留下来协助副经理临时处理这两个星期公司的事务。

站在超市的男士专柜前面，颇带斟酌地挑选洁面乳一些日用品，同一个牌子的产品，陶莎还是决定给他换一款试试。

在经过柜台偶尔看到反光玻璃里面的自己，陶莎忽然觉得自己像个细心的少妇。她又仔细看了看自己的脸，有些不自觉地绯红。陶莎想了想，然后轻轻地笑了笑以示自嘲。

她本来准备给杨平买几件高档时装，但是他一口回绝。

“我只穿自己公司设计的衣服。你就去商场里面我们的专柜挑几件就可以了。”

每次看到他的短信就如同看到他那双眼睛。好多时候陶莎都不敢去直视那双眼睛，那种光波仿佛瞬间就能照射到内心，清醒地看清所有。像潮水退去的海滩，没有倒影美丽云朵和城市的海水，只剩一层裸露的海滩，有着不可评测的荒凉。

即使这样，她依然觉得那是一束无情的，迷人的，无比坚强的光芒。

回到公司，杨平已经在办公室里收拾东西。

陶莎把一下午买的东西拿给他，杨平略微看了看，“你去把他们放到箱子里吧，应该错不了，我相信你的眼光。”

“别，经理。我看呐你最好还是把衣服试一下，这回和平常穿着不一样，你不单纯去玩，你的着装就代表了整个公司。如果不太满意我还有时间拿去换，要不等你明天上了飞机再后悔就晚了。”

“嗯。也好，我去换来看看。”

“没想到我们自己做的牛仔裤板型还不错啊，我是好久没有穿过牛仔裤了。你看看怎么样？”杨平借着落地窗的反光看着自己的这套衣服。“你的眼光蛮好的啊，而且尺寸也差不多合适，很细心的。谁要是以后娶了你谁有好日子过了。”

陶莎没有说话，只是不好意思地笑了笑。她很开心，她真的很开心，她把眼前这个男人打扮的帅气有型，他是整个公司的形象，他是她心里最完美的想象。

“不错，鞋子也合适，看来我以后买衣服都需要你的参谋了，你比设计师的眼睛还准。”

“你就别换了，穿着吧。新衣服穿几次之后才会合身，才好看。我拿剪子把吊牌剪掉。”

“呵呵，好啊。”

“你们准备去多久啊？”

“两个月吧，嗯……差不多。”

“现在正是冬装上市的时候，你都不留下几个设计师继续做衣服吗？”

“他们在那边也可以设计，到时候把方案传回来，给车间做就行了。而且我让他们都去学习，等我们回来冬装基本上就过了，我们大家再全力以赴去拼明年的春装市场。大家都是年轻人，太需要这种机会学习深造了。这次回来之后，他们的水平就会直接提升一个档次。虽然我们这段时间的销售额可能会有一定幅度的缩水，但是我相信你，相信其他的公司员工，你们一定会让我们的损失降低到最小。”

“可是你把他们都培养起来了，我担心，万一以后他们选择跳槽呢？”

“假设你现在阿玛尼服装总部任职，工作稳定收入丰厚，你还会选择跳槽吗？”

“……”

“敢于跳槽的只有三种人，一种，寻求挑战施展抱负。另一种，寻求高额的薪水图安稳。最后一种，无法适应环境然后逃避。”

“那就现在这些人，你怎么说？”

“陶莎，一个好的公司，它一定会让它的每个员工在合适的岗位上施展抱负，在为公司创造效益的同时得到丰厚的回报，他在这样的环境里生活的愉快满足，他为什么还要走呢？”

“这只是想象，哪里有总这么好的地方。”

“这是当然。但是我要做的就是尽全力为员工创造这样的环境。不过，人各有志，想走的我一个不留。我要的是我的员工热爱自己公司，以自己的公司为荣，甘心为公司奉献时间和精力。只有这样我们的公司才能强大。”

杨平站在落地窗前的充满自信的言语，忽然间让陶莎感觉震撼。那就像一个摧城拔寨的将军一样，对这座城市充满了征服的欲望。一直以来都沉默谨慎的杨平，忽然之间变的盛气凌人，他似乎已经看到公司空前壮大的盛况，他是一个毫无争议的征服者，胜利者，他要接受整座城市的膜拜。

陶莎没有再提出疑虑，她知道自己该做的事情。她只是经理的秘书，没有责任负责公司的重大事务。但是她在乎这个男人，因而她有责任帮助他，保护他。

“经理，我再去把你的行李清点一下，看看还有什么遗漏。”陶莎从办公室隔间里拎出另外一个皮箱，从上衣的口袋里掏出物品清单，开始仔细地检查。

杨平看了看她，没有再说话。他继续看着落地窗外面的大上海，时间和梦想蔓延的城市。

7

自从素宁离开之后，上海就在不间断的下雨阴天，气温凶猛地跌了下来。这场持续的雨穿过了喧嚣和寂寞，让希望的人失望，失望的人感到了绝望。鲜艳的红花要谢了，曾经观望这一切的红光消失了。

夏天的时候，佟西靠在阳台边上沉浸在夕阳的红里，凉风吹散一天的疲劳。但是这样的日子已经没有了。阳台外面现在是一片萧瑟的雨声，没有割草机的声音，没有楼上男生唱歌的声音，没有洗澡回来打闹的女生。湿漉漉的流浪猫迅速地窜进花坛，这个世界再也没有风景。

那道带给他无限遐想的红光消失了。

WIB 的比赛他放弃了参赛，除了每天仍旧要去便利店当班，因为那是他维持生计的需要。而其他的时候就一直在空虚。什么都不干了，发呆，抽一包烟，看一本无聊的书，要么睡觉。

他不去跳舞，不去参加每周的队员训练，Edison 甚至给他发警告，他仍旧没去。每一天任凭时间怎么从自己身上爬过，他在阳台上堆积了一地的烟头，一个人躲到一个清凉荒芜的世界中。

天色发亮，按时起床，专心做好便利店的工作。饿了肚子吃饭，渴了喝水，烟瘾上来就消耗几支烟。没有人跟他讲话，他不想讲话，好多时候也不知道该怎么与别人讲话。他每天都出现这个世界，每天都沉没在这个世界。没人询问他，他要去哪里，他也无须为自己行走做出解释。他在夜晚走过行人稀少的地下通道，兜起衣服上的帽子套在头上，裹住一张面无表情的脸。

袁澂在某一天的下午发来了信息，他很久之后才看到。手机对他来说一直都不是很必要东西，他不需要用这个设备去纠缠多少份感情。他接不到一个电话，他也不打电话给别人，没人可以交谈。

“臭小子，好不容易考进来，你是不是不想在 GLARING 呆了？”

他看完然后就把手机放回了包里，只是当时不知道该说些什么，隔了好久才给他回复，“师傅，我不知道跳舞究竟能给我带来什么。”

“你什么意思。你是不想跳舞了？”

“可是我又不知道除了跳舞我还能干些什么。”

“如果有困难的话说出来，大家想办法帮你的。”

“师傅。现在谁都帮不了我。我想安静一段时间，想要给自己找一个出路。”

“是不是因为那个女孩子。”

“我不知道该怎么来回答你。”

“凡事看开点，都会过去的。”

佟西没有再回，似乎话已经说到了尽头，他再也没有力气说半句话，全部的情绪全部撞死在那里。那个女孩。那个让他一想就要崩溃的女孩。

她再一次从他世界消失的那一瞬间的遗憾，像一场无休止的海啸，一遍又一遍地摧毁着他的感情。

那个女孩让他承受着心脏被绞碎的痛苦。他像一个流水线上淘汰下来的残次木偶，只能睁开眼看着一片漆黑。

“佟西。也许你有自己的选择。但是无论你要去做什么，你不要颓废。你好自为之。”

袁澂没有再回复短信，他不需要过多的询问甚至挽留。他把手机放进包里，他要开始跳舞了。

六年的舞者时间，在他的身边总是不断地有人放弃跳舞，他已经目睹了太多的残酷的放弃。他记得好多面孔也忘记了好多面孔，他们来到这里的时候都曾经带着让他钦佩的勇气和毅力，在他们的眼睛里充满了向往。他曾经带出过很多优秀的 POPPIN DENCER，但是最后留下来的寥寥无几，他们的每一次离开都会让他质疑自己的舞蹈，他是不是真的选错路了。今天下午，在这间练舞房里，他的学生再一次地选择离开。他没有再去多想这件事情，只是时光重来，人已不再，他已经习以为常。

对于他来说，跳舞是他全部的投入，跳舞为他赢得掌声与尊重，跳舞让他知道他不是弱者，他喜欢这个东西，他不是没用，他能把舞跳好，他能靠跳舞养活自己。他是职业舞者，他的舞蹈就是生存。他说“跳舞是维系生存的办法，要跳舞而且要跳的好，要不然就没饭吃。”

所有的职业舞者都一样，他们每天就如同寻常工作一样忙碌，需要拼搏，他们在坚持一个信念对抗着整座物欲横流的城市，他们穿朴素或不能被理解的服装，他们吃饭简单而且匆忙，他们的生活在别人看来是颓废的带有些许的神秘，不符合中国人惯有的安稳的思想。他们在信仰与现实的缝隙中爬行，背井离乡，孤注一掷。

他们是一个孤独的群体。

他们是一个叛逆的群体。

他们是一个坚强的群体。

外面阴雨，大雨在玻璃窗上一波又一波地冲刷。今天应该不会有人再来训练。跳舞的间歇，袁澂坐在地板上，擦一把汗，喝一口水，抽一支烟。

MP3 里的舞曲播放结束自动跳到了另外的文件夹，那里面是他喜欢听的歌曲，音乐声很大，镜子里面是一片空茫，他的身后空无一人。播放中止的时候，整间屋子里只有烟灰风化的声音。

《梵高先生》李志

谁的父亲死了
请你告诉我如何悲伤
谁的爱人走了
请你告诉我如何遗忘
我们生来就是孤独
我们生来就是孤独
不管你拥有什么
我们生来就是孤独
让我再看你一眼
星空和黑夜
西去而转折的飞鸟
我们生来就是孤独
我们生来就是孤独

我们生来就是孤独
我们生来就是孤独
我们生来就是孤独
我们生来就是孤独
我们生来就是孤独

8

上海的秋天。

持续着的阴霾天气。整个天空像陷入了一场病入膏肓的疾病，带着绝望的神色，暴露在这座失去平衡的城市面前，让绝望更加绝望。

“佟西，你这些天怎么了？看你不去跳舞了。”

小斯下午上课回来看到在床上睡觉的佟西，爬上去揪了他一下耳朵。

“你玩了两节课回来就开始折腾我，去去去，赶紧去追你的小丹去。”佟西没有睁眼，蒙着头嘟嘟囔囔地说话。

“有什么困难跟哥们儿说啊，看我能不能帮你。你这些天跟丢了魂儿似的。”

“你帮不了我，你快该干什么干什么去吧。”

“你这混蛋，好心当成驴肝肺，你给我起来。”小斯一把把被子拽了起来。

“斯爷……你别闹腾了，你让我静一会儿行吗？”佟西把被子抢过来，蒙上头倒回床上去。

“你说你这像什么样子，中午从便利店回来要么往阳台上一坐，要么就往床上一躺。是谁跟我说不能混日子的啊。”

“……

我说，你是不是需要我做什么？”

“我需要你现在起床。”

“赶紧说，别啰嗦。”

“现在我要跟你说正事，你最起码得坐起来吧。”

“好了，你说吧。”

“我和一个朋友搞的学校里的那个街舞团体 yesterday，我带你去过的还记得吧？”

“嗯，接着说。”

“我们的 POPPIN 教练去了武汉不回来了，现在周末晚上没人上课了。我想让你来做 POPPIN 教练。”

“你找袁澂吧，你也是他的学生，让他来帮个忙好了。我现在不想跳舞。”

“我哪里请得动他啊，不行啊，你得帮我这个忙。你一周只有周五晚上两个小时的课，我跟那些教练一样每个月给你开工资。这很轻松啊，又不要你做什么其他的事情。”

“今天星期四啊。”

“对啊，今天我先带你去认识一下其他的成员。

哎呀，行了，别寻思了，一周就这么一节课多轻松啊，去啦去啦。”

小斯勉强把佟西给稳下来了，也算了结一桩心事。“佟西，等下你赶紧起床，我把其他的教练叫了，一起吃个饭。”

“你们吃吧，等会回来叫我过去就行了。”佟西爬下床来，走到阳台上，开始抽烟。

“因为那个教练走了嘛，所以今天把他们出来都稳定一下，你也去认识一下，多个朋友没什么不好。”小斯走过去，“你说你每天在这里看，看什么呢，你让下面走过的女生怎么想啊？”

“没有规定这个阳台只能晾衣服不能站着看看天。”

“你现在到清闲的成了一个看天的人。”

“看天的人。这个名字我喜欢。你也觉得我像。我也觉得我像。”

“我说你到底怎么了，脑子越来越不正常了。”

“小斯，帮我个忙吧。”

“行啊，你一句话。”

“托你的关系，我想买台笔记本。”

“你是不是闷的无聊了，玩游戏吧。”

“你以为我跟你一样。”

“好好好，你也不用买什么，我这就有你想用就拿去。”

“这个可不行，私人电脑就是日记本，不能随便碰。你找个时间，我们去转转。”

“你哪来的钱啊，少说也得三千吧。”

“这个你放心。我已经存了 5 个月的钱，把这个月的生活费提前拿出来支掉。你就只管带我去就行了。”

“那好吧，这事就包在我身上。”

四 看天的人

1

杨平离开之后公司的事务大都归为副经理来处理，陶莎的工作忽然之间清闲下来，好多时候就在杨平办公室擦着桌子，整理文件。她在心情放松的时候就开始对着电脑打字。

参加工作之后，几个月的时间内陶莎陆续推掉了一些杂志社短篇的约稿，工作很忙碌，没有安静的时间补充在写作上面。这也算是给自己找个不接稿子的借口，她已经开动了她的又一本长篇。每天的工作结束回到单身公寓然后开始创作，随着时间沉入黑夜，直至凌晨，雾气弥漫，窗外的光线不再变化。好多作家写作的时候需要绝对的安静，但是她一直需要放音乐，戴上大耳机，音调轻微，这是她从一个世界来到另一个世界深情的过度。那些空灵的声音收放自如，镇压得住枯燥的情绪，在头脑里无限地蔓延。她的灵感来源于那里。

她在杨平离开的时间里回归了自己的另外一重身份，这个身份是属于自己的天空，外人无法靠近。无法抵达。无法猜度。没有一切企图。她在这片天空下隐藏消失，沉默黯然，难过流泪。天空下生长茂盛的蒿草，夏天黄昏红色的阳光，白杨树新鲜清脆的绿叶，它们在风中轻轻地摇摆，不食人间烟火。那一刻，便会觉得自己是安静的。清醒寂寞，安之若素。

从杨平那里学来了一个看天的习惯。头顶庞大的天空，眼底庞大的城市。站在落地窗前的那一刻，外面的一切像是被大风吹过的一幅画，吹起了大片大片寂寞的云彩。

笔名，看天的人。

这个名字是她遇见杨平的时候重新换的。没有什么寓意以及任何深度。她第一次在窗外看到站在落地窗前的杨平，她写，他是在看天的人。

2

佟西跟着小斯进了饭店包间，他在坐下的那一刻，忽然整个人愣住。

他抬头看到一个人。

玲珑就坐在他对面，她先是愣了一下，然后默认了这突如其来的面孔，她轻轻冲他笑了笑。

“各位，请让我来为你介绍，这位就是吴佟西，我们 yesterday 新来的 POPPIN 教练，也是我的好朋友和舍友。嗯，佟西，我都给你介绍一下啊，这位美女岳玲珑，JAZZ 和 NEWSTYLE 教练，这个……”

其实那个时候，佟西早就已经完全没有心思去听他的介绍，也完全拼不起谁的名字和谁的脸。他显然陷入了这个又一次的措手不及的局面中。他一直被动着接受一次又一次变故，十几天前他狼狈地看着素宁离开，十几天后他又以同样的尴尬与玲珑见面。

他坐在那里，不说话，抓了抓头发，偶尔客气地回应酒桌上的朋友。

他只是坐在那里，不说话，开始像一个不懂事的孩子一样，不读世事曲折，不阅人情世故。来到上海的将近半年的时间一直生活在自己的世界里，他习惯这样的生活节奏，也没有准备去改变。独立，自由，安全，并且在时间里渐渐退化了语言的能力，他也没有意识到不会说话，这在今天的社会意味着什么。小斯说他是自己的朋友，恐怕现在也只有这么一个人会说，“他是我的朋友。”

他仍旧坐在那里，不说话，看着一桌人热闹非凡，开怀大笑，这些人喜欢并且熟悉这样高兴的场合，但这些都与他无关。低着头玩着手机里面幼稚的小游戏，他由此看到自己尴尬的存在于这个局面无处脱身。

裤兜里的手机忽然震动了一下，提示有短信。

“佟西，我刚从小斯那里讨到你的手机号。时过差不多半年，没想到竟然在这里再遇见。”

佟西看完短信，抬起头看着对面的女孩。她对他笑了笑，冲他挥了挥手机，示意他发信息。

“确实。是挺意外的，没想到你也在这个学校里面。”

“我不是这个学校的，只是上次的迎新晚会上认识的小斯。那一次我也在，其实那时候我在后台就看到你了，只是你没有看到我。”

“玲珑，真是太意外了。我身边的这些事情总是这么的凑巧，这么的意外，这么的让人措手不及。”

“你也总是让我意外。”

“你什么时候回到上海来了？”

“你不辞而别之后没过多久我就来了，因为我毕业了，回来找工作。”

“现在怎么样，找到了吗？”

“找到了啊。不过我告诉你，你肯定想不到。我就在杨平的公司工作，他现在是洛嘉服装的上海分公司的经理。”

“杨平居然也在上海。”

“你更想不到的是，杨平是许都大学金融大一的学生，也就是说他也在这个学校。也许哪一天你们就可能在这个学校里擦肩而过。但是之前他就知道你在这里了。”

佟西没有再摁手机，他把手机往桌子上一扔，咬着嘴唇，长长地吐了口气，写了一脸的不可思议。

玲珑看着他的表情不禁侧脸笑了出来，佟西看了看她，也笑了

那一刻，佟西只是忽然觉得轻松了许多，他端起手边的啤酒，对着玲珑做了一个干杯的示意，“Cheers！”

“佟西，以后不要再消失了。你还有好多东西要去珍惜，不要放弃。”

“带我去见杨平吧。”

“他现在带着公司的设计师在意大利米兰，年底也许会回来，等他回来的时候我们去机场接他。”

“这小子现在出息了。”

“你也要好好加油，好好跳舞。”

“不过，我以后可能不会再努力跳舞了，我只是帮忙小斯才答应接这个课，他以前帮助过我许多。”

“你不跳舞了？”

“前阶段发生的事情让我想要做出改变。

“你总是与故事相伴的人。那你以后想要做什么？”

“呵呵。连你都想不到我能干什么对吗？”

“我只是觉得你的这个决定似乎有点儿戏，你太仓促而且固执。就像你关掉尚舞时一样，你没有给任何人留一条后路。”

“那时候，我真的不知所措。”

“那你接下来想好准备要去做什么了吗？”

“我能做什么？其实我也不知道自己能做什么，现在混日子。呵呵。”

“我不知道在这之前你又经历了什么事情，但是不要为难自己，不要自暴自弃。”

“玲珑，我必要给自找一条出路。跳舞现在让我看不到一条清晰的路。我没有文化，没有才能，没有一个厉害的爹，没有一个完美的脸蛋和身材。我如何才能让自己安全安稳安妥地存在于这个社会上。这一种挣扎，盲目而且倔强的挣扎。”

“我能帮到你吗？”

“如果能我想我会去找你的。”

“直到现在，我不知道这些经历对于你究竟是幸还是不幸，你的温暖和痛苦都几欲让人流泪。”

“我几乎被废弃在这茫茫的人海中，但是我要活下去，一个人勇敢地活下去。”

“我们每一次的见面你都让我看到不一样的你，仿佛是不同的人，每一次都如同初见。”

“我们都要接受不情愿的改变。但是，总要前行，总要离开现在停留的地方。”

“等下结束，送我回家。有意见吗？”

“呵呵，好的，我们才认识就当是旧相识。”

“好。才认识。我们是新朋友。”

佟西放下手机，抬起头看了看玲珑，挂在脸上有含义不明的笑。他拉开窗户的一角，靠在椅子背上，抽了一支烟，他仍旧孤独，没有归宿。

经过了很长的时间，她第一次看懂佟西的眼神，仙人球上盛开美丽的红花，无数细密的针刺包裹中的红色。轻轻回望，仿佛一瞬间，他度过了生命中又一次的质变，上海黄昏时突然晴朗的天空，一个清晰的男人形象逐渐逐渐的清晰起来，这个男孩子又要开始新一次质变。

3

散场之后，玲珑带佟西去 DIARY 再坐一会儿，酒稍微有点高了的小斯非要跟着，又拉着小丹一起跟着去了。

已近 12 月，上海夜晚的天气有着模糊的寒意，已经需要厚衣服来对抗深秋无孔不入的凉风。佟西把衣服的拉链拉到最上面，进到地铁的时候忽然打了个寒颤。

“这是差不多最后一班次车了吧？”秦丹看了看旁边有些喝高了的小斯，他说话带着酒气的声音，“没事，等会我们住外面好了。”

佟西不禁笑了出来，“行啊，我来安排吧。”

来到 DIARY。

“Dido 的《Hunter》。”秦丹坐在吧台前面，报出歌名，这让玲珑颇为惊讶，DIARY 里面每天都会播放不同时期的外文歌曲，她是她见过的第一个能报出歌名的人。

“小丹，你很不错啊，外文歌听的还蛮有深度的。”

“也没有，都是受我姐姐的影响，以前小的时候经常跑到她那里拿CD来听。”

“嗯，有机会一定要认识一下你姐姐。”

佟西在旁边看的有些闷，小斯的酒精作用已经上来了，趴在吧台上开始睡觉，佟西拍了拍他，但是没有反应。他侧过头来对两位女孩耸了耸肩，表示没有办法。

“等下把他拖到楼上去吧，这是我一个好朋友的家，它上面空间大着呢，因为每天都有喝醉的人，它上面有两间房间就是特意为这些人准备的。不愿回家的人可以在这里将就一晚。

在上海生活久了，有些时候是不愿意回家的。”

“还有这种好事。”佟西听着觉得不可思议，上海居然还有这么善良的店家。“你朋友呢，我过去认识一下吧。”

“她是职业调酒师，而且在圈里是蛮有名气的，现在时间还早他应该在高级的娱乐会所里工作，午夜十二点以后才会下班。”

“那，小丹你要回学校吗？要的话我送你回去。”

“算了吧，小丹今天别回了，等会儿去我家吧，我家离这特近，那么远跑回去天又冷。”

“嗯，好啊。那明天的英文课就得逃掉了，也无所谓了。”

“玲珑，你的这位神秘朋友也是白天休息晚上工作的吧？”

“差不多吧，你想啊，晚上都在忙那不就得白天睡觉。”

“这倒是和我师父挺像的，不过他是睡一上午，下午去跳舞。”

“你在GLARING的师傅吧。”

“袁澂。你认识吗。”

“呵呵，是他啊，虽不深交但是认识，你师父在上海舞圈里也算小有名气了。今年的FUNK IN SHANGHAI比赛里我还见过他。”

“夏天来到上海，钱包被偷，落魄狼狈，疲惫来到DOS，多亏遇见了袁澂和小斯……”

佟西第一次安静回忆这几个月来的故事。上海。夜晚。学校。地铁。

舞房。孤独。现实。思念。玲珑虽然看不懂全文的意思，但是她明白他要说些什么，他只是把那些记忆里那些标签抽出来带走。

三人聊起许多事情，经历以及时间的细微记录，开心然后又沉默。小丹有时候听不懂他们的对话，她就兀自一人跑去大水箱边看鱼，她是一个不太安分的女孩，不喜欢沉默。

直至深夜。三个人才一起踉踉跄跄地把熟睡的小斯抬到了楼上睡觉去了。

回到楼下，佟西在吧台前面第一次见到了沿安。

齐耳的短发没有多余的颜色，一片漆黑，银色耳钉，一件已经穿的很久略有发黄的白衬衣，衣角有褶皱。做工考究的黑色紧身皮裤，红色高跟鞋。身材高挑，眼神清澈而狡猾，如同初冬宁静的早晨浮动的薄雾，脸上带着随意的笑容，随处绽放，随处枯萎。

她向他走过来，她说，“你好，我是沿安，玲珑的好朋友。”

她是不寻常的女子，随时沉默，仿佛就此可以消失不见。她的职业特殊，很少被人提及。她是每天都置身于烟火一样的场所，目睹无数欲望的颠沛流离。调酒师，满足空虚的胃，麻醉大脑，她调控着深不可测的欲望以及失踪的情感。

他说，“你好，我叫吴佟西，一名舞者，现在是待业青年。”

她轻轻笑道，“呵呵，你真是奇怪，一开始就把自己介绍的一无所有。我每天接触过的男人都是告诉我他多么的有钱。”

分辨与定位一个男人的品质不需要太久，眼神波动，言谈举止，独特的气质会在细微中丝丝显现，有就是有，没有就是没有。无需耐心探寻，任何一种气质都不是一天两天培养出来的。就像鲜花的味道，玫瑰不会有兰花的清香，但是它有着甜腻的芳香，就算将它们混合在一起，玫瑰仍旧会长刺，兰花不会变成艳红色。

他在与她见面的第一句话中说，我一无所有，但是我仍然想和你做朋友。她微笑，她已经看到，他很直率，这就是不同。她回答说，她见过的每一个男人都想告诉她，他拥有多么多么丰厚的物质，告诉她，他有多么多么劣质的欲望。

城市人每天都在不停地奋斗，奋斗给别人，看他拥有了多少，这样幼稚而急切的因为所以，来论证他自己是一个坚强可靠而且伟大的人。

“想喝点什么，我给你们调点。”沿安精神很好，她习惯夜晚工作，像一个精灵。靠近她，白皙的皮肤没有粉底，没有眼影没有描眉，她不化妆，她只是涂着红红的唇膏。

“呃……都行啊，我这还是头一回来酒吧，也不懂什么。”佟西说话显然有些迟钝，与陌生人的交谈始终是一件困难的事情。

“安，他一直这样，并不是很健谈，尤其是刚认识的时候。”玲珑说完看了看沿安，她告诉她，其实他只是个率性真实的人。

“lady in red 红衣女郎”，这是沿安最喜欢的一款鸡尾酒。

“来吧，尝尝怎么样。”

佟西轻轻喝了一口，抿了抿嘴，吐了吐舌头，“沿安，这个酒，我是外行，所以也尝不出好与不好。”

沿安笑了，她看了看玲珑，她告诉她，你带来的这个男人不经世事，讲话直截了当，并且有些生涩，还有点傻。

人的脸上最容易流露真相，佟西的语言表情言谈举止，被轻易地看穿。沿安和玲珑开始讲话，他就坐在那里慢慢地喝着手边的鸡尾酒，听着他们讲话，他不插嘴，静静地摆弄着手边的玻璃杯，他听着时间慢慢流向清晨。

午夜两点之后，店里的客人已经全部散去，玲珑去喊了在上网的小丹，两个人准备回家。

“佟西，你今晚也住这里吧，反正你也没地方去，小斯还在上面躺着呢。”玲珑拍了拍他，冲沿安笑了笑，然后转身和小丹一起朝门口走去。

佟西在门口和她们道别，夜色中的马路显得格外宽阔，这条街鲜有车辆经过，高楼与树荫零落相簇，黄色的路灯持续着覆盖着这条寂寞的区域。佟西摸了摸头，抬头看了看这间酒吧红色的广告牌，制作这个灯饰的人一定在颜色上耗费了不少的心思，这种浓郁的暗红色却能散发的饱满而且透亮。仿佛是一本日记的封面，打开它，里面有消失了踪迹的爱人。

第一次与沿安相识，若非小斯的缘故，这样唐突地住在这里还是觉得是很不礼貌的行为。佟西长吐了一口气，转过身去关掉店门，然后进屋。

沿安已经开始收拾吧台上面的酒杯器具，佟西四下里找了把扫帚简单的打扫了一下大厅里的卫生。

沿安拿着白布擦着玻璃杯，透过玻璃杯看着佟西还在忙上忙下处理垃圾。

“你困吗，要不要再来点什么？”

“哦，不了，谢谢。今晚上喝了不少了，消化消化吧。”

说完，佟西低下头包了几个垃圾袋一起拎出去放在了门口，然后拍了拍手回到吧台前面。

“你是跳舞的？”

“嗯，以前是，但是现在是待业青年。”

“呵呵。这个名词听着很熟悉。我看过《待业青年》的那个视频，只是那些男主角有点太阴郁。”

“我觉得拍这个片子的人不是一般的人，阴三儿他们不是随便就能请到的。只是人们不知道北京的地下有多少厉害的说唱还有摇滚，他们出来应该可以完爆某些著名歌手。

说的有点多。其实我觉得好多青年都应该看看，尤其是我身边的那些大学生。他们对社会对人生的看法，说的都很有道理。”

“但是有些也是很偏激的。但是我只是对他们的生活很好奇。”

“其实你不用好奇，他们当中的有些人跟我一样都是被社会放弃的一部分人，我们都是被认为不学无术的一类人，做着令常人不能理解的事情。”

“那你现在做什么。”

“我在便利店打工。”

“那你为什么不继续跳舞了。”

“因为贫穷。一下子感觉自己无能为力。”

“因为贫穷。那你丢失了什么？”

“爱情。”

“她背叛你了？”

“没有。只是我什么都给不了她。”

“钱？”

“钱。”

“她是那种女孩子吗？”

“她不是。”

“那又为什么感觉无能为力。”

佟西没有再说话，沉默中不自觉地已经喝完了手边的一杯酒，沿安指了指他手边的空杯子，看着他笑着摇了摇头，又给他重新倒满一杯。

“你等着。”

沿安弯下腰在吧台下面一大堆CD里面仔细地找了一会儿，拿出一张很旧的CD，在上面擦了擦，在他眼前晃了晃，“陈升的声音你应该喜欢。”

它被压在下面很久了，在这里也很久没有人能听到他的声音。

“顺便说一个故事给你听吧。

陈升1999年台北国际体育中心跨年演唱会。主办方提前一年，也就是1998年预售了门票。仅限情侣购买，一个人的价位两个席位，分为男生券和女生券。恋人双方各自保存，一年后，两张券合在一起才能入场。票当时卖的很火，很快被一抢而空。”

“那时候我还在上小学，没有什么机会看演唱会。”

“可是隔了一年的演唱会现场却空座无数，陈升一个人唱，把我的悲伤留给自己。”

《把我的悲伤留给自己》陈升

能不能让我陪着你走
既然你说留不住你
回去的路有些黑暗
担心让你一个人走
我想是因为 我不够温柔
不能分担你的忧愁

红

如果这样说不出口
就把遗憾放在心中
把我的悲伤留给自己
你的美丽让你带走
从此以后我再没有
快乐起来的理由
把我的悲伤留给自己
你的美丽让你带走
我想我可以忍住悲伤
可不可以你也会想起我

是不是可以牵你的手啊
从来没有这样要求
怕你难过转身就走
那就这样吧我会了解的
把我的悲伤留给自己
你的美丽让你带走
从此以后我再没有
快乐起来的理由
我想我可以忍住悲伤
假装生命中没有你
从此以后我在这里
日夜等待你的消息
能不能让我陪着你走
既然你说留不住你
无论你在天涯海角
是不是的偶尔会想起我
可不可以你也会想起我

“佟西，你看，世间最美好的情感也不过如此。有时候爱情也徒有虚名。”

“是。有些爱情不过如此。”

“爱情带来的有时候是温暖的幻觉，有时候是黑暗的真实。

但是，即使分开，也要记得彼此的好。或许这一点点的念想是你在这个世间最真实的温暖。”

“你看东西总是这么冷静。或许你也是有故事的人。”

“城市里太多肉欲的动物，生活匆忙，来不及恋爱。他们只会在床上谈情说爱，第二天天光大亮，两个人各自天涯。越是年长，越难坦诚对人，所有的人的身上藏满了谎言，贴满了圆谎的创可贴。

每个人都是有故事的，对我们来说，那些故事始终是不堪回首往事，多半最后只留有一个半个的黑白镜头。”

佟西沉默。沿安继续擦着她手里的高脚玻璃杯，无限透明，又似乎永远擦不干净。

“要不要抽烟？”佟西掏出一包黑魔鬼给她递了过去。

“没想到你居然喜欢抽这个味道的烟。有点非主流。

现在我很少抽烟了，我抽烟抽的肺都快黑了。医生说我以后不要抽烟了，最好就不要抽烟了。但是这个烟雾也比外面那些人的气味清澈。

……

整个社会都是黑的。”

“……对不起。”

“今天陪你抽一支。”

“嗯……这是我幸运吗？”

“当然。”

佟西抹了抹鼻子，笑了出来。

沿安有着一双邪恶而且迷人的眼睛，睹之仿佛要陷进去。

两个人面对面默不作声地抽一支烟。

她说，“抽完这支烟，就去睡觉。”

置身滚滚红尘浪滔天，每天面对无数欲望沛与颠。

4

11 月深秋。

大片大片的落叶匆忙地覆盖了与这个城市有关的记忆。已经蒸发掉水分的枯叶，经不起的任何力量，它会轻而易举地粉碎。

素宁离开的这一天，天气格外地晴朗，有巨大的阳光，只是没有温度，徒有虚名。整座城市就浸泡在这种虚假的光芒之中，人们面对假象仍旧乐此不疲。

她谢绝了所有的送行，自己打车去机场。没有很多的行李，只有一个很旧的皮箱。它上面布满了刮痕，是镌刻在时光里的痕迹，而今天它又一次的陪着她上路了。里面有她的摄像机，电脑，几件衣服一双布鞋，还有那件有些发黄的卡头印花 T 恤。

哥哥临行前叮嘱她，“小宁到了那边重新开始，好好活。”

到达机场的时候，已及黄昏。素宁坐在候机室里，夕阳无限巨大的红光涌进候机室，她静静地站在落地窗前，仿佛一种神圣仪式。整座机场都沉浸在那一片浓郁的红里。却不知道为何在这样明亮温柔的秋日黄昏，竟不自觉地流出眼泪。她摘下眼镜，揉了揉眼睛，许久，听到有人在唤他的名字。

“素宁姐，素宁姐。”秦丹在安检口冲着候车厅里大喊。

素宁看到她，马上起身走过了来。“你怎么跑来了，不是说了不需要送的吗？”

“但是你没有告诉我你这么快就要走了。”

“傻丫头，我得回去上学，我的假期马上要到期限了。”

“姐，我知道。给你这双鞋你带着，这双匡威上面的图案是小丹自己画的。”

“好，那姐姐先谢谢你了，下次回来给你也带好东西。”

素宁接过鞋子，才注意到离小丹不远的人。这个人身上也有和自己一样的白城故事，有一个人叫吴佟西。

“玲珑，谢谢你来送我。没想到会是在这里见面。”

“嗯。素宁。只是没想到你居然是小丹的姐姐。”

“嗯……就到这里吧，小丹你的鞋我会好好保存的，谢谢。你们早点回吧。”

“素宁……”

“玲珑，不要说。我知道你想说什么，就顺其自然吧，这样不是更好吗。你们都好好保重。”

“你还回来吗？”

“会的。”

素宁做了个手势，示意她们离开。

没有做过多地停留，她转身，再一次离开。

“玲珑姐，你和素宁姐原来是旧相识了。”

“旧相识……

嗯。那还是在白城的时候。”

5

已近两年没有再站在镜子前面做教练，小斯在众学员面前介绍他的时候，佟西多少还有点不好意思。

他的穿着很朴素，黑色T恤，古铜色很旧的牛仔裤，已经被踩破了裤脚，穿一双轻便胶鞋。佟西简单的穿着和他们前一个教练是完全不一样的，这样的打扮是任何一个男孩子都穿的出来的样子。

小斯拍了拍他的肩膀，然后去放音乐，他开始跳舞，这是每一位新来的教练例行的表演，这是要告诉学员们自己的实力，因为一个教练的实力直接制约着学员的学习和发展。

小斯用自信的眼神看着佟西跳舞，如他预期，他看到了学员们满意的表情。这时候他想到的是有佟西在这里上课，他还能再招到多少学员，他的到来能够给舞团带来多大的发展。

思想。从一个学生到一个商人的蜕变，小斯只用了不到一个学期。从这个学期接收 yesterday 开始，宣传，招生，收钱，利益最大化，红色的人民币让他学着变得真实并且很现实。他已经放弃了手里的社团，在那里面只有天真和想象。他再也不愿意为了社团活动跑去拉赞助，看商家的脸色。再也不愿意受所谓社团联合会的管制，接受那些无稽之谈的规定。他想要经营的是一个近似于职业化的企业团队，而不是仅仅满足于一个小小的舞蹈培训班。

他经营这个舞堂，有庞大的学生群体作为依托，因而有蓬勃的生命力。每个学期租用学校里的一个舞蹈房。他取名 yesterday，从各个专业街舞团体聘请教练授课，而如今佟西也是他们的一员。

“大家好，我叫吴佟西，以后的 POPPIN 课就由我来为大家做教学。

我可能和你们前一个教练的教学风格有不一样的地方，或者有些地方不如你们先前的教练，大家有不明白或者不满意的地方就及时的跟我提，我尽量按照大家的要求把课上好。”

作为上课前的介绍，佟西的开场白谦虚而且大方。

佟西的表现没有让小斯失望，这是一个能驾驭课堂的教练，他的出场严谨而且妥当，小斯以后可以放心地把课堂交给他。

秦丹站在那些男生中间跟着佟西上课，和另外三个女孩子一样，动作有些笨拙。

“POPPIN 基本上都是男孩跳的，它要求的力量性也比较高，你们几个女孩子如果接受有困难你就跟我说，我回头单独给你们讲。”

佟西从镜子里看到她的时候，略有疑惑地皱着眉，然后回头冲她笑了笑，示意她好好听课。

吃过晚饭，佟西回到宿舍，爬上床准备看会书然后睡觉。小斯一个电话打来，硬是要他出来跟他们去唱歌。虽然极不情愿，但是佟西还是又穿了衣服然后出门。

KTV 这个地方，他有多久没有去过了，这些多久的时日他几乎遗忘这样一个地方，几乎回忆不起来任何线索。他不喜欢唱歌，也不想唱歌。这样热闹沸腾的地方，丝毫提不起他的兴趣。

佟西来到包厢里，有些尴尬地跟小斯的朋友一一打招呼，就坐在一边，没有动静。包厢里光线十分阴暗，房间沉没在这样光线里。小斯他们尽情地欢唱，面对着一个冰冷的墙壁，墙壁上浮现冰冷的画面。他们的小集体开始又一次活跃在铜墙铁壁与世隔绝的洞穴里面，他们是群居动物，总喜欢在晚上躲在一起。

不喜欢。

佟西真的不喜欢，他不希望自己属于任何一个团体，任何一个小集体，他只是他自己。那种每天成群结伙出去吃饭游玩的男男女女，都是一群害怕孤独的家伙，无可奈何的寂寞让他们仓皇急促地相互靠近，迸发出相见恨晚的热情，相互吸取对方身上无处安放的感情，以友情掩饰下的暧昧，似乎顷刻间就可以为任何一个人付出所有，不顾一切。一群看似可以轰轰烈烈的青春。

他们每个人都把对感情的炙热向往分成若干份，放在他圈子里的每个人身上。狂欢的那一瞬间他们觉得，他们似乎可以就这么天荒地老，他们就是一个世界。他们高谈阔论，议论是非，盛气凌人，似乎彼此心中不留死角，肝胆相照，拥有醉笑陪君三千场的豪情。

只是这种感情是何其的匮乏与劣质。越是年长，得到的朋友就越少。你很难再去对一个人迁就和妥协，更何况是对一群人的迁就和妥协。他们都是缺爱的孩子，不需要未来，只需要拥抱。因为看不见未来。看见的未来只会让他们崩溃。

在大学里佟西见得太多的天长地久，一份深厚的感情是绝不会有一个热闹的假象。而一分深厚的感情又如何来分成若干份和若干人一起拥有。他们渴望的友情和爱情都在天涯海角，并且有天长地久那么遥不可及，大学里面充斥着空虚和孤独，所以的人都希望被爱被照顾。

“杨平，我们有多久没有一起唱歌了？”

佟西一个人坐在沙发的一角，抽烟，他可以轻易地把自己隔离起来，冷漠的眼前与自己无关的声音，动作，笑脸，还有歌声中那了不起的感情。

佟西在11点的时候跟小斯辞别，他要离开这间屋子。

他不喜欢，真的不喜欢。

听到他要走，小丹也要离开。这让小斯有些尴尬，一屋子的人看着，小斯不好再走，然后就嘱咐佟西，一定先把小丹送回女生宿舍。

“好的，你放心吧，你们继续玩吧。”

佟西走出KTV的时候，前所未有的轻松感，如同逃脱一般，他长舒了一口气。小丹从后面跟上来，“佟西，你这么着急干什么？跑这么快。”

“我只是不太喜欢这个地方。”其实他想说，我不喜欢这些人。碍于小斯的关系，他并没有直说。

“嗯。好吧。那你现在要回宿舍啊。”

“我不回宿舍，但是先把你送回去啊，答应了小斯。”

“那你去哪里。”

“我去DIARY。现在把你送回宿舍，我们走吧。”

“你去昨天那个酒吧？”

“嗯。”

“那让我也跟你一起去吧。”

“这可不行，我刚答应了小斯要把你送回去。”

“没事，我又不是他女朋友，明天是周末，我不碍事。你带我去，我请你喝酒。”

“呵呵，好家伙。”

“我喜欢那里的音乐，而且还可以去上网。嘿嘿。”

“好吧，好吧。外面多冷啊，你也赶紧把衣服拉链拉好，大晚上的不用再爱美了。行了，我们走吧。”

出租车并没有把他们放在指定位置，司机也并不知道有这么一家酒吧。DIARY所在的地方并不是门面房，它的地理位置没有其他酒吧那么优越。知道这个地方的人，基本上都是老顾客，附近的居民，店主的朋友。曲径通幽，它平静隐藏在城市里的一个狭窄的角落里，清贫淡欲，安分守己。

人们在这里看讲话聊天，上网，主机播放的音乐有摇滚，民谣，说唱，轻音乐。它更像是一个使人清净的场所，让人反省和安静的地方。吧台上有酒水的标价，沿安不在的时候，客人可以自己去拿，吧台上会放一个收钱箱。

盈利并不是它的最终目的。他是一个隐蔽的角落，让人们看清自己，让灵魂得到释放，躯体开始忏悔，得到休息。

佟西和小丹沿着街边行走，确切地说他们并不完全认识路，只是有个模糊的印象。已近冬天的夜晚，这样静谧的夜晚是一张沉睡着冷漠的脸。星星闭着眼，冬天的气味，陌生人开过的车，路灯微薄的光线从南到北。

小丹打了个喷嚏，佟西看了看她冻得发红的鼻子，不禁笑着摇头。路过一家还未关门的街客，佟西买了一杯热奶茶给她驱寒。

“你这丫头，刚才呆在 KTV 里多好，又暖和，你非得要跑出来。”

“啊……有时候我不喜欢那些人。”

“既然这样，那为什么还跑过来。”

“不好推辞啊。”

“其实小斯对你挺好的，你又不是不知道。”

“我知道他似乎喜欢我，但是我觉得他变化太快。姐姐说过要找一个有安全感的男人。”

“呵呵，真是不一样啊，有的喜欢帅，有的喜欢有钱，你喜欢有安全感。你们女孩子有时候真的很挑剔。”

“也许吧，但是我没有那么好高骛远。”

“其实好多男孩子追女孩子，苦苦追了很久，他们都不知道，这个女孩子真正需要的是什么。女人都是缺爱的动物，你要知道她缺少什么，然后你努力补上去，或许就有机会拥有。砸钱砸时间，砸出来的多半都长久不了，或者她需要你来满足她的虚荣，或者她需要你来满足她的空虚，或者两者都缺。但是殊途同归，都是暂时的假象，对某种欲望妥协后的爱情。”

“这也是你姐姐教你的吗？总结的很精致啊，就像一件仔细雕琢的工艺品。”

“我知道小斯对我很好很用心，但是他不是那个对的人。这半年来他变化太快了，他是一个不安稳的男人，或者他还没有成长为一个男人。你是他的好朋友，你不可能感觉不到。”

“一岁年纪一岁心。你也会慢慢变化，我也会。一成不变的只有死去的人。”

“我想我只是他这个阶段喜欢的人。而且男人在追求女人的时候看到的都是她的优点，非常片面的理解他心目中的女孩子，但是真正在一起又会发现她的瑕疵，于是就出现了最难看也最不负责任的分手理由，我们不合适。”

“小丹。你是一个害怕失去的女孩子。”

“嗯。姐姐也这么说过我。如果以后我喜欢上一个男人，那我一定会亲口对他说，我喜欢你。”

“你倒是特别。这个世界上大部分女人都希望被追。

“不过，我倒想有机会去认识一下你的这位哲学姐姐。看得出来，她对你的影响很大。”

“她回来呆了一阵子，但是今天突然离开，她回美国了。”

“那以后等她回来，有时间认识一下。”

“呵呵，她很漂亮哦。”

“我们到目的地了，可以进去取暖了。”

“是呀是呀。”

6

《life’ s a struggle》宋岳庭

我睁开双眼踏入这个世界

妈妈给我生命现在让我自生自灭

这让我恐惧在我的眼里每个人都戴着面具
回想过去难道生命就是这样延续
我抽烟抽得我的肺都黑了
就像整个社会被人心笼罩着它也是黑的
我背着宿命的十字架
也渴望 power, paper and respect
我想这大概就是 human nature
佛家说烦恼即是菩提我暂且不提
我倒是希望能够回到母体
老妈对不起我时常把你气得跺脚
你说你后悔当初没有堕胎把我堕掉
每当我放学回家放下那沉重的背包
家里空无一人只残留着你香水的味道
那时我知道你那天晚上又要加班
我打开冰箱拿出微波炉吃冰的晚餐
老爸在凌晨两点钟醉醺醺地回家
我从睡梦中醒来只听到你们在吵架
我没有办法专心面对第二天的考试
老师他不喜欢我我也不喜欢老师
我讨厌穿制服我讨厌学校的制度
我讨厌训导主任的嘴脸讨厌被束缚
that's true
很多人不屑我的态度他们说我太 cool
警察不爽我都曾将我逮捕
i don't give a fuck about 人家说什么
他们想说什么就说什么但是他们算什么
没有谁有权利拿他的标准衡量我
主宰是我自己随便人家如何想我还是我
爱钱的女人只给凯子摸
不懂得用保险套的人别嫌孩子多

金钱力量虽大却生不带来死不带走
紧握着双拳的人们何时能松开手

life's a struggle 日子还要过
品尝喜怒哀乐之后又是数不尽的 troubles
everyday 有多少问题要去面对
有多少夜痛苦烦恼着你无法入睡……
life's a struggle 日子还要过
品尝喜怒哀乐之后又是数不尽的 troubles
everyday 有多少问题要去面对
有多少夜痛苦烦恼着你无法入睡……

法庭严肃的空气逼得我快不能呼吸
当时面临着终生监禁的我开始反省
铁栏杆之后又是个截然不同的景象
刑犯们眼神中看不到一点和平的气象
仅有一寸短的铅笔写的是监狱风云
日记上描绘的不是美好的户外风景
自由在他们眼里才是憧憬
放一把自制武器在枕头旁以防随时有人偷袭
有些人怀疑老婆在外偷情
有些人把家人寄来的信件一张一张好好收集
有些人二十四小时几乎在床上休息
有些人精神失常因为受不了打击
三个月如火如荼的漫长等待已过去
出狱后的我得面对三年的缓刑期
这也好一生中第一次感觉到幸福
但生命中的考验何止如此我不清楚
我不知道接下来还有什么会发生
翻开报纸的新闻又是看到放火杀人

还记得某年无意间发现的照片
上面有阿姨对男人施行口交的恶心画面
这简直摧毁了她在我心目中的形象
我无法忘怀照片中那笑容多么淫荡
我抵抗胸口存在着不安及惶恐
我不断听到痛苦的声音在内心怒吼

life's a struggle 日子还要过
品尝喜怒哀乐之后又是数不尽的 troubles
everyday 有多少问题要去面对
有多少夜痛苦烦恼着你无法入睡……
life's a struggle 日子还要过
品尝喜怒哀乐之后又是数不尽的 troubles
everyday 有多少问题要去面对
有多少夜痛苦烦恼着你无法入睡……

不论我走到天南不论我走到地北
不论我走到哪都见识到人心的虚伪
it's kinda funny 在人的眼里只有 money
外表好像要帮你却只是想帮他自己
笑容可掬的脸后面谁知道是个狼心狗肺
连朋友都能背叛因为只有名利合他口味
她说她爱你的时候讲的是问心无愧
搞不好她爱的是你身后的荣华富贵
你可曾困惑在你身旁谁是敌是友
对你落井下石的可能就是你的挚友
你可曾经历当你最需要帮助的时候
平常跟你称兄道弟的人都突然失踪
亲爱的神伟大的神
你可以怪我想法太过无知但我只是人

红

我不信人因为人也不信我
不要问我为什么我最多只能告诉你这就是我
生命像海浪一样有时高有时低
你是否告诉自己坚强渡过各种时期
我从命运的天台放眼却看不到星空
漆黑的天空压在头顶使我不得轻松
在我心中找不到一个安静的角落
我不能再沈睡下去良心彷佛在笑我
它在说：有几天几夜老妈曾经为你以泪洗面
老爸他只顾己见希望之火只见熄灭
我接起电话是老爸憔悴的声音
虽没见面却不难想像他当时的神情
刚听完他最近失业的消息
脑海里马上浮现祖母的话警告我一定要争气
我已经放弃所有哭的理由
因为我早就习惯冷漠活在无情的现实里头
人生要如何起头 改变要如何起手
当活在泥沼中要如何才能金盆洗手

life's a struggle 日子还要过
品尝喜怒哀乐之后又是数不尽的 troubles
everyday 有多少问题要去面对
有多少夜痛苦烦恼着你无法入睡……
life's a struggle 日子还要过
品尝喜怒哀乐之后又是数不尽的 troubles
everyday 有多少问题要去面对
有多少夜痛苦烦恼着你无法入睡……
life's a struggle 日子还要过
品尝喜怒哀乐之后又是数不尽的 troubles
everyday 有多少问题要去面对

有多少夜痛苦烦恼着你无法入睡……

life's a struggle 日子还要过

品尝喜怒哀乐之后又是数不尽的 troubles

everyday 有多少问题要……

来到 DIARY，酒吧里正在放这首音乐。小丹看到窗户边的电脑有空位，把手里的包塞给佟西，然后就跑过去上网。

佟西来到吧台前坐下，她没有抬头，只是在专心地调酒。似乎早就知道他会来，没有任何表情的迎接。

“这首歌听过吗？”

“没有听过，我在歌曲这方面的储备比较贫瘠。”

沿安调出一杯酒，递给他。

“‘红色高跟鞋’，尝尝。”

这首 RAP 的演唱者叫宋岳庭，台北人，英文名 Shawn. 他 14 岁独自移居来到美国开始留学生涯。19 岁时被朋友栽赃陷害入狱服刑，后获缓刑，期间发现自己罹患骨癌。23 岁于加州病逝在母亲的怀抱里。

Shawn 过世一周年前夕，一张《life’s a struggle》的专辑问世。这是母亲与弟弟在他的遗物中整理的，但是当初他创作的作品都不是刻意保存的，那是从一些废纸篓，书本夹页，抽屉里的纸片，录音带中整理出来。这张专辑几经周折才完成。

你现在听到的就是同名主打歌。这首歌就是他在狱中完成的，像一个为自己写下的寓言和结局。这首歌获得第十五届台湾金曲奖。”

沿安小心翼翼地擦了擦 CD 包装盒上轻微的灰尘，低声地说话，然后把 CD 递给佟西，“这个封面是我见过的最漂亮的。03 年圣诞节的时候一个中国男孩留学生送给我的。”她拿起手边的高脚玻璃杯继续擦拭。

“后来那个男孩子，他走了？”

“他早就走了。”

“你就是因为他才喜欢的 Shawn 的吗。”

“但至少是因为他我才知道 Shawn 这个孩子。

你看这张 CD 上面凌乱的痕迹，它们荒凉极了。这张 CD 我每年听的次数很少，然后就继续压在下面。”

“那就是说今天有些特别了？”

“不是，只是突然想听了。”

“那个男孩去哪了？”

“好多年前的平安夜，那个男孩离开。多年以前他送给我 CD，他说他喜欢我，让我做他女朋友。”

“你答应了吗。”

“我当时没有答应。但是后来却没有机会答应了。”

“你今天看起了精神不是太好。”

“佟西，你看很多事情我们来不及思考，但是不做就再也没有机会。Shawn 那时候也喜欢跳舞，投入全部身心，那是他孤独时候的依靠。留学生活并不像人们想象的那么美好动听，这个社会有多么的坏，你不加戒备的去接触他们，下场多半和 Shawn 一样。任何国家的人都一样，没有人是可靠的。”

“那你去留学过吗。和 Shawn 一样的经历吗。”

“……

我在美国呆了许多年。但是我比他幸运，我没有进监狱。”

“似乎。你身上的故事很沉重。对不起，又让你想起那些往事了。”

“世界就是这么危险，一个人，走到哪里都是风声鹤唳，草木皆兵，十面埋伏。五颜六色的记忆会消失得很快，记住的都是没有颜色的痛苦。”

“沿安，你今天真的心情不太好。”

“呵呵，只是听到这首歌，偶尔发发牢骚而已。”

沿安又调了一杯酒递给佟西。时间已近午夜 1 点，酒吧里空调温度开得很足，在酒精的麻醉下，恍惚中有夏天的感觉，外面仿佛又有温暖的夜晚，没有人也没有风。

“你怎么今天和那个小女孩一起来的，她看起来很可爱。不过，今天我可不请你喝酒了，这些原料很贵的噢。呵呵。”

“当然。你再调一杯，给小丹。她在那边上网。本来被朋友拉去唱歌的，但是我们逃出来了。”

“不习惯那种环境是吧。你总是不经世事，这样不好。你要去习惯去假装。”

“一个人没什么不好。不过，我有点好奇。

你为什么毕业回国却做了调酒师。”

“……”

沿安没有说话，轻轻地笑了笑，她仔细地将挑好的酒轻轻倒入杯中，酒吧里的光线和酒水混合在杯中。

沿安盯着佟西的眼睛看了一会儿，然后把手边的酒推给他，她的眼神中有酒的味道。

“哦，对不起，我是不是问到不该问的了？”

“没什么。先尝一尝这杯酒。在我上班的那家店里，一直很受欢迎的。你有没有发现，人一旦喝醉酒之后似乎就有了面对这个真实的世界的勇气。可以肆无忌惮地大喊大叫，大吵大闹，而人在清醒的时候却对现实充满了恐惧。”

“这是酒精的无畏的作用。”

“或许吧。”

“沿安，你很善良。”

“何出此言。”

“只是突然感觉到的。”

“呵呵。我姑且当你是在夸我。但是这个社会，善良的人活得都不好。”

林沿安。25 岁。单身。不化妆。一直保持短发。

早年美国留学。服装设计师。性格独立冷漠，一直遭到周围的人敌视与排挤。出众的才华，卓越的成绩，遭来更多妒忌与非议，甚至受到人身威胁。一个一直暗恋她的男孩为了保护她，街头斗殴，死于意外。

后回国，去到广州，放弃做服装，改行学习调酒。

“杨平。我认识了一个人，她很善良，她教会我很多事情。她叫林沿安。”

佟西看着她的侧脸，思觉失调。

7

小斯带着佟西去买笔记本，在专卖店里靠着熟人的关系，替他省掉了差不多一千块钱，买了一台崭新笔记本，而且店家还送了耳麦，外接音箱，移动硬盘等一些东西。

佟西第一次切身感觉到，人际关系的实际作用。不可以讲价的专卖店，原来也是可以不按照标价来买东西的。

回到学校，小斯带着他搞定上网，还给他也买一把老板椅。每次生活中的事情，小斯都能痛快地帮他搞定，佟西心存感激，因而每次小斯需要他帮忙的时候，佟西都不会推辞。

奶奶从小就告诉他，欠人人情一定要还。

受人恩惠是一种幸运也是一种不幸，人的一生没有几个人会愿意无偿的一直对你付出。受到的恩惠多数都是要还的，而且多半不是只有感激就够的。

这么多年第一次使用 word 文档，只是记得当初在学校上电脑课的时候，老师在教 word，只是大家都在下面偷偷玩游戏。

佟西在新建的文档里，认真写下一个名字：梧桐西。

这是他送给自己的笔名，此刻开始他要开始写作。在一个十分漫长的过程中保持清醒。而他并不知晓，这个名字在另一个世界里将会赋予它怎样的命运，那是一个未知的世界是一个完全空白的世界，现在他要一个字一个脚印地去走路，始终保持着敬畏之心。

他倾尽了积蓄买下这台电脑，目的就是写作。这一次，他不再逃避那些记忆，他将更直接面对内心的伤口，面对那些生命中已无法解脱的遗憾。决定，是一个神秘的象征，他将亲手拨开 7 月的蒿草，直面人心赤裸的面孔，那些隐藏的伤将要被连根拔起，记忆的土壤会在热烈的风中慢慢风化，裸露出一种颜色留在他的眼神里，最后他将获得救赎，粉身碎骨之后，依旧会想念，但是仅仅是想念。

有些人，有些事情，会使我们在一个人的时候倍加伤感。而一个真实的写作者要勇敢和坦诚地去面对记忆里的深渊和幸福，细微记录，轻省回望，虔诚地诉说生命的每一丝痕迹。身处剧烈的夏日黄昏，在仓皇的暮色中偶然邂逅洁白的花朵，然后为它动容。

在高中才开学的时候，他曾经写过的作文，被老师当着全班学生的面摔在讲台上，他走过去，捡起本子，把写着自己名字的第一页撕下来，折好，放进口袋，剩下的一本子冲着老师扔了回去，然后一声不响地走出教室。从那之后，他就以这样的名声开始了人生中最美好的青春时光。

他要去完成它。

宿命一样的决心。

他要倾尽所有的回忆来完成这个故事，要倾尽所有的想念来完成对这个故事的描述。从第一个字开始，就是为了终有一天能画上一个句号。重新回过头来看自己经历的事情，像一个旁观者站在边缘冷漠地看着自己，看着回忆里的自己如何开心与流泪，看到素宁，看到杨平，看到玲珑，看到所有人像羽毛一样停留在时间里丝丝地摇晃，窗外的天空无比的清澈。

故事就从离开看守所的那一刻开始，警卫打开沉重的铁门，他抬起头看到满世界绚丽的红色。

佟西靠在椅子背上，给自己点了一支烟，狠狠地吸了一口。算是给自己鼓了鼓劲儿，然后摁灭手里的烟，开始打字。

这个故事的名字叫做《红》。

那是他命运分界线的颜色，颠沛流离记忆的起始。仿佛内心深处最敏感的角落里最温柔的光线，它跟随着时间目睹了每一段历史，照亮每一张面孔。它是一种思维，是一种回忆的方式，是一种内心憧憬的信仰。

周五晚上的POPPIN课。

佟西和小斯一起吃了晚饭，然后去往舞堂。

两个人在楼梯口就看到了好多自己的学生站在外面，两个人有些不解，一边走一边喊着大家跟过来。两人站在舞房门口一看，原来舞房里在他们来之前的时间段仍旧有许多的学生在排练，那些学生的正前方坐着一个人，画着浓妆，神色落寞，翘着两条粗壮的大腿安逸地坐在那里，看起来应该是个老师。

看样子是来者不善。小斯走过去，很礼貌地对她说，“老师，不好意思，马上到我们的POPPIN课时间，麻烦您带您的学生先去休息一下好吗。”

坐在椅子上的女人显然对小斯的话无动于衷，连看都没有看他一眼，“今天的舞蹈房我用了，你们要上课的话那就自己去找地方吧。”

一听这口气，佟西走过来想要把小斯拉到身后，小斯摆了摆手示意他先不要插嘴，“老师，我们是和学校签过合同的，我们的时间都是双方规定好的，您这样强行的占据，恐怕不太好吧。”

转过头来看了看小斯，她已经有些不耐烦，“这个你去跟学校协商，但是今天这个舞房我要用，明白了吗？”

小斯沉住气，仍旧保持平和的口气，“老师，这个真的让我们很难办，我们的学生都已经来了，而且你让我们去哪里呢，您这样有些强人所难了吧？”

“你们爱去哪就去哪，再说一遍，今天这里我用了！”她很不耐烦地站起来，朝她学生走去。

门口有些学生开始沉不住气了，佟西和小斯赶紧过去摁住大家的情绪。他们知道千万不能出事，一旦事情闹大，责任追加下来，这对街舞团的打击，可能是毁灭性的。

而那个女人似乎听到了什么，带着几个男孩子冲了过来，“你们还呆在这里，想干什么啊？”声音像一个骂街的泼妇一样，瞬时间唾沫横飞，听得令人作呕。很明显，这个女人就是这样为人师表的。

佟西和小斯赶忙拦着后面不断冲进来的学生，他们的举动让小斯很欣慰，很显然，他们热爱这个团体，他们热爱舞蹈，现在有些人强行侵占了他们的权益，他们要反抗。

“请你搞清楚，现在是我们上课的时间，你在这里是强行占据，这不是一个老师会做的事情，你就是这样为人师表吗？带着这几个人过来是要让他们替你打架吗？尊敬你喊你一声老师，你别自己砸自己的脸。”佟西把小斯拉回来，把他拦在身后。没有再废话，带着27个学生就堵在了门口，“小斯你靠边站，你们谁先动手，我就让他今天从这里爬着出去。”

佟西冷着眼睛盯着眼前的几个男生，他刚进看守所的时候，看他人小，经常有犯人想要欺负他，但是不管是几个人，他从没有让对方占过便宜。他死死地盯着他们的眼睛，他说，谁敢动我就让他先死。

女老师看到寡不敌众，形势不对，马上退回去开始打电话，还开着扬声器，以为她要喊人来打架了，只是没想她说的第一句话，“妈妈，有人欺负我。”

一言既出。大煞风景。

话音刚落，忽然听到有人扑哧一声笑了，只是不知道是佟西身后的学生，还是她自己的学生。想来也有小 30 岁的人了，遇到事情还要喊妈妈。

“真不知道，这种人是怎么当上老师了。这所培养大学人才的学校怎么会聘请这种人当老师。而这种老师又能培养出什么样的学生。”佟西心里想着，撇了撇嘴。回头看了看小斯，他也在打电话，如果他的电话不能带来转机，今天他是肯定要动手了。“欺负我可以，但是欺负我朋友就不能原谅。”

学校的咖啡厅。

秦丹听着小斯形容佟西当时的眼睛，不禁笑了出来。平时一向安静沉稳的佟西，发怒的时候也会那么可怕。

“佟西呐，我还是很好奇你生气的样子。”

“佟西，你现在再做一个那样的表情给小丹看看啊。”

“行了你，别来埋汰我了。小丹，你也别听他瞎扯。”

“哎呀，你们俩，谁告诉我后面发生了什么啊？”

佟西抬手指了指小斯示意他来说，然后低头继续喝他的咖啡。

“然后呢，那个女人给他妈打电话说被欺负了，她妈呢过了一会儿就跑过来了，一进屋看了看女儿，然后回头就冲着我们嚷嚷，是谁欺负你，是谁欺负你了。”

佟西扑哧一声笑了出来，洒出了半杯咖啡，差点弄到身上。

“我们的佟西，见到如此不堪入目的情形，只说了一句话。”小斯起身表情严肃，开始模仿佟西，“果然有其母必有其女，一副德行。”

“然后那个老太婆马上走过去问他，是哪个院的竟然对老师这么没礼貌，说要处分佟西。

我去给你们续杯去，佟西你接着跟小丹讲。”

“我用眼睛盯了她很久，她不敢看我，我走过去对她说，‘很简单的事情，我们和学校签过合同的，这个时间我们街舞团要上课，但是你的大闺女没道理的占着地方不让我们上课。现在够明白了吧。’”

“但是这时候呢，老太婆接了一个电话，脸色突变，一下子变得晴空万里，‘丁部长啊，这是个误会，哎呀，我这女儿啊都是从小被我惯坏了……没事了没事了，误会啊……好的，再见啊。”小斯模仿得惟妙惟肖，坐在一旁佟西，摇摇头笑了笑，继续用勺子搅手边地咖啡。

“那个人是小斯的叔叔。”

“丁小斯，我真没看出来啊，你有个官宦亲戚啊。咱们都这么久了，你潜伏得可真够深的啊。”

“我开始先给学校团委的主任打电话，人家不理我，说什么就让他们先排，排完我们再用。说白了就是懒得管这种事情。我没办法了，就只有给我叔叔打电话求助了。我受的委屈倒没什么，最重要的是我们身后这 27 个学生，我不能让他们站在那里干等着，我不能让他们对 yesterday 失去信心。”

“那个女的然后开始没完没了嚷嚷，‘我为了排这个舞付出了那么多，我都几乎离家出走了，你们都这么逼我还让我让我活了。’我们听了全部无语，这纯粹就是在撒泼，我在她身上丝毫看不出老师的影子。

她妈把她批评了一顿，让她闭嘴，然后带着她走了。”

“唉，错过了这么一场好戏，真是经典事件，经典人物。”

“但是这种人把你们学校的脸丢尽了。”

“回头我叔叔给我回电话的时候，说那个老太婆还要请我吃饭。”

“呵呵，这就是官威对吧。只是如果小斯没有这个好叔叔，那今天我们肯定要受委屈，而且还不能抱怨，要心甘情愿地被宰割。在你们这样的名校里况且如此，可想而知中国其他地方的本一本二甚至本三里面，学生被欺负欺压会是什么样的情况。”

“行了佟西，别杞人忧天了，咱们好好的就行了。”

“我今天这算是又开了眼界，大跌眼界。”

“好了。来，为了今天的一场小胜利，Cheers！”

“Cheers!”

“Cheers!”

8

除小斯以外，宿舍里的两位是魔兽的“职业玩家”，他们有着自己固定的作息，早上起床第一件事开电脑，然后去洗漱，回来就正式开始了一天的魔兽时间。不去上课，偶尔和女孩子出去吃饭，不参加任何集体活动，整个人完全遨游在网络上。每天超过 8 小时地泡在上面打游戏，中午和晚上两人结伴迅速地出去吃饭，然后回来继续魔兽。

现在，从开始打字之后，佟西耗在电脑上的时间也是陡增，平日里他就搬着电脑坐在图书馆里。偶尔在宿舍里的时候也会凑过去看看他们在战斗的状况，听到他们开心的笑声。他靠在衣柜边上看着他们，看着一双专注并且兴奋的眼睛，它们长期沦陷于液晶屏爆裂的光线中。那双眼睛里面有一个无法见光的洞穴，深邃没有尽头，洞穴里孤独的灵魂贪婪着眼前的事物，有着无穷尽的瘾力，吸引整个人全部的心力甚至灵魂，因而对身边所有的一切无动于衷。

小斯说，他们大一的时候并不是这样。那时候大家还会一起出去做些工作，忙碌社团活动或者学生会事务，虽然现在有些人会不屑于这些了，当然这些事情回头想想确实也无大用，但是至少那时候大家生活很充实很完满，拥有一个共同的追求，并且彼此愿意付出希望，一起来面对着这个完全陌生的学校。

只是从大一下学期开始，他们似乎像是进入了一个疲劳期，放弃了学校里的活动，没有压力没有动力，整个人处于一种完全自然随意的状态之后，就会感到无穷尽的空虚与无聊。每天的生活中完全找不到应该专注的方向，于是就眼巴巴地看着时间一天一天无度地消耗。那就得自己找个乐子，打打游戏打发一下时间，只是这一打，有些人仅仅是玩玩娱乐，而有些人却再也出不来了，生生地打掉了自己一生中最美好的光阴。

“有时候，我真感觉他们很可怜。没有人来管他们，没有人来救他们。他们是在现实中独立的一个群体。我们就这么看着他们自生自灭。我对他们说，不要再玩了。他们说不要来妨碍别人的事，管好自己就行。

这是无能为力的事情。”

“小斯。这就是你们的大学。这就是我们中国的一部分大学生。”

“佟西，我们管好自己就行，每个人有自己的生活方式，那是属于他们自己习惯的世界，呆在里面可以感觉幸福，感觉到有志同道合的朋友的亲切，找到感情的归宿，对生活充满向往，让自己宽慰并且不打扰这个世界。如此便好，又何必出来面对目睹的人脸，再次对这个坏透的社会感到失望。这不是我们能改变的，这是他们的生活方式，我们应该尊重。”

“或许你说的对。

只是他们早晚要走出来面对这个繁盛而且糜烂的世界。这是必然。”

“是的。但是这是他们自己选择的道路，既然是自己选择的，那就要有勇气承担一切的后果。”

“宿舍里的四个人，每天背对着背，各看着眼前的屏幕，对着网络那样一张虚拟的脸，戴着耳机，偶尔发出开心的笑声。”

“这样有时也挺好，谁也不干涉谁，安静而且和谐。”

“小斯，如果我真的是这个宿舍的学生，我一定想办法搬出去。这里是我每天的生活必需的场所，但是就在这里我每天要面对三张跟我毫无情义的面孔，他们只有面对网络才真实才有情义。每天礼貌地打招呼，客气地微笑，然后背对着背，各自生活。小斯，这不是宿舍，这应该是旅馆，他们是我遇到的三个旅人，天亮就要各自奔天涯，老死不相往来的陌生人。

我可以一个人生活。

但是。我无法在这样的环境里生存。这里的冷漠让我觉得一举一动都显尴尬，还不如就是陌生人。”

“人是很难改变的。就算没有网络，我们都还是会有各自的事情，没有交集，各自忙碌，只是每天回到同一个地方休息。仅此而已。

但是幸好，我们俩不是还在一块儿吗？

不过，你现在也是每天要在电脑上泡着。”

“是啊，我每天也在不停地吸收二氧化碳。但是我还有一盆仙人球，他能帮我吸收。呵呵。”

“佟西啊，从你离开 GLARING 到现在已经快一个月了。

真的不打算回去了吗？”

“……”

“虽然你退团了，但是他们都还是你的好朋友，有空去玩玩也好。”

“其实你知道那并不是一个轻松的决定，只是这个职业真的太沉重了。我现在住在你们宿舍，但是早晚有一天我要离开这里，而那时候，我该去哪里。上海这个地方寸土寸金，一个舞者力量究竟能有多大，凭什么能让我安身立足。”

“佟西，来上海半年，我看到了你的变化。”

“小斯，从我第一次认识你，到现在，我也看到了你的变化。”

小斯抽出一根烟递给佟西，两个人靠在阳台边上沉默着抽烟。

已过冬至，他们在这个阳台上目睹了下面的花坛从繁盛落到衰败，最后到荒凉。记得有许多美丽的女孩子从这个窗台下面轻轻地走过，她们在那个红色的黄昏里留下笑声，留下风吹着的背影。季节转换，时间的蔓延，记忆中忽然微亮的光线，带来一副模糊的画面，带来一双温暖的眼睛。我们欣然带着他们在这个沧桑的人间继续行走。

佟西摁灭了手里的烟头，对着夜空长长地吐了口气，寒冷很快将它们驱散。屋里的舍友仍旧在网上进行着激烈的战斗，忘记世界，丝毫不敢懈怠。

“这是一场没有硝烟的战斗。”

小斯看着佟西邪恶的表情，笑了起来。

“快要到新年了。”

“是啊，这一年又过去了。”

“我看到猎户星座了。”

“他腰间的三颗星。”

“奶奶说过，三星正南，就要过年。”

“春节的时候回去吗？”

“回哪啊。”

“要不到时候我去学校申请个留校，你还在这住着吧。”

“到时候再说吧。明天太阳还在这边出来，但是谁也不知道，这个地球会转出什么事情来。”

“有时候它是个让人失去耐心的东西。”

“在这间屋子里的时间过的迅疾不够完满，每天重复的日子哗哗地就过去了。相同的画面，相同的表情，相同的冷漠，竟真的没办法留下记忆。”

佟西，转头看着这间宿舍，外面忽然吹起的一阵风，让他冷不丁地打了个寒颤。在这个拥挤的城市里，这间屋子是与自己关系最密切的场所，但是这里也让他痛苦不已。他居住在这里，但是却又似乎与这里没有任何关系。

“还在想什么。”

“我们为什么不能像他们那样简单的生活，一场游戏就能带来真实的快乐。”

“走吧，进去睡觉。管他呢。”

“走。”

五　红色向日葵

1

回到美国之后，时间忽然变得仓促，生活过于单一化，步沉于每日的循规蹈矩慢慢的在心中留不下多少记录。这样的日子是怎样度过的，她似乎也不在乎了。素宁在专业老师和朋友的帮助下，开始竭尽全力地筹划自己的第一次摄影展。

在家一个多月孤独的遭遇让她催生的想法。

这只是一个突然的决定，没有任何征兆。她在房间里，静默着面对那些墙上往日的照片的时刻，看着它们，与它们暗暗地对话，仿佛听得到一个娓娓道来故事，一张张面孔渐渐清晰起来，他们记忆犹新。她在一个晚上，做完了这个决定，抽完了一包烟。

她打电话给哥哥要筹备资金。哥哥对自己的这项工作非常的支持，很爽快地答应了。这个要求起初遭到了父亲的反对，显然父母只是希望她能好好地把学业读完，带着一个证书回家，披着一个留洋的神秘又壮观的身份回家。但是他们并不知道自己的女儿真的想要的是什么。尽管并不希望她搞这个展览，不过最后还是勉强答应了她。

或许这也是现在许多父母身上顽固的疾病，他们大都无法与自己儿女取得沟通，无法得知他们真正想要的真正要追求的是什么。对孩子看似幼稚却又倔强的想法，他们的回绝都是有理有说服力的，那些想法在他们看来多半都是异想天开天方夜谭，他们没勇气去相信自己，更没勇气去相信自己的孩子。这些孩子的成长轨迹多数像宿命一样被生硬的绑定，年轻时热烈的个性，只是长久的无路可走让他们逐渐臣服于这个轨迹，那些轰轰烈烈的梦想多数慢慢都会随着时间泻落。一个原本丰满的生命，捆绑着手脚，最后让它承认自己是一个只能依靠别人的无能平庸的肉体。

也许那时候有了父母的支持，他们也就真的可以成功。但是贫乏的现实里需要做下赌注，我们的父母下不起。

每天超过8个小时呆在朋友的摄影工作室，对相片的质量一次一次地比对考究。窗外天空的颜色逐渐发生着变化，轻微的在窗帘上发生浮动，寂静的眼神，寂静的声音。

镜头里那些画面无数次的出现在梦境里，她要尽全力，完美地将它们复制到这个单调的世界上，它们是一抹色彩，隔绝尘世却又来自我们脚下的世界，就是那些我们几乎每天都能见到的画面，只是都被我们理所当然的视而不见。

人们都跑去看大山，看水乡，看大漠，看瀑布，以为这就是美，人生难得一见精致景色，然后虚伪的感叹和折服，从自己呆腻的地方跑到别人呆腻的地方欣赏人工化的大自然，仅仅是因为自己的生活环境里的匮乏，苦心经营，需要长途旅行，度过漫长而奢侈的想象与憧憬才得一见到的世外桃源，因而无比珍惜与留恋。

一个普通能看到的景色那应该是与大多数的美感都相同的景色。

一个摄影师看到的景色那或许是大多数人经常忽略的景色。

只是有时候他们看到的太多，留下的快乐却太少。

《晚安 北京》鲍家街43号

我将在今夜的雨中睡去
伴着国产压路机的声响
伴着伤口迸裂的巨响
在今夜的雨中睡去

晚安 北京
晚安 所有未眠的人们
风会随子夜的钟声北去
带着街上乞讨的男孩
带着路旁破碎的轮胎
随子夜的钟声北去

晚安 北京
晚安 所有未眠的人们
晚安 北京
晚安 所有孤独的人们

我曾在许多的夜晚失眠
倒在城市梦幻的空间
倒在自我虚设的洞里
在疯狂的边缘失眠

晚安 北京
晚安 所有未眠的人们
我沉得越来越有些疲倦
听着隔壁提琴的抽泣
喝着世事煮沸的肉汤
越来越有些疲倦

晚安 北京
晚安 所有未眠的人们
晚安 北京
晚安 所有孤独的人们
晚安 北京
晚安 所有孤独的人们

傍晚时候，素宁在电脑前吃快餐的时候，豆瓣电台播放了这首歌。她放下手里的汉堡，把这首歌标注为喜欢。

对一首歌动情有时候只是一瞬间感情的爆发，有某种记忆在歌曲里面重生，是错觉也是幻觉，但是它们都不重要，重要的是，那些在心里一直孤独无家可归的情绪有了归宿。这首歌使它们重新拥有了一张面孔，一个场景，甚至只是一个昏暗的背影，但这以足够。生命中有些已经过去的事情，都无可避免地打上了没有线索回忆的封印，如今，有这样一首歌，让你重新想起它。

这样的回忆，不是负担，它应该是人生的财富。

这首歌的出现显然改变了素宁现在情绪。

她拉开窗户，靠在墙边，开始抽烟。窗外寂静的公路空无一物像一场突如其来的幻觉，一瞬间让人震惊，那一刻若要发生什么根本来不及做出反应。

素宁摁灭手里的烟头，打开窗户。清晰的寒气涌进房间，潮水一样没过她的头顶，身体像是在水中骤然地下沉。

扶在窗边的手忽然感觉一丝湿润，心中一惊便抬头望去，有零星的雪花，纷纷落落，她知道，大雪将至。这是她在异乡的第二个年头，一场大雪就要从时间的潜伏中倾泻而下。她仰起脸看着飘落的雪花，像是与季节的对话，记忆与消失在辽阔的夜空里回响。

同在北半球的东八区也迎来了又一年的冬天。报纸上说这一个冬天会很冷，那么这样寒冷的一个冬天，要到何时才会春回大地。

素宁关掉电脑，收拾了相机，穿好衣服然后出门。

2

再回到 GLARING，仍旧倍加亲切。

好多朋友见到他的第一句话都是问，“你小子跑去哪里了，好久不见你。”

佟西都只是笑了笑并不做解释。对于这个自己曾经为之要付出一生时间的舞房，佟西一时间不知道该带以什么样的表情，它们看上去还是那么和蔼，墙上的涂鸦依旧微笑。虽然如今自己做了背叛。

Edison 的 POPPIN 团正在训练，袁澂在前面带着大家做身体训练。佟西站在门外面透过大玻璃安静地看着他们。

“怎么今天有空回来玩了？”

有人从后面拍了一下他的肩膀，佟西转过身来，看到 Edison 的突然出现，有些不好意思地挠了挠头。对于自己的不告而别，佟西一直心存芥蒂。这是一支崇尚个性和自由的队伍，音乐声让他们勇敢地在城市里冲击。大街上雨雾弥漫，到处是滂沱的大雨。而他却做了“逃兵”。

“没什么……就是突然想回来看看了。”

“呵呵，好啊。以后不忙的时候就回来玩玩，放松放松。在外面拼的久了，一个人扛不住了，就回来看看。”

“大家都还好，没有什么太大的变化。”

“我们又开了一家新店，下次过去看看。

那你现在做什么工作了？”

“我啊……我在写作，写个故事。”

“噢，不错。以前我还没看出来，你也是个文艺小青年啊。”

“不不不，我不是。我只是想把过去的事情做一个完整的记录，不是什么文学青年更算不得写作者。”

“你一直都很谦虚。这样的态度或许以后会让你的路好走一些。

既然来了，就进去动动吧，大家都认识，站在外面，别人还以为我给你罚站呢。”

Edison 冲他笑了笑，然后转身走开了。

这样的一个笑容就像是一个休止符，Edison 不会再对他的行为做出任何要求，因为这时候他已经不是 GLARING 的舞者了。他的到来，只能作为一个熟络的客人或者一位朋友来定义，在这里发生的一切已经完完全全的成为了头脑中的印象，成为了会慢慢消失的记忆。

佟西深吸了一口气，推门走进去。

袁澂在镜子里看到佟西，也并没有丝毫感觉奇怪，只是做了个眼神示意他到后面一起来训练。

佟西脱下羽绒服，和其他人的衣服扔在一起。他再一次站在这个舞房里从镜子里清楚看到了自己。

那天素宁就是消失在眼前的这面镜子中。

训练结束的时候，佟西在舞房外面喝水的时候看到了小丹。

“小丹。你怎么跑这里来了，你也来跳舞啊？”

小丹听到有人喊自己转过身来，看到佟西也有点惊讶，“好巧啊，你也在这里啊。不过这话应该是我问你吧。”

“我原来是这里 POPPIN 团的团员，今天回来看看。”

“哦……怪不得你舞跳得那么有味道，原来师承这里。我是陪我哥哥来这里的，他今天来考 HIP-HOP 团员的，在那边那个舞房，我在里面也看不懂就出来转转。”

“你哥哥？亲哥哥？”

“是啊，他叫秦夜，我叫秦丹。哈。”

“以前没有听你说起过啊。”

“小丹。你又到处跑。”

“哥，你考完了。

我给你介绍一下啊，这个是吴佟西，他也是GLARING POPPIN的团员。”

“哦，那我们还是一家人啊。你好，我叫秦夜，小丹的哥哥。”

“没有没有，其实我已经退团了，不算是 GLARING 的人了。今天只是过来玩的。

对了，你刚才考试怎么样？”

“还好吧，大多都是女孩子，我还是第一个出来考试的。

一分钟 SOLO，还有随机曲目和模仿。就是这三样。”

“还都差不多，我那时候考试也是这三样。”

“现在考完了，没事了，要不要一起走啊。”

“不了，我还要等我师傅，等下跟他去吃个便饭，我就不和你们一起走了。”

“佟西，下次去 DIARY，记得喊着我一起。”

“DIARY 是什么地方。”

“你别问了，我们走吧。”

“再见啊。”

“嗯，好。再见。”

“他们是你朋友啊。”袁澂已经换好了衣服，推了推帽子，换了眼神看了看佟西，“DIARY 是什么地方。”

“一个酒吧。我一个好朋友开的，挺不错的。”佟西把羽绒服的拉链拉起来，围了围巾，对他做了个手势，“咱们走吧。”

“老地方，吃火锅去。”

袁澂的言谈举止和以前没有什么改变，佟西的出现在他眼里似乎是一件再正常不过的事情。他对过往的历史从不流露出任何感情的倾诉。

他是一个精神足够强大的人，对身边的一切，从容不迫，也平淡如水，内心有坚实的感情，不易被外人察觉。跟他在一起，随时随地都能感觉到他独特的气场。这一点和 Edison 很像，也许这就是多年师徒感情细致入微的影响。当然，如果自己一直跟随袁澂，或许哪天也会拥有这样的气场。

但是他们都是表里如一的人，参与任何场合，面对任何面孔，他们始终都是一样的人。那些无趣的靠吹嘘和谈话来扩大自己气场的男人，虚伪并且浮躁。他们穿着考究，他们会告诉你，他的牛仔裤来自意大利，鞋子来自法国，诸如此类让人无法考证的品味与身份，布置一张虚拟的大网将你套牢，蒙住双眼，然后让你跟着他的言语越飘越高。

“佟西，今天回来看看，有什么感触吗？”

“看你说的，我又不是再也回不来了。”

“那你觉得你还回得来吗？”

“……”

“听小斯说，你现在每天都在写作。”

“是啊。我想来想去觉得自己或许可以干这个。我想试一试。”

“你的这个决定是因为那个女孩子吧？”

“你也知道了。”

“靠……队内比赛那天，只要是明眼人都看得出来。只不过大家都不说罢了，你以为人都是瞎子，对你们俩那轰轰烈烈分手的那一幕熟视无睹啊。”

“我也不知道我当时怎么了。就是无法动弹。”

“行了，别说了，你怎么想的我也不知道。

但是既然选择了这条路，你就要踏踏实实地走下去，不要再像跳舞一样半途而废。其实，以你现在的实力去 WIB 一定能拿到好成绩，只是可惜你自己啊。”

“师傅你又高抬我了。GLARING 还有你还有汤哥还有 ANT，好多人都比我厉害着呢。”

“你错了。

任何一个团体的强大不是它现在有多么强大，而是他有足够的能量储备能让它在未来相当长的时间里仍然保持强大。我现在已经不知道这些人当中，哪一天，哪一个又会这样地离开。

哦，对了。这个给你，这是 Legend 临走时候托我交给你的，那个女孩在美国的联系方式。你看人家洋人老外都来惦记你的爱情。”

“……Legend。”

“愣着干什么？拿着啊。

我就觉得你们这事真是巧合的不能再巧合，就像小说里写的一样玄乎。不过，师傅我到现在能帮你的也只有这么多了。

如果你自己争气呢，那就快点做出点样子来，赶紧把人家追回来。这年头有几个女孩子不会在纸醉金迷的城市中走失的。”

“……

师傅，谢谢你。”

“谢什么啊。虽然你称呼我‘师傅’，但是我一直把你当朋友，还有小斯，我都把你们当朋友。”

“你准备在GLARING呆多久。”

“呆多久？

我就是一辈子都跳舞，老了，跳不动了，也许那时候我就该走了。Edison，看到没有，30岁了，还在跳舞。我们需要的只是一颗年轻的心，保持一种年轻的心态。

你现在是不是也觉得……”

“不不不，你误会我了，我没有那么想。”

“我不管你有没有那么想，你怎么想都行。但是你师傅我就信一句话，坚持到底。

我当初学跳舞的时候，那个笨啊。谁都不看好我，我说我以后要做职业舞者，别人还以为我抽风呢。”

“说出来不怕你笑话，我刚开始跳舞就是图个好玩，能招女孩子喜欢。”

“你长得挺好看的，不用跳舞也招人喜欢。”

“只是后来发生了好多变故，以至于后来，除了跳舞我都不知道我还能干什么。”

“其实，我也后悔当初没有好好上学。我现在每周都给大学生上课，有时候还会去大学里面演出，在校园里看着那些孩子青春勃发的，想想，其实上学挺好的。

虽然我和他们都差不多的年龄，但是好多时候我都觉得，我的青春早就结束了。没了。

“也许吧。当然每个人的生活方式都不一样。

我住在小斯他们宿舍里面，每天跟他们的作息基本是一起的，我也了解他们每天的生活，大学里面或多或少还是挺浪费时间的。”

“行了，咱俩都不是大学生，也别在这里瞎评论了。感觉怎么那么寒碜。”

“我也不可能在他们宿舍长久地住下去。”

“你以后啊，要多学学小斯，学学为人处事，你啊，太直接了。说的不好听的，这叫鲁莽。”

“嗯。我会的。”

“有时间就回来玩玩，不是说你还给小斯带着一群学生吗？也经常回来充充电，你现在水平，我还完全教的了你。”

“我不会就这么结束我的舞蹈。或许我只是暂时地离开。”

“虽然我对你的背景一无所知，但是我知道你是好孩子。从我见你的第一天起，黑色T恤，旧的发黄的牛仔裤，穿一双黑色的布鞋，带着大包小包地站在我面前。

如今，半年就这么快过去了。”

“是啊。半年就这么过去了。”

“新年马上到了，有什么想法没有？”

“……没有。”

“到时候GLARING一定有活动，有兴趣就回来玩玩。”

“嗯。我会的。”

“我还是那句话，不要轻易地放弃。如非不得已的时候，也要缘由清楚，大大方方地放弃。”

3

杨平离开的将近两个月的时间就这么地过去了，平淡的生活并没有留下多少痕迹。早上到公司，擦一擦杨平的办公桌，呵护一下桌边的花卉，打开电脑，播放自己喜欢的音乐。这就是每一天开始的方式，有条不紊，简单安静。陶莎把这些时间一分一秒写成文字打在文档里面。有时候她也会像杨平那样端一杯咖啡在手里，站在落地窗前，不对外面表露感情，每天每天目睹着城市老去，目睹那个离北半球越来越远的太阳慢慢下山。

公司里的空调热气开得很足，保护着写字楼里这些弱不禁风的人。上海的冬天已经开始，陶莎的小说也已经接近尾声。

雪停的时候，小说里的男主人公，这就要回来了。

收到杨平邮件的时候，她正在吃中饭。

她看着电脑屏幕上发件人的名字忽然有些惊讶，也有些愉悦。过去这些日子里他从没有主动来联系她，即便是工作的事情也是有副经理脱口转达，整个人似乎就像是忽然间从她的身边蒸发，一直遁行。

“过去这么久的时间，他在那边过得怎么样，语言不通，会不会有什么麻烦，身体好不好，工作进展顺利不顺利……”

所有的担心和忧虑瞬间在大脑中涌现，陶莎定了定神，双击打开邮件。

陶莎：

好久不见，希望你一切安好。

将近两个月的意大利之行，马上也要结束，今天定下的机票，我在下周回国。

这段时间发生的事情让我真正见识到了商场的黑暗。此次意大利之行，如今已经完全变成了一个深渊。随我一同前往的几个主要服装设计师，我一个也带不回来了。

悔不当初没有听你劝告。

具体的事情容我回去再跟你细说，我已经通知副经理马上进行今年最后一次设计师招聘，广告已经发出，最近将在我们公司总部进行。我需要你全程监督，尤其负责面试。

无论如何我们要尽快补齐这些人走后的空缺，春装的设计必须尽快地开始。

陶莎。

现在我遇到了人生中最大的背叛。它将给公司带来不可估量的损失，这是我自负的后果。这次回去，他们的离开必然在公司产生连锁反应，我已经不知道该去相信谁，谁能够让我相信，我现在需要你来帮我，公司一定要撑过去。我一定要撑过去。

不需来机场接我，赶紧去协助副经理把当前的事情做好，我们没有多少时间了。

杨平

看完邮件，陶莎的头一直在嗡嗡作响。

尽管杨平在信中没有细说，她也已经大概猜到了发生的事情。随同前去的几个主要设计师，翅膀硬起来的那些人，一定是被其他公司挖走了，而就是这样重要的事情，杨平直到准备回国的时候才得知。公司花钱终于把这些人培养起来，他们戴着叛徒的帽子骄傲地逃跑了。

也就是说，这两个月来的时间里，杨平每天面对的那些人，都是带着笑脸的骗子。直到最后他才知道被骗。这是万劫不复的背叛。这段时间以来，他一直像一个小孩一样被哄着吃饭睡觉，毫不知情地生活在一个阴谋里面，心甘情愿地被蒙骗。他对他们的信任最后变成一个罪恶的诅咒。

想到这里，陶莎深吸了一口冷气。她甚至有些后怕，现在看来这些人显然只是为了自己利益的最大化，如果当初要是他们再被竞争对手利用，那现在对公司来说简直就成了灾难。她已经想到杨平信中所说的“连锁反应”，这些人寻觅到新的食物，他们的离开就是一个危险的信号，那就是一种带着芳香的罪恶，它会牵引出更多人的私心，并且吸引着更多的人离开。

人才不断地流失，这是对一个公司几乎毁灭性的打击。

陶莎拿起手机拨通了白城杨伯父的电话。如今这是服装公司遇到考验的时候了，他们需要总部的援助。

4

周五的晚上，佟西正常地去舞房上课。

因为上次事情，舞房的管理比原来严格了起来，小斯的钥匙被收了上去，放在一楼物管处，意思是以后舞房不可以随便租用。街舞团必须在指定时间内才能使用，也不可早到和延迟。

佟西在一楼门口碰到了两个学生，三个人一起去物管处拿钥匙。

推开门，物管处里坐着一个男的，三十岁左右，翘着腿，小眼睛还外戴一副黑框眼镜，样子极其猥琐。看到学生进来，脸上一下子多了不少横肉佟西开口问他拿舞房钥匙，问了两遍，他放下腿来，扔出一句话，“你们才三个人，进去干嘛？”

“现在时间稍微早点，等会我们的学生会陆续到的，麻烦你给拿一下钥匙。”

“那现在时间也不到啊，你们就在外面等着，等人到齐了我再给你钥匙。”

“请你不要为难我们，外面天那么冷。”

“不是为难你们，舞房里面大音响还有灯光，一开一晚上花好多钱，现在又不到时间，还是等会吧。”

“我们之前已经交过几千块的租金了，你别装傻。”

“我知道你们交了钱的。但是没办法啊，有规定的时间，不到点不能开门。你看看还差十多分钟呢，时，间，不，到。”

最后四个字，咬字清晰。更像是一种炫耀，炫耀他唯一有的本事，那就是看钥匙。

猥琐男转过脸去看电视机，身子向后仰着翘起腿来。那张狭窄的脸上闪现着地沟油的光泽，那张脸应该是经常贴在别人屁股后面被屁熏得畸形了。

佟西摸了摸鼻子，没有再说话，转过身，安静地走了出去。

如果那一刻他不是这些学生的老师，如果这个舞房跟他没有关系。他手边的椅子现在应该已经砸在那张破脸上了。

他和两个学生坐在楼梯口，他开始抽烟。一开始抽得太猛，让他咳嗽了几声。十几分钟的时间学生陆陆续续的来到，27 个人这一次全部围在一楼物管处门口。

佟西做了一个“都进来”的手势，27 个人挤满了物管处。佟西走到前台盯着猥琐男，“现在去拿钥匙。”

“你们，你们这是要干什么啊？”看到一下子来了这么多人，猥琐男的表情有些慌张，瘦的如螳螂一样丑陋的脸转了过去，猥琐男开柜子拿了钥匙，然后放在前台，继续故作镇定地看电视。

佟西让一个学员先拿着钥匙去开门，其他人陆续地跟着去了楼上。

“堂堂七尺男儿，你所谓的三十而立就是在这里做个管钥匙的。在这些学生面前要威风，我都替你觉得丢人。你腿翘得再高也没用，你是真的很没出息。拿着鸡毛当令箭，你以为你是谁啊。”

说完，佟西塞了耳机转身走出门去，他也没有关门，猥琐男在他身后说了什么骂了什么，声音在空荡荡的楼道里撞了几下然后就死掉了。这个男人卑微的自尊，此时此刻只是臭水沟里翻出来的浓黑色恶臭的一个气泡，“噗”的一声，破裂了。

两个小时的课，佟西进行的并不怎么开心。在舞房的使用上，现在又多了这么一条臭水沟。对于佟西来说，这是一种很羞耻的寄人篱下。

晚上在宿舍告诉小斯发生的事情，他也开始皱眉头。事实上，那一次他们惹到的不只是一个女老师，围绕在她身边的这些小丑已经全部和街舞团结怨。这些人显然是在想尽办法的来刁难街舞团的正常上课。他们需要看到这个团体狼狈的解散，夹着尾巴逃离这栋楼，以此来满足自己那种变态的心理。

他们之所以敢这么嚣张，只是因为他们面对的是一些学生，他们顶着“老师”的称号大摇大摆，学生是最好欺负的。

学生而已。没有收入，没有独立的社会地位，在家听父母的，在学校听老师的，在社会上还要学会看别人脸色。这样一个特殊的群体，一旦脱离家庭的庇护，能够安稳地生存下来的少之又少。他们最大的弱点在于一直在受制于人，思想和行为一直被压制，家庭要遵循父母，学校要遵循校规。从小就不具备完全的自主权，所谓知识改变命运，那也只是二十多年以后的有可能会发生的事情，也仅仅是有可能的事情。但是似乎也没有多少人能耗到用知识改变命运的那个光荣而自豪的时刻。

这些学生中，有愤青有叛逆，他们有思想，激进，敢做敢为，只是满腔的热血就是抛洒不出来，郁郁不得志。但是多数的人只具有语言上的独立性，并不能真正地独立，他们不具备完全独立的经济能力。

当然这些人也包括现在仍旧在不断掉价的大学生。

“你怎么说啊？”

“能怎么办啊，以后再上课就按时去吧。”

“如果下次那个人再来挑事的话，我是不会再坐一边抽烟的。”

“佟西，你要为整个舞团着想。”

“小斯，我要为我的学生着想，我们反抗他们会跟我们一起反抗，但是如果屈服，学生会对我们的懦弱而失望。”

“可是，如果他们没有那么做呢？”

“那就是我为自己行为负责。”

“不是那么简单的。你要知道，那会牵连到整个街舞团。”

“……

那是会牵连你的利益吧？”

“佟西，你说什么？”

“下一次，我不会再忍气吞声。”

“佟西，你不要胡来。”

“放心，我不会没事找事的。”

佟西没有再说话，转身进屋拎着羽绒服出了宿舍，他不想和小斯吵架。相识半年多来，小斯对他的帮助都历历在目，他内心存有感激，但是也一直存有疑虑，因为这份“感激”在他看来是迟早要还的世事人情，并且慢慢演变成了一份亏欠的债务。

不和好朋友起争执，当然这也是他处事的原则。

事实上，一切问题最后都不是语言可以解决的，大部分说出来的话都带着强烈的偏执与幻想，如同带着甜味的口香糖，几番咀嚼便已无味，无须强迫着继续穷追不舍。佟西安静下来，他掌控着局势，没有让两人失去理智。

在走到大门口时，佟西又一次看到装扮妖娆的女学生踏着精致的高跟鞋从大学校门里走出来，他看着她们优雅的走姿，这是青春赋予她们的奢华亮丽的外表，她们骄傲地用在了无法测量的黑夜里。

只是不知道从什么时候开始，这样国家高等学府的大门里却走出来了越来越多的这样的女孩。

她们目标明确地上车，没有迟疑，车子随后开进一片黑夜里，有一个地方任何光线都照不到，她们心甘情愿把自己扔进那一片深渊。从她们踏入车里的那一刻起，这就是一场不能回头的赌博，可惜的是多数的女孩子都输不起。

佟西收回了目光，没有再想下去。

走到马路对面搭乘公交，然后赶往地铁站，他的目的地是DIARY。

秦丹曾经跟他说过，要去DIARY一定要记得喊着她，佟西想了想，没有去打电话。12月这么冷的天气，还是让她在宿舍里吹暖气吧。

这是他第一次一个人去DIARY，一个人去见沿安。

5

《梦缠绕的时候》高旗 & 超载乐队

梦缠绕的时候
在我眼中
昨日的痛楚如音符
静静地飘过心中
像烟雾弥漫
想回味坚强的渴望
你能否感到这迷惘
让我痛楚让我欢畅
让我的双眼蒙上
尘封的幻想

风吹过
我无法再退缩
你曾是我唯一的爱
失去后才知悲哀
推开窗
明天会怎样
我的心跳如同以往
渴望着热血
沸腾

来沉醉的梦想
在你身旁
我感到冰冷的目光
如同那天边的迷雾
把我笼罩禁锢
享受那亲切的孤独
你能否说清这冷酷
让我痛楚让我欢畅
让我的双眼蒙上
尘封的幻想

风吹过
我无法再退缩
你曾是我唯一的爱
失去后才知悲哀
推开窗
明天会怎样
我的心跳如同以往
渴望着热血
飞扬

唤醒我的沉睡
迈动我麻木的双腿
你的美丽仍会让我心醉

风吹过
我无法再退缩
你曾是我唯一的爱
失去后才知悲哀
推开窗

明天会怎样
我的心跳如同以往
渴望着热血
飞扬

风吹过

杨平从机场出来坐在出租车上听到的这首歌。

收音机播放的是现场版的，气氛很热烈，但是仍旧能够感觉到现场沸腾的气氛。这是一首摇滚乐，它带动的是一种情绪，让它们找到释放的方式。

杨平抬手拍了拍司机的座椅，询问这首歌的名字，才发现原来司机也是个年轻的小伙子，比自己大不了多少。

“司机师傅，问一下这首歌名字。”

“《梦缠绕的时候》高旗，超载乐队。

怎么，你也喜欢摇滚乐？”

“我平时听音乐比较少，就是感觉这首歌蛮好听的。”

“呵呵。看你这身打扮估计也没空听我们这些摇滚乐。”

“难道，你也是做摇滚的？”

“怎么不像吗？

我白天开出租维持生计，晚上就和朋友在一起做音乐唱歌。我就是我们乐队的主唱。我叫阿盛，上帝的指纹乐队。”

“怪不得，看你还这么年轻。”

“当然，年轻嘛就应该去追求自己喜欢的东西，这时候如果错过了，那些梦想可能就得等那个不靠谱儿的来生了。”

“你们平时都在什么地方演出，或许以后有机会我去看看。”

“DIARY。但是这家酒吧并不好找，这个东西给你，上面有我们的联系方式，哪天你想去放松一下可以联系我们。”

“作为交换，这是我的名片，如果以后乐队需要帮忙可以来找我。”

“我靠，乖乖，我今天遇上贵人了，居然带了一个大老板。”

“而且是没有私家车的老板。”

“呵呵，说笑呢。”

“前面路口停车就好，我到了。”

“好嘞。”

杨平下车与司机摆了摆手以示告别，他站在原地四周环顾一圈，他回来了，一个人回来，他又站在了这一大片森林一样的高大的写字楼下面。头顶是上海依旧阴沉的天气，和自己离开时候一摸一样的脸，没有眼睛没有表情，冷漠的呼吸压抑得让人透不过起来，空气中到处都是萧瑟的味道。一别两个月，如今整座城市仿佛忽然间掉进了冬天，没有任何的过渡和征兆，他一个人留在了突如其来的寂静中。

刚才在车上的交谈，他看到阿盛说起自己的乐队时无比骄傲的神情，那或许就是他梦想的雏形，他们给自己希望，把青春赌给命运，命运给予他们出路。他曾经想开口，告诉他自己曾经是一名舞者，告诉他也曾经和他们一样追求梦想。只是最后没有开口，因为在这上面不需要任何辩解的理由，他已经是追梦路上的“逃兵”。

他掏出那张卡片看了看，上面的涂鸦图案很别致，令他吃惊的是卡片上的涂鸦没有英文字母，都是汉字。全世界的涂鸦都是英文字母，而今天他看到了画着汉字的涂鸦，这是中国人自己的涂鸦。

杨平长长吐了一口气，在这座城市某个角落，那些年轻人，他们用自己璀璨的青春创造着一个时代，代表着中国新生代的潮流文化，他们正在无所畏惧地在向全世界宣战。

杨平来到公司的楼层，礼貌地和他碰到的每一个员工打招呼，他透过自己办公室的玻璃窗看见正在里面忙碌的陶莎。

他敲了敲门，然后走了进去。

6

佟西醒过来的时候已经是上午的10点钟，把眼睛支开一条缝，看了看手表忽然一惊坐了起来，掀开被子正准备要下床，定了定神，才想起来今天是他休息日，今天不用上班。

沿安去了广州，还不知道什么时候回来。帮沿安看店的朋友交给他一把钥匙，沿安走前说过，如果佟西来找她，就把这房间的钥匙给他。昨晚和调酒的男孩子聊天喝酒一直到深夜，也不记得是几点钟躺下休息的，只是这一夜他做了一个很长的梦。梦里的自己，似乎一直驻足在一个地方等待，等待一棵开花的树，春日的阳光拂过脸庞，明媚温暖，无边无际。有无数的云朵从头顶掠过，没有日夜，时间包在将欲绽放的花骨朵中，永远对下一秒充满期待。他不知道自己站在那里究竟要等待什么，但是梦中的自己面无表情，充满了决然。

佟西把身子靠在床背上，在梦里站的时间太久了，勉强地揉了揉眼睛，提起精神，身体的疲惫感越发的清晰。

这样，醒来。

手边被子上有身体的味道，但是分辨不出是什么样一种味道，似有似无，芳香并不甜腻。或许这是沿安留下的味道，又或许这就是沿安身上的味道。佟西环顾了这间屋子，白色的双层窗帘，紫色蔷薇的墙纸，枣红色的立式冰柜，一台电脑还有一屋子的老式家具。桌椅柜橱，它们在细微处有明显的磨损的痕迹，这些是时间反复摩擦之后的样子，但是它们仍然有着旧日沉静的美丽，造型简单，方便使用，看上去似乎一尘不染。他无法揣测这些物品已经跟随它们主人的时日，只是它们身上已经留下主人的气息和情感，这种感觉不是商场里故意做旧的家具能具有的，这些家具已经在长久的时光里沾染了人身的体温，具有了灵魂，并且越发的光泽。

下床拉开白色的窗帘，玻璃窗的外面是一片浩瀚的蓝色天空。没有高大的楼层横冲直撞抹杀光线。佟西伸了个懒腰，甩开起床时的疲劳感。今天的天气很好，太阳在南半球偶尔的回来看望一下。

佟西下到一楼的吧厅，有人在打扫卫生。走近了看才看清楚，原来是昨晚来唱歌的阿盛。

“早啊。

你怎么过来打扫卫生了？”

“这个举手之劳啊，我和沿安是好朋友，经常来这里的。正好今天我休息，她人也不在，我就帮着做做勤务。”

“那我也一起来吧。”

“好啊。

你也是沿安的好朋友吧？我不是第一次看到你了。”

“嗯。来过这里几次。感觉跟沿安还很聊得来。”

“来过这里的人大多数都会喜欢，这里清净不嘈杂，我们有时候来唱歌也不会嘶声地吼叫。”

“你唱歌很好听，你的嗓音感觉很清澈，和一般的摇滚歌手的破音不一样。”

“呵呵，我就当你这句话是在夸奖我了。”

“你认识沿安多久了？”

“嗯……有两年多了，那时候我们乐队在一家娱乐会所唱歌，间歇的时候在吧台认识的她，她调的酒很好喝，顺带就聊了起来。然后就是夜里下班，她说她自己有个小酒吧，请我们过来喝一杯。就这么渐渐地熟络了。”

“她是个很善良的女孩子。”

“当然。不怕你笑话，我们乐队起初还在她这里住过一段时间，那时候哥几个比较潦倒没有钱交房租，正愁没处去的时候还是她帮了我们。

对了，你是做什么工作的？”

“我？

你看看我像做什么的？”

“这个还真看不出来。”

“我原来是个职业舞者，现在变业余了，我在一家便利店上班。”

“哦，舞者。跳街舞的吧？”

“这回看出来了。”

“猜得出来。像你我这个年纪的说是舞者的基本上都是街舞圈里的，那些搞什么国标拉丁的不会有你这种气质。”

“呵呵。好吧，我也姑且当你是在夸我。

你们乐队的专辑CD有没有，有的话能不能给我一盘听听。”

“这个没问题，吧台里面就有，就在我那件夹克下面那一堆CD里面，你去找找吧。”

佟西拿起阿盛的夹克搭在肩上，翻了一会翻到了那张CD，《上帝的指纹》，封面是精致的涂鸦，但是让佟西惊奇的是，他们的涂鸦图案用的居然都是汉字，他转过头看了看这个和他同龄的男孩子，带着钦佩的神情。他开始有些敬佩这些和他同龄的年轻人。

佟西正要把夹克放回去的时候，从夹克口袋里掉出了一张名片。

洛嘉服装公司 上海总公司

总经理

杨平

“哦，这张名片啊。我昨天开车的时候，从机场接了这个老板回来。路上聊的还蛮投机的，走的时候就给我留了这个名片，我拿到名片的时候还吓了我一跳，年龄跟咱俩差不多，这就掌管一家公司了，真是挺了不起的。虽然年纪相仿，但是社会阶层比咱俩高多了。”

“这倒是。”

“怎么，你认识他啊。”

“嗯。认识，而且认识很久了。”

佟西和阿盛道别，拎了衣服出门去。

街上出现的红色越来越多，佟西下意识地想了想才明白，是的，新年要到了。佟西按照那张名片上的电话号码拨通杨平的手机。

打了几遍，但是一直是忙音。佟西想到了玲珑也在他的公司，但是她的电话同样是忙音。

佟西在去往洛嘉公司的途中返回学校，杨平他们没有接自己的电话应该是在忙公司的事务，他们不会像自己一样，在街上闲逛。

站在公交车站，阳光静好，进站的公交车和不上车的人形同陌路。佟西看着汽车一班一班地离开，行人陆陆续续地上车下车然后离开，只有他等的公交车迟迟不来。那个时候他是个静物，看起来像一支摆在桌上的杯子，盛满阳光，他映衬着周围人们忙碌的气息。

“杨平。我很想知道你现在变成什么样了。好久不见。”

7

陶莎按照杨平的吩咐全程负责设计师的招募，两天下来录用了几名有工作经验的设计师，从而补上那些人离开后的空缺。再加上白城总部派过来的设计师，暂时减轻了设计师方面人员的压力。

在刚刚结束的设计方案会议上，杨平当场敲定几项方案，随后投入了大笔的资金，用于春装的实际生产。现在已经不是宁缺毋滥的时候，他要的是市场占有率。秋装和冬装市场失败带来的损失他要在春装上全力赌回来。

在意大利的两个月的时间，不是白白花掉的。他带回了确实更有效的管理体制与经营方略。杨平回到公司之后，马上对公司进行了一系列的调整。从生产车间到实品专卖店，陶莎跟着他几乎把整个公司从上到下跑了一遍，杨平把自己的关注放在了公司的每一个部门，公司的大小事情，只要情况允许他都要亲自过问。

这样的大包大揽，让杨平的身体有些吃不消。得不到正常的休息，经常是坐在办公室的椅子上不知不觉的就睡着了。有时候睡着睡着就被冻醒了，办公室的空调已经开得很足了，但是身体过于疲惫再加上长久的缺乏锻炼，现在身体的抵抗能力变的越来越弱。

陶莎给办公室里添了一台跑步机，想让他平时注意一下锻炼。只是那台机器一直摆在那里，只是公司的业务繁忙，他回到办公室除了办公的时候最想做的应该是睡觉，根本没有精力再去跑步。

眼见着元旦越来越近了，杨平参与筹划了两场洛嘉的新春服装秀的晚会也进入了最后的操作阶段。时间定在圣诞夜，届时 2011 年新款的服装以及配饰，包括限量款都将一一亮相，他目的在于借此机会扩大知名度，更好地去打开消费市场。所以他把点分别放在了学校和公司总部。放在学校里是直接面对消费者，而放在公司面对的是媒体记者。

这样做的目的很明确了，他要的是从两个方面扩大服装品牌的知名度。把晚会放进了自己的学校，许都大学。而且除了模特走秀之外，还要邀请有影响力的娱乐明星作为嘉宾演出，奉献精彩的文艺节目，与学生互动，把单纯的服装秀变成一场盛大的演出。整个演出过程有实况录像，最后制作成短片放进公司新年的广告宣传当中去。

这场服装秀将最大限度地调动公司可用的人员力量，他要倾尽全力将这场服装秀做好，这是他宣告自己回归的强有力的动作。

晚会已经提前一个星期在许都大学周围的各大高校进行宣传，发售门票。因为力邀了几个国内著名歌星前来助阵，门票发售情况还算良好。陶莎把门票请款报告单拿给杨平看，“目前已经出售了大部分，可以支付歌星的出场费，但是还是有一部分空缺。”

杨平坐在椅子上看着单子愣了一会，忽然间想起了什么，“陶莎，我刚回来的那天，我穿的那件衣服你给我放哪里了？快帮忙找出来。”

他想到了一个人，那个叫阿盛的出租车司机。如果能请到他们的乐队演出，公司的服装就可以在他们那个圈子有知名度，甚至他们可以带来相当的一部分消费群体。或者这对他们来说也是出名的一个机会。陶莎半天在衣服口袋里找出一张已经被水洗的发皱的名片拿给他，还好电话号码还勉强看得清楚。

他拿出手机，认真地拨通了上面的号码，而在这之前的邀请全部是部门经理来做的。但是惟独这次，他要亲自邀请这几个年轻人。

8

中午跟玲珑通电话得知，现在公司正在筹划演出和春装的业务，工作比较忙，杨平更是闲不下来。佟西只好继续自己的生活轨迹，暂时不去打搅他。

自素宁离开后，佟西从心底被抽走了唯一可以给予希望的感情，无形的生命中的又一次创痛。他以为自己可以顽强的一个人生活，可是佟西没有输给困难的命运，他输给了孤独。写作成了他生活中感情的唯一支点，这也是他唯一可以付诸情感的行为，他将它们表达，在虚构的情节中得到慰藉。

每天起大早，机械性去便利店工作，回来之后就是遥遥无期地面对一台微微做声的电脑，和宿舍里另外两个人一样，背对着背，在电脑上消耗着时间，青春的蒸发。他没有家庭，没有能与他为伴的朋友，甚至没有一个确切的未来。其实，从看守所走出来的那一刻，他就已经是个孤儿，而且他没有任何选择的余地。

这样简单粗暴的生活轨迹将他的灵魂冷落到了极致，面对无可避免的枷锁，就不得不承认这是命运，自愿地放弃任何为自己辩白的机会，承认自己尴尬并且无所适从的境地，自愿去用巨大钢铁般的宿命来解释这一切的发生。

想念杨平。

“有时候有很多的话要对你说，却又不能告诉你。我一直觉得自己是个内心强大的人，以为如此便可对抗越发寂静的生活。可是我越来越发现，寂静是趋向于消失的过程，像风一样会无影无踪。我的生活慢慢只剩下我自己，那些被时间过滤掉的人我只能靠记忆与他们攀谈。从什么时候开始我就被筛选出来，留在一片寂静里。”

佟西周五按时去舞堂上课，如今这短时间已经成为是他每周最放松的时候。把舞蹈从职业过渡到爱好之后，佟西才慢慢发现跳舞带来的快乐，发现了自己存在于舞蹈中那个真实的人格和情感，他可以坦诚地面对音乐面对镜子里的自己。没有功利的表情，没有野心的构架。

他在去之前打电话吩咐了学员先去物管处拿钥匙。因为他不想看到那个猥琐的男人，有时候看到一个恶心的人确实会影响心情。对于这样的人的存在，只是我们不得不感叹造物者的宽厚仁慈。

一人一活法，这种人的活法也是一种活法。

有段时间没有跳舞了，或许是他太放松了，但是佟西在SOLO的时候一行一动都似乎是缺了什么。

虽然没有明显的退步，但是现在他的舞功已经停滞不前，没有具体针对性的训练是没有办法再提高。同样无法再提高的还有一个舞者的思想。而后者不会保持这种状态，对舞蹈的荒废会使一个舞者的思想慢慢地退化，他对音乐的表达能力会慢慢地残废。

如今。又站在镜子前面，站在音乐里，他是个开心的孩子，他也是一个思想残缺的人。

对任何事物的放弃，都将会带来一场疾病，无限的感染关于那个领域的能力，慢慢使人丧失这种能力，最后变成一种回忆。

佟西正上着课，猥琐男从门里进来，佟西在镜子里看到他，气不打一处来，摸了摸鼻子，脸色开始变得难看，他转身朝他走过去。

“这个，把舞房的钥匙给我。”

“钥匙？

小陈，你钥匙还回去没有啊？”

“我刚才去的时候里面没人，我放在那桌子上了。”

“你放哪里了，我没有看到啊，那你跟我下去找找。”

“这样吧，你先回去再找找。等会儿我下课了我也跟着去找找，但是现在请你先回避一下，我还在上课。”

“舞房钥匙没了，我是要背责任的，你也理解一下我的工作好吧。”

“没有不理解，我不是说了吗，我总不能让我的学生都去给你找钥匙吧？等我下课了跟你去找。现在是上课时间。”

“那不行，万一你们中间有谁把钥匙藏起来呢。”

“真是荒谬啊，亏你也想得出来。这些学生藏你那把钥匙干吗啊，能卖多少钱啊？小陈你跟他去找找，别烦了，我要上课。”

“你这什么态度？”

“我现在要上课，请你回避。”

佟西已经有明显的不耐烦，他对这个男人已经没有任何耐心。勉强把他打发走之后，像送走了瘟神一样，佟西吐了口气，转过身来然后继续上课。

只是没过多久，小陈回来了告诉他说，钥匙没找到。

猥琐男后脚又跟了上来，站在门口很像某种看门的动物。佟西这就明白了，可能他今天就是不想让街舞团好好地上课。也就是说，他就是来找茬的。钥匙也许根本就没有丢。

佟西吐出舌头舔了舔嘴角，做了个手势，又带着二十几个学生一起朝门口走去。瞥了一眼猥琐男，“走吧，我们跟你下去找。”

“你们，你们这要干什么？”猥琐男看到这么多人一起过来，开始有点慌张了，狭小的眼睛里充满了慌张和畏惧。

“还杵在这干吗啊？走啊，跟你去找钥匙啊！”佟西盯着他，做了个眼神示意他带路。

小丹一看佟西一脸铁青，这情况似乎已经开始有点失控了，一帮人跟着佟西下楼之后，她马上给小斯打了电话，跟他说明这里的情况，让他赶紧过来。

挂掉电话，小丹也跟着跑下楼去。

9

素宁端一杯咖啡坐在电脑前，看着自己拍出来的那一张照片，每一张照片都像一部电影，包含了太多无法揣测的情感，布满情绪的眼睛。她是一个冷静的导演，而她导演的是用一个镜头就能拍出一部电影的照片。

眼前的这些照片马上就要在摄影展中与这个世界见面，接受人们的赞美和指责，喜欢与不屑。仿佛就是一个将要诞生的婴儿，带有神秘的使命，给人希望，充满期待。

展出的一共分为7组图片，除了《红色向日葵》那一套，她最喜欢的是才拍摄不久一套《凋谢的眼神》。那天夜里，她看到的今年的第一场雪，忽然降临在她的视线里。她拎起相机匆匆出门。她站在十字路口，站在便利店门前，站在公园里，站在湖边，站在楼顶。她的眼神随着雪花一起从天空凋谢，覆盖这座城市。神情各异的路人，他们的眼睛里揉进了寂静的雪花，涌出温暖的泪水。

展会的时间定在圣诞节假期，如今已经进入了最后的准备。地点放在了一个朋友的闲置的一家店铺当中，为了这次展会，他已经撤走了所有的物品，这是特意为她腾出了来的空间。哥哥给打过来筹备的费用已经用的差不多了，大部分用在了室内布置以及宣传上面。

素宁每天路过那家店铺都要进去看一看装修的进度，工人师傅很友好每天都主动跟她打招呼，有时候她就坐下来跟他们聊天，也会一个人四处看看，然后站在玻璃相框外看着里面的空白发呆。其实一直到现在，她都无法彻底解释这次摄影展的意义，无法回想做这个决定的初衷，执着倔强。但是这些现在似乎都无法追溯。

她用电子邮件向她所有的朋友发出邀请，包括国内的朋友。明知道他们来不了可还是要发出邀请，她要让他们知道她现在的生活，让他们记忆起她的存在，记忆起她曾经是他们生活中的一部分。她需要看到他们信件和感情，需要看到他们对自己或虚或实的想念。如此他们会发来各种的预料之中的祝福以及无法实现的叮嘱。尽管如此，这些仍旧让她感觉宽慰，感觉他们一直在自己身边，他们的声音摩擦着耳蜗，慢慢被想起。就像脚上这双小丹亲手图画的匡威，穿着它就能想到小丹。

有时候，回忆原来是那么的重要。它让一个人忽然间充满虚拟的力量。

不知道从什么时候开始，她变的越来越没有耐心，开始厌烦单调的生活。有一种严重的残缺感腐蚀着她的生活。她的生活里缺少了一些东西，那似乎是无法弥补的空缺，她的思绪每每流过那个空缺，都会灌注进大量的孤独，而且越来越填不满。

躺在床上，电脑里仍旧不时传出新邮件接受的提示音。她并不着急去翻看他们，其实她自己知道，那里面没有自己想要的那个人。

他不知道。

她也等不来。

《如果你也听说》张惠妹

突然发现站了好久
不知道要往哪走
还不想回家的我
再多人陪只会更寂寞
许多话题关于我
就连我也没有听过
我的快乐要被认可
委屈却没有人诉说

夜半信仰丛白剥落
拿掉防卫剩下什么
为什么脆弱时候
想你更多

如果你也听说
有没有想过我
想普通交朋友
还是你依然会心疼我
好多好多的话想对你说
悬着一颗心没着落
要怎么附和
舍不得又无可奈何

如果你也听说
会不会相信我
对流言会附和
还是你知道我还是我
跌跌撞撞才明白了许多

红

懂我的人就你一个
想到你想起我
胸口依然温柔

许多话题关于我
就连我也有听过
我想我宁可都沉默
其实反而显得做作

夜半信仰丛白剥落
拿掉防卫剩下什么
为什么脆弱时候
想你更多

如果你也听说
有没有想过我
想普通交朋友
还是你依然会心疼我
好多好多的话想对你说
悬着一颗心没着落
要怎么附和
舍不得要无可奈何

如果你也听说
会不会相信我
对流言会附和
还是你知道我还是我
跌跌撞撞才明白了许多
懂我的人就你一个
想到你想起我

胸口依然温柔

如果你也听说
有没有想过我
想普通交朋友
还是你依然会心疼我
跌跌撞撞才明白了许多
冷漠的人就你一个
想到你想起我
胸口依然温柔

“如果你想起我，你会想到什么。”

六 孤独地图

1

小斯赶过来的时候，佟西已经被校警带走了，物管处的前台上还有些许血迹，看到这屋子里凌乱不堪，他狠狠地吐了口气，佟西这个家伙终于还是没有收住手。

当时在场的学员对他描述了事件的整个过程。

“佟西带着学员一进物管处之后，马上叫人把猥琐男控制住，他过去搜他的身。然后在口袋里找到了舞房的钥匙。似乎佟西事先就知道钥匙就在他自己身上。

猥琐男无话可说，佟西，把钥匙甩给他，然后带着学员正要离开，校警赶了过来，不问青红皂白就开始抓人，猥琐男在一边嚷嚷着，他们要来打架。佟西忽然才明白，原来这就是个阴谋，猥琐男早知道他会带人下来，这些校警就是等着他们来的。

别人设下了陷阱，等着自己跳进来。佟西没有再多想，趁着混乱，一把抓起身边的凳子朝着猥琐男，劈头砸去。”

因为聚众斗殴，学校叫停了街舞团的课程，停止了他们的一切活动。小斯从校团委拿到处分警告，出来的时候看到了头上缠着绷带的猥琐男还有那个浓妆艳抹的女老师，两个人攀谈着朝楼上走去。他们脸上的笑容邪恶，很远就能闻到他们说笑时从嘴里漏出来臭水沟的味道。变态的心理终于得到了满足，低劣的品行扭曲在脸上，这一幕充分诠释了小人得志。

小斯这才明白，猥琐男之所以一而再地来挑衅，就是为了挑起事端，从而抓到把柄让学校来处分街舞团。

佟西已经被关进了派出所，猥琐男以故意伤害要起诉他。经校方查实，佟西不是该校的学生，脱离了学校。如果按学生来说，最多给个警告处分。可是这样子一来他们想要收拾佟西的话就可以无所忌惮，小斯一点办法都没有。

这是一早就设计好的阴谋，老师挖空心思来算计跟他们有过结的学生。老师欺负学生。多么可笑的事情。多么可笑的老师。多么可笑的大学。

他们算准了这些学生，也看透这群学生，他们始终是手无缚鸡之力的秀才，甚至是庸才。

没有还手的余地。

小斯给小丹打电话，看她那边是不是已经有消息了。这个学校佟西只有他们两个朋友，如果他们不帮他，恐怕也没有人会来帮他。

想来自己也有责任，若当初没有让佟西加入，兴许就没有今天的事情。只是事已至此，他不能眼看着佟西被人宰割。佟西扔出去的那个凳子，自己又何尝不是想再跟上去一顿暴打，出一口恶气。一段时间来，他们对街舞团的上课百般地刁难，一次次触碰他们的忍受底线。这个世道有些人真的是太贱了。

Yesterday 给学校拿到过荣誉，唯一的要求就是请学校批准一个地方能让他们继续跳舞，不要再让他们在楼梯口的落地镜子前面跳舞。就是这样简单的要求，但是如今有个女老师看着不顺眼了，然后想办法搞掉这个眼中钉。

小斯一个人坐在团委楼下的水塘边，从昨天晚上到现在脑子一直是混乱的，他一手经营起来的舞团仿佛一瞬间就毁于一旦。而现在他最好的朋友还被关进了派出所。

他一个人坐在椅子上抽烟，可是一点办法都没有。

2

“玲珑姐姐，佟西出事了，打伤了人被警察带走了。你快想想办法啊。”

玲珑在听到小丹的声音几乎带着哭腔，两年前佟西被关押的一幕，忽然又在脑海里浮现。当年她也像小丹一样无助地给老怪打电话，寻求哪怕一点点的帮助。

“小丹，你别着急啊，慢慢说怎么回事。”

“在电话里一时也说不清楚，总之现在佟西麻烦很大了。他不是学生，这样案件的性质就完全不一样的，我怕他会被拘禁甚至……我不敢想了。”

“你先告诉我他关在哪个派出所，我马上去想办法，你先冷静一下。有了消息，我马上打你电话。”

玲珑挂断电话，静了静心，然后放下手里正在审阅的文件，起身朝杨平的办公室走去。

她明白，这个时候能救佟西的人不是自己，而是杨平。

小丹回到宿舍之后，一夜几乎没有合眼，她坐在床上等电话，持续担心和焦躁让她暴露着自身不成熟的心智。

几个月前她曾经为自己高考成绩在无数的夜里殚心竭虑，在那时那三个数字几乎就是在面临命运的审判，这似乎就已经是她人生中无比巨大的艰难。而佟西这件事情的出现才算是离开象牙塔后遭遇的第一次焦虑。

从中国式教育走出来的孩子，大都必须要经历两个阶段的成长，小学到高中长达 12 年的时间仅仅是身体和生理成长，这个时间段中几乎没有机会去完成其他方面的成长，在结束高考之后，才会被家长学校准许进入第二个成长阶段，也就是心理成长。当然，所谓社会适应能力基本上也是从 18 岁之后才有可能有机会进行锻炼的。

事实上本应该同时进行的成长，被硬生生地切割开来，强迫按照固定模式生长的生命体，所以我们的学生成长为拥有高超的应试头脑和幼稚的心智思想的怪物。

昨天事情发生之后小丹一共打了两个电话，除了打给与佟西亲近的小斯和玲珑，还有一个电话打给了并不怎么熟悉的林沿安。

“沿安姐姐，我是小丹。佟西出事了，他打伤了人被警察关起来了，你能不能想想办法帮帮他？”

“这是什么时候的事情？”

“昨天晚上。”

“那你再告诉我他关在哪个派出所。”

“就是许都大学附近那个，梧桐路派出所。”

“好了，你放心吧，有了消息我会通知你。别担心了啊。”

决定是否要帮助一个人，若需要时间思考，那样必定与自己的切身利益有关，需要仔细权衡双方得失。因而那样的援助也必然与感情没有多大关系。

但是她不需要做过多的询问与思考。

佟西。

这个名字从见他的一次起就牢牢地记在心里，他出现在自己复杂凌乱的记忆里，如遗世独立。人山人海，到处是拥挤的空气，暴露在大街上，一时都无法呼吸。她就在呼吸的间隙记住了他的名字。

小丹仓皇的声音告诉她，至少到目前为止还没有人能帮得上佟西，他应该还处在困难中。她的电话打到自己这里，求助于一个仅仅与佟西有过几次聊天经历的女子，并且不知道她的背景，小丹这样盲目的求助，可以判断现在事情的严重性，至少也已经远远超出了小丹这样一个学生的能力范围。

沿安翻开通讯录，拿起电话打给在市政府工作的弟弟凌霄。

“凌霄，我是姐姐。现在说话方便吗？”

“没事没事，你说吧。”

“梧桐路派出所拘了我一个好朋友，他叫吴佟西。你现在去想办法去把他弄出来。”

“吴佟西？”

“对。是他。”

“乖乖，这什么情况。这个人什么来头，刚才，就上一个电话，我大学同学陶莎就托我办这个事，钱都准备好了。现在连你都来电话让我去弄他出来。”

“……不管是谁，你把他平安地弄出来就行了。如果不是很必要，也不要让你的那个朋友花钱。”

“行了，你放心吧，我会看着办的。回头我给你电话。”

谈话直奔主题，从不拖泥带水。这是她干净利落的性格，不同于那些遇事只会手足无措，焦急流泪，等待帮助的女人。

3

沿安回到住宿的旅馆，简单地收拾了一下旅行包，卜楼打车去机场。

今天飞回上海。

来广州这些天，一直感觉空洞。对这座城市的记忆，保持在几年前飞机刚刚起飞后居高临下的那一瞥，整座城市渐渐消失在蒸腾的热气中，那是她看到的最真实的广州。生活在这里那么多的时日，最后竟对于这座城市没有任何的感情羁绊，来到之前，离开之后，想来它都只是地图上一个耳熟能详的地名，没有它意。

再次来到广州的第二天，参加了一个朋友的婚礼，也是她此行的唯一目的。男人今年 26 岁和自己是高中同学。高中毕业一直追求沿安，沿安在广州学调酒的时候曾经向她求婚。对于沿安的爱，他充满了炙热的向往，无所畏惧。只是这样的道路，一开始就没有路可走。沿安没有给这段感情做出过任何肯定，她是为爱而生的女人，这个男人不是爱情，她不会屈从与一个与爱情无关的男人。

世间还有这种女子。无所谓优越的物质条件，无所谓棱角分明的外表皮囊。但是她会注视一个似乎一无所有的男人倾情一生，寻找这个男人是她来到世间的宿命。她的性格中充满了执着，让自己排斥在世间纸醉金迷的浮夸生活以外。

在沿安上一次离开广州的时候，男人提出最后一个要求，只是希望他结婚的时候她能够回来参加他的婚礼。

如今她来履行这个诺言，参加这个和自己几乎没有关系的婚礼，整个过程不带有任何的感情想法。他让她来目睹他后来的幸福，现在她来了。只是无论他怎么变，他仍旧不是她爱情中的角色。

《曲终人散》张宇

你让他用戒指把你套上的时候
我察觉到你脸上复杂的笑容
那原本该是我 付予你的承诺
现在我只能隐身热闹中
我跟着所有人向你祝贺的时候
只有你知道我多喝了几杯酒
我不能再看你 多一眼都是痛
即使知道暗地里你又回头
我终于知道曲终人散的寂寞
只有伤心人才有
你最后一身红残留在我眼中
我没有再依恋的借口
原来这就是曲终人散的寂寞
我还想等你什么
你紧紧拉住我衣袖
又放开让我走
这一次跟我彻底分手

我跟着所有人向你祝贺的时候

只有你知道我多喝了几杯酒
我不能再看你
多一眼都是痛
即使知道暗地里你又回头
我终于知道曲终人散的寂寞
只有伤心人才有
你最后一身红残留在我眼中
我没有再依恋的借口
原来这就是曲终人散的寂寞
我还想等你什么
你紧紧拉住我衣袖
又放开让我走
这一次跟我彻底分手
我终于知道曲终人散的寂寞
只有伤心人才有
你最后一身红残留在我眼中
我没有再依恋的借口
原来这就是曲终人散的寂寞
我还想等你什么
你紧紧拉住我衣袖
又放开让我走
这一次跟我彻底分手
你紧紧拉住我衣袖
又放开让我走
这一次跟我彻底分手

爱情当中似乎有太多这样的可以抱憾终身的情景，在幸福的婚礼上，似乎总要有一个人比新郎或者新娘都要特殊，而那个人是最无奈的存在，她让一个人的爱情从此之后曲终人散。

我一直相信一个人发自内心的爱情，可以倾尽生命的爱情，一生只会有一次，而这个一次似乎是每个人命运中蓄谋已久的并且注定会发生的夭折，最后陪伴自己的人都不会是最初的那一个。

数年间的热烈的追求，始终还是无法让沿安妥协。她坐在下面，看着他给一个陌生的女子幸福地戴上戒指，无动于衷。若当初自己选择伸出手，现在的无名指就不会是现在这样空空如也。她背负着自己的爱情，越来越重，也越来越不肯轻易地卸下。他是个很体贴的男人，卓尔不群的年轻才俊，细微处的照顾让她无数次地感动过。但是即便如此，为什么就是不肯把自己托付。没有办法说服自己接受任何一种形式的爱情。

多年过去，每次在空无一人的房间里醒来，看到窗外深蓝色的天际，那一刻能够清楚地看到自己的处境，一天一天，一年一年，自己仍旧是萧瑟落寞地活在这个世界。对这种或明或暗的光线不做任何猜测，她只知道这是孤独的颜色，深入骨骼的颜色，也是她改变不了的颜色。

《插曲》郑秀文

如果满足　如可满足　如若要催毁我眉目
而我极痛　而你未痛　但实际只当是节目
如果我哭　如真要哭　难道要开口说屈服
纯粹动作　未料有风　是否因此拼命歪曲
I wanna fly　I wanna cry　愈去隐藏愈要破坏
如我愉快　完美状态　才令你存敌意破坏
如果了解　心中不快　问你可曾为我伟大
人太倦了　请你谅解　求能让我　此后　愉快

明知揭盅　仍加插曲　还未算真的最残酷
如继续痛　求再别碰　事实你早已下了毒
离开退缩　澄清接触　谁料你一早已辑录
寻我脉膊　为什快速　未知这是致命插曲
谁人愿痛完又痛　再追逐　公演过目

谁人又注意我不快　来回场合　总要被曲解
I wanna fly　I wanna cry　愈去隐藏愈要破坏
如我愉快　完美状态　才令你存敌意破坏
如果了解　心中不快　问你可曾为我伟大
人太倦了　请你谅解　求能让我　此后　愉快
I wanna fly　I wanna cry　愈去隐藏愈要破坏
如我愉快　完美状态　才令你存敌意破坏
如果了解　心中不快　问你可曾为我伟大
人太倦了　请你谅解　求能让我　此后　愉快

去机场的路上，出租车电台里播放的这首歌曲。她用粤语方言对司机说，这首歌很好听，请把音量调高些。

几年广州生活的经历，生活环境的耳濡目染，而今她也可以分辨清楚粤语，这种相较普通话来说简直就是外语的一门独特的方言。普通话，上海方言，广东方言，英文，她能熟练地运用任何一种话语来交谈，好多时候她都会感觉自己身体里似乎有四个人，分别行走在那四种话语的时代，她们彼此面对面但不相识，独立在自己的记忆当中各自生活。二十多年她都没有找到哪怕一条线索把她们牵连在一起。

沿安把脸侧向窗外，支着胳膊，窗外的高楼层层的从她的脸上划过，没有留下表情。电台播放音乐要结束的时候，主持人操着方言味很重的普通话说，明天就是西方的传统节日，圣诞节。

沿安翻出手机看了看日期，2010.12.24.

多年以前的圣诞节，那个男孩送她一盘CD，对她说，“沿安，我喜欢你，做我女朋友吧。”

她说，“谢谢，这是我见过的最漂亮的CD。”

后来那个男孩再也没有出现过。

早年间孤僻的性格让她对爱情的出现一直加以猜测与犹豫，因为害怕失去所以一直没有勇气去拥有。这慢慢地让她失去了对爱情的把握，而后来发生在男孩身上的意外却加剧了她对爱情的怀疑。

爱情就以一种灰暗的颜色开始覆没于她青春的瞳孔里，一直在富丽堂皇的世间与她保持沉默。

4

自杨平回国后，洛嘉开始筹划的圣诞服装晚会，今晚上如期在许都大学的大礼堂开场。所有的准备工作都已经就绪，杨平在现场听完最后一次部门工作报告，然后把晚会的场务交由陶莎来监督管理，作为经理出席完开场仪式之后，他便和玲珑离场，开车去梧桐路，他们要去接佟西。

在派出所的门口，杨平见到了早就等在那里的凌霄。这次的整个事情如果没有他的帮忙可能要困难的多，好多时候，权利确实要比金钱管用，而且好多时候，钱真的不是万能的。

“凌霄学长，你怎么在这啊？”

“我就是在这等着你们来把这个活宝带走啊。”

“真是劳你费心了，回头我再好好谢谢你。”

“谢什么？别瞎客气。这回不只是陶莎找我帮忙，就连我的亲姐姐都要我出面把他弄出来，我当然要当成自家兄弟来办事了。”

“你的亲姐姐？”

“对啊，但是我也不太清楚到底是怎么回事。不过，你这个臭小子到是挺能耐啊，瞒了我这么长时间，到陶莎找我的时候我才知道你这么年轻就当上了公司经理。真是年轻有为。你是许都的骄傲啊。”

“学长过奖了，这不过是家父的产业，我只是做了一个儿子应该做的事情，子承父业，并不是杨平创造的企业。”

“呵呵。不错。我看好你啊。不跟你瞎扯了，他就在里面坐着呢，放心没有受任何的委屈，我也算完成任务了。

好了，你们快进去吧，回头我们再聊。”

“好的。改天杨平一定好好答谢学长。”

“行了，别客套了，快进去吧。”

佟西一个人坐在接待室的椅子上，他不明白为什么放他出来却又不让他走。以为这次自己又是凶多吉少，那一凳子抡下去的时候他一点都没有留情，他甚至连去继续蹲大牢的心理准备都做好了，却不想只蹲了两天就出来了。他很庆幸，也很意外。不过这明显是有人在帮他，也许是小斯，也许是小丹，还是玲珑。上海他认识的只有这么几个人，绝对不会有不相关的人来救自己。

他心里正嘀咕着，接待室的门打开了。

他先看到了玲珑，心中一喜，她的出现是在他意料之中。然后看到了她身后走进来的杨平。

佟西起身站起来，看着眼前的两个人，侧了侧脸深深地出了一口气，沉默了一会然后噗的一声不自觉的笑了出来，摇了摇头，用手指了指杨平，嘴里有话说不出来，他的脸上有重逢的喜悦和惊讶。

杨平走过去，在他的胸口捶了一拳，“真有你的，又进来了啊。”

佟西回给他一拳，“是啊，我又进来了。但是这一回，却还是得你来接我出去。”

“恐怕除了我也没有另外的人了。”

杨平走上前用手使劲掐了掐他的肩膀，“你长达半年的失踪，今天开始就此告一段落了。真没想到我又是以这样的方式与你重逢。

从今往后有什么事，一起面对。只是不要再这么鲁莽了。”

“……”

玲珑站在一边，没有说话。她看到失散的兄弟，眼下又在公安局这个敏感的地方团聚。

她是唯一一个目睹他们身上发生的所有事情的人，今天的重逢是某种结束也是某种开始。命运的无常，常常令人唏嘘不已。她看到命运又一次捉弄了佟西，也看到了命运又一次挽救了佟西。今天以后的生活，将会出现什么样夸张惊奇的状况，玲珑忽然有种拭目以待的心态。

她走到一边坐下来，给小丹发信息，告诉她，不用担心佟西，一切已经安好。佟西和杨平两个人面对面坐着只是抽烟，突然没有人说话，分别久了，该说什么，又该从何说起，烟雾缭绕，需要有人先走出来。

玲珑敲了敲桌子，她提醒杨平，晚会还没有结束，现在应该回去一下。杨平掏出手机，看了看没有陶莎的信息和电话，这就说明晚会现场一切正常，他甚至可以去想象那边火爆的气氛。

三人走出派出所，客气地谢过值班的民警，然后驱车赶往许都。

还没有进礼堂的大门就能听到里面热闹的声音，里面晚会正在如火如荼地进行着。

杨平直接去了后台找陶莎，佟西就在后台随便逛来逛去，在经过休息区的时候看到了正在候场的“上帝的指纹”乐队，佟西冲着阿盛打了招呼，阿盛抬起头来冲着他笑了笑。对于他的出现，佟西还真的有些意外。

晚会应邀演出的几个许都的学生团体在试衣间抓紧时间排练，他们很看重这样大型的演出，所以要竭尽全力准备，拿出最好的状态面对许都的校友。身材高挑的模特在后台化妆或者试镜，她们从走廊中穿过，惹来一身倾慕的眼神。先前已经上场的歌星演唱完之后便驱车走掉了，他们基本上不会做过多的逗留。阿盛他们的乐队节目排在比较靠后的位置，但似乎只有他们最闲着，他们默不作声地呆在角落里。阿盛拿着手帕擦着手里的吉他，安静的坐在椅子上。佟西走过去挨着他坐下来。

“阿盛。

没想到在这里碰到你了。”

“呵呵，是啊。

他们公司做服装晚会，没想到上次认识的那个年轻老板真的把我们叫来了。还是他亲自给我打的电话，但是确实有点惊讶。”

“你们第几个上啊，我过去给你们吼两嗓子去。”

“嗯，还有一个节目下面就是我们。那个屋里面还有个歌星没出来，所以暂时是不会冷场的。”

“看你说的，我看好你们的。放心吧，你们也会一样受欢迎的，绝对。”

“呵呵。希望是吧。

对了，今天晚上沿安回来，等会完事了我们继续去 DIARY 唱歌，你有没有空，要不要一起去喝一杯啊？”

“沿安回来了……

行，一定去的。”

“噢，我还没问你，你怎么也到这里来？”

“我啊。

我也是陪朋友来玩的。好了，你们快准备准备吧，我先下去了，等会儿给你们吼两嗓子。”

“好的。”

沿安。

只是当他听到这个名字的时候，忽然有些不知所措。离开阿盛之后，穿过嘈杂的会场通道，他头脑里想到是沿安的房间，想到一个似乎早已断了联系的故人。他听到她的名字，像是路过一个旧时的城镇，残垣断壁，爬满青苔，故人在墙壁上留下的字仍旧清晰，仿佛它们就是在等待他的回来。

佟西从后台绕道离开，小斯的电话已经打过来了。

“佟西啊，没事了对吧？”

“嗯，已经没事了，你们也别担心了。”

“乖乖，可把我们急坏了。你现在人在哪里啊？”

“我在大礼堂看晚会呢。”

“行啊你，你还真有兴致啊，我们还在为你担心呢，你倒去跑去看演出了。”

“这个晚会是我的好朋友办的，我怎么能不来呢？”

“你朋友？”

“是啊，这次多亏了他的帮忙我才平安的。”

“那你在门口等我，我跟小丹马上过去找你。”

“好的。”

佟西挂掉电话，走到门口边上找了个位置坐了下来。人来人往，声音虽然有些嘈杂，但是从出事到现在他还没有一个人好好地安静过，在经历过动荡变故之后，人似乎都需要收拾一个角落，让自己钻进去客观地看清自己的处境。安然或者尴尬都需要片刻的冷静，进而对下一步的打算做出判断。

从打伤猥琐男到现在一天多的时间，进警局，被审问，然后拘留，断绝和外界的联系，他在等待厄运的降临的时候却又莫名其妙地被保释。发生的事情就像做梦一样，只是睁了睁眼，一切就都过去了。他不会想到是在这个时候他会和杨平重逢。

当杨平出现在他眼前的那一刻，他忽然感觉温暖，就像是一种力量。来上海的半年，一个人生活，风餐露宿，长期孤独的旅行，而所有这样的日子都在那一刻像翻日历一样，瞬间被覆盖，似乎突然终止了。

这次的事件，如同一个分界线，仓促而且迅疾，也是他在上海生活的分界线。之后的生活，都会因为一个人的出现而出现改变，或许他还是一个便利店的小职员，是一个业余的街舞教练，但是他的生活中不会再是一个人。一个拥有挚友的生活将是充满希望和快乐的，如今他正站在和这里所有人同样的幸福高度。

杨平对他说，“以后有什么事情，一起面对。只是不要再这么鲁莽了。”

“杨平，为什么我在生活中一直要限制自己，或许是因为无法掌控哪怕细小的美好。脚下这个庞大的上海，仿佛一张庞大的孤独地图，当我走不动的时候，生活越发的窘迫，而你的出现让我充满力量。”

听着台下一阵欢呼，佟西才回过神来，转头看到了刚开始上台的阿盛，“上帝的指纹”乐队的出场颇受大家的欢迎，他们的感染力似乎一点都比某些明星歌手差。

他们演唱的歌曲全部来于自己制作，虽然设备简陋，但不是粗制滥造的网络情歌。歌曲的词曲还是稍显幼稚，也许二十年的时间还没有办法让一个人看透生命，悟出人生的意义。但是又或许这样不经过后期二次加工的年轻的声音似乎更加真实，更加能够听的清楚，听得明白。从他嘴里唱出来的声音无法被盗版。

现在的每一条热闹的大街上，我们耳边时时刻刻都充斥着五彩缤纷的音乐，好多歌曲都是过目即忘，如走马观花一般过眼烟云，爱来爱去的声音不绝于耳，那些犯贱的声音如同低劣的广告一样使人反感作呕。它们的过于通俗，甚至过于庸俗，无法在阳光下立足，无法听进耳朵渗透进心脏，无法在人们匆忙的行程中留下痕迹。

一首好的歌曲，应该会伴随一个故事的氤氲，伴随一份真挚深厚的情感藏于内心，会在不经意的一瞬间引起听者剧烈的共鸣，无可抵防的曾经，记忆的大堤刹那间垮塌，往事潮水一般涌上心头。

有一些人在那样一首歌曲中永远美好。

有份感情在那样一首歌曲中永远珍藏。

我想，一首歌曲的永生就是一个歌手的永生。

《他的声音》上帝的指纹 & 阿盛

这里一年深秋一夜秋风叶满地
路过喧嚣操场目睹曾经的曾经
多久没有听到比赛胜利的欢笑
多久没有思念那些陪我奔跑的脸庞
这里一年立冬夕阳西下满地红
走过寂静操场目睹曾经的曾经
多久没有看到写在纸上的字迹
多久没有怀念老师盯梢的那些课堂

我从来没有忘记呐喊过的梦想
它挣扎在我每一个孤独的梦境
它徘徊在那每一个红灯的路口
我从来都没有忘记那个
温暖故事

那时追逐过的女孩你们还好吗
那时陪伴我的男孩你们在哪里呀
听那些记忆在风中抖动的声响
各奔前程的你们请记得把过去收藏

宿舍安静小床泡面传给的热量
听那窗户在夜风中抖动的声响
一个人混迹的世界一天天过掉
逐渐不清楚青春模样 无期的流浪

我从来没有忘记呐喊过的梦想
它支撑着我每一次失败的背影
它对抗着每一张那虚伪的笑脸
我从来都没有忘记那个

温暖故事

佟西听歌听得有些入神，后面忽然有人捶了他一拳，他回了回神，转过头来一看，原来是小斯。

他还没来得及开口，小丹抬起手里的包就扔在了他身上。

“你们俩这是干嘛这是？”

“让你记住！”

“不知道我们担心啊，出来了连个电话都不打。”

“走，咱找个地方说理去！”

小斯这句台词说出来，摆出架势，拽着佟西就要往外走，三人相互看了看都不自觉地笑了出来。

在小品《卖车》里，范伟再次见到赵本山，他义愤填膺地说道，“走，咱找个地方说理去。”

“小丹，玲珑不是给你发了信息了吗？”

“是有发过了，但是你是当事人，你不给我来个信息，我在这里难道都是瞎担心吗？一点都不会考虑别人的感受。”

“好了好了，我知错了。”

“知错不行，赔偿精神损失，这个你自己看着办。”

佟西侧了侧脸看了看小斯。

“你看我干吗？我跟小丹是一条战线上的。”说完，马上站到小丹旁边去。

“行了，别出洋相了。今晚上去DIARY，如果你们俩要去的话呢，我请你们去喝东西。”

“嗯，听起来还是蛮不错的。

那还等什么，现在走吧。”

“我在等我一个朋友，还有玲珑呢，等下给你们介绍一下。没有他，这次怕我是不会出来这么早。”

5

素宁的《红色向日葵》的摄影展举办的非常成功，她在圣诞节的下午起床后收到了连续好几个出版商的电话，看过了展会，他们对素宁的作品很感兴趣，希望可以帮她出版摄影集。她只需要答应其中一个出版社，不用很长时间就能获得丰厚的收益。但是金钱并不是这些图片诞生的动力，她的初衷只是因为一个人。

起床后习惯性地打开电脑，很快就看到了好朋友还有家人发来的圣诞祝福，她慢慢浏览着这些美丽的新年祝福，一边抓了抓头发，一边对着薄薄的液晶屏幕，嘴角轻轻地上扬。

从上海回来之后，没有多加思索便开始着手准备这次摄影展，类似于去完成一个无条件的任务，思前想后并不是她的习惯。三个月的时间，她让自己消失在世间，只留下一双眼睛。逐日逐夜，几乎不留一丝间隙，疏离生活，孜孜不倦。这段时间，她这样地忙碌着。所有的人，时间，雨水，天空，建筑……在她的镜头中全部沉没，她站在一个独立的天台上，望着身外的世界，失去方向，无言以对。

如今，拍摄回来的照片贴的满屋子都是，密集地覆盖着墙壁上时间爬行过的痕迹。素宁环视了这间宽敞的工作室，当初执意将客厅改为工作室的坚定，仍旧感受得到。

11月的秋天，与这座城市有关的记忆，让她在这里面忘乎所以。她曾经在无数个凌晨，沦陷在一片茫然的黑夜里，不知所踪。她的镜头去街头寻找无家可归的行人，他们是一座城市的伤口，叮嘱着城市慢慢地降温。游离在万家灯火中的星光，沉默，沉没，没有声音。

《孤独地图》，收藏着这些只有在黑夜中才会出现的身影，动荡并且匆忙的生活。她将这组图片全部制作为黑白色，将人物和景物的每一个细节尽量清晰地展现出来，还原出另一个清晰的世界。她对这些安静的近乎消失的生活，收纳，表达，与它同行。她拍下了很多张脸，眉头紧锁，怅然若失，皮肤粗糙，神情冷漠，从来没有笑容。在她看来，笑容是最虚假的一副表情，不值得留下纪念。

素宁看了看墙上的照片，转过身坐在椅子上。接下来的生活要继续，那么要用一种什么样的态度再去将他们一一摘下，然后从自己的视线里拿掉。而他们曾经是自己视线中无限精彩的一幕，充满了幻想。她靠在椅子背上，开始抽烟，鼠标旁边放的烟灰缸已经有很久没有清理过了，里面挤满了的烟头，长短不一。它们是她三个月来的思考，焦虑，孤独和坚定。她看着墙上的图片出神，直到香烟的温度烫到她的右手。

简单地收拾了一下桌子，烟头和废纸一起扔进黑色的垃圾袋。走进冲淋房，这是新年的第一个热水澡。

刚刚从冲淋房里出来不久，素宁接到了小丹打来的电话。而这个时间应该是上海的凌晨午夜一点多钟，素宁看到手机屏幕的来电显示还有些惊讶。

“姐，我是小丹。”

“嗯，我看到了，你怎么不睡觉啊？这都很晚了。”

“姐……”

“小丹？怎么了。”

电话那边的说话声很明显的被音乐声干扰，素宁无法听清楚小丹讲话的内容，这让素宁不得不把手机紧贴在耳朵上。

“小丹，你大点声，我听不清，这么晚了你到底在哪里啊？”

“姐……我跟你说啊……我喜欢……”

“小丹，你那边吵，我听不清楚，换个地方讲话。”

小丹拿着电话从椅子上跳下来，跌跌撞撞地就往外跑，佟西扶了她一把，怕她摔跤就跟着她去外面。

又是一段时间的干扰。素宁的耳朵贴的有点受不了，放下手机，打开扬声器，费劲的开始辨别那边的说话内容。

“姐，现在说话声清……楚了吗？”

“嗯，现在好多了，刚才实在是太吵了。”

“哈，姐，圣诞快乐啊。”

“你的祝福姐姐收到了，可是这么晚了你该回家了。”

“我不回家，我今天特别开心。”

“小丹，你是不是喝酒了。

我感觉你说话有点不对劲。”

“是呀是呀，喝了一点。

你这么远都闻到酒味儿了啊？”

“就你这说话的声音，你还说你喝了一点。小夜在不在你身边？你们赶紧回家吧。”

“身边？我身边的人。

来，给你，我姐姐要跟你讲话。”

小丹举着手机就往佟西脸上撞，手机直接贴在了脸上。佟西执拗不过小丹，从她手里接过手机，扶着她在大门边的位子上做好，然后接过了电话。

“你好，是小丹的姐姐对吧。”

“哦，我是，那个小丹今天是不是喝醉了？”

“是有点醉了。她似乎不胜酒力，喝了几杯就醉了，不过我现在也正要准备送她回家。”

“那要谢谢你照顾她了。你应该是她的好朋友吧？好像你们今天出来玩的也太晚了点。”

“是有点晚了，但是大家都比较开心，所以就没顾及时间。不过不要紧，我会安全把她送回去的。”

“那，你是她的男朋友吗？”

“呃，你误会了，我不是她的男朋友，我们是很好的朋友但不是恋人关系。”

“好吧，那这样，你告诉我们在什么地方，我给家里打电话马上派车去接她，也就别麻烦你了。”

“这样也好，我们现在在虹口足球场附近的一个叫 DIARY 的酒吧门口。”

“好的，那你怎么称呼啊。”

“我叫吴佟西，叫我佟西就行了。

那车快点啊，来了之后打小丹电话，我带她出来。”

素宁保持着理智的给家里打完电话。在挂掉电话的那一刻，她的脑子里已经一片空白。

他没有听出她的声音，而她却没有听到他的声音。

6

陶莎和玲珑帮着佟西将小丹安稳地送进车里，送完小丹，两个人随后便各自离开 DIARY，时间已经很晚了，她们明天还要上班就不能太怠慢。佟西和她们简单告别然后送她们离开，一个人再回到酒吧，刚才还热闹的吧台忽然冷清了下来，大家一起举杯庆祝的热闹场景不过是出门进门一眨眼的功夫就被卷走了，只剩下一排的空座位突然被推到了众目睽睽之下，万分的尴尬，不知所措。所有这些空出的座位说明今晚的聚会到此已经结束了，佟西长长地叹了口气，美好的时刻总是太短暂，稍纵即逝。

沿安正在收拾吧台上的酒杯，看到佟西回来，冲他笑了笑，抬起手指了指楼上，佟西看完他的手势笑着摇了摇头。沿安的意思是，那个时候杨平和小斯已经在二楼的房间里呼呼地睡着了。

洛嘉的服装晚会圆满的成功，所有人都来到DIARY庆祝，同时也庆祝佟西闯祸后安全回归。

玲珑说，“这是我们最团圆的一次聚会。”

这是个幸福的平安夜，佟西数了数空下的座位，杨平、小斯、小丹、玲珑，还有刚认识的陶莎，沿安和自己。

这些人构成了自己现在全部的生活，他们提供了一种简单的生活的可能。佟西端起手边一杯还没有喝完的酒，喝掉一杯剩酒。沿安看着他说，“怎么了，还没喝够？”佟西把手里的空杯子递给她，说，“这些人是我在这城市所有的情感羁绊。”

大家都离开之后，酒吧里已经没有停留的顾客了。佟西简单地收拾了一下几张桌子，打扫打扫地面，关掉大门。DIARY在今晚一阵强烈的幸福之后终于要打烊了。

沿安关停了音乐，整理好酒杯，熄灭吧台的灯然后从吧台里走出来，手里仍旧不停的在擦着那支玻璃高脚杯。

“你看起来酒量不错吗？脸色不改啊。”

“你还不是一样，端庄无事。”

“沿安。

我要谢谢你。”

“谢我干什么。”

“没有DIARY，就没有这次的团聚。我很开心，真的。来到上海之后从来没有这么开心过。”

“我看出来了。而且你今天喝了我不少的酒。”

“我不说了吗，我来付账。”

“行了，大家都是朋友你以为我还真问你要啊？再说了，不是还有杨平那个大老板吗？”

收拾完垃圾，两个人在一个隔间里坐了下来。关掉大厅明亮的灯，小隔间里昏黄的光线摇摇欲坠，对话的声音仿佛银针掉落地面，丝丝清晰。佟西有些醉了，酒精的作用开始显现，眼神开始消沉。

他用一个不规则的姿势坐在沙发上，费劲地从口袋里拿出钱包。

“安。钥匙还你。”

“你叫我什么？”

“安。”

“你对我的称谓突然地改变，还没有得到我的允许。”

“但是你没有说不许，那我就当是你默许了。

钥匙在钱包里自己拿吧。”

“人多的时候不拿出来给我，等人都走了再悄悄地给我。”

“……那时候太高兴，忘记了。”

“说说吧，以后有什么打算，学校你现在是回不去了？”

“还没想呢。也没有时间给我想。

几个小时以前，我想的是我是否又要在里面蹲几个月了。现在自由了，反倒是没处去了。今天我又被命运开心地耍了一次。做决定也许需要一种心情，我现在没有心情做决定。”

“杨平不是说让你住到他的公寓去吗？”

“如果你是我，你会去吗？

其实，好多时候我都感觉自己就像一盆花草，无法操控自己的人生，总是需要别人的帮助来给予水分和营养，被摆在阳光下等待盛开，脱离光线等待衰败。一旦离开这个花盆我就万劫不复。”

“为自己想过的生活，你就不得不去放弃一些东西。我们生活的这个世界永远没有两全的事情。

佟西，我不得不承认，你是个害怕孤独的人。”

“但是我却一直孤独。”

“佟西，你所说的孤独只是因为一个人。这并不特殊，你也不需要逃避。”

沿安打开他放在桌子上的钱包，那里面有一个人的相片。

“因为她。”

“你什么时候看到的。”

“总是这样。

人们愿意把自己锁在一座孤岛上乐此不疲，不泊船只，以为做什么都只有自己知道。当然，我想这张相片你也许并不希望我看到。

但是佟西，你若想改变现状，就要先从拿掉这张相片开始。”

“沿安，你总是能这么冷静对待周围的事物。这样对你自己太过残酷，你总是看到最真实的东西，而那些东西会令人失望难过。彼此都看得清楚，未必就是一件好事。”

“我一直都走在这个世界的边缘，位于一条偏僻的马路。随时出现，随时消失。

佟西，你是个很有上进心的人并且很能吃苦，但是一直无法得到成功，这就是什么地方出问题了，如果你不去改变，那么，这种的状态还会继续。

我们不是一样的人。

我们都孤独，但是你是一直想要改变它。”

佟西长长地吐了一口，侧头倒在沙发上，他的身影在她眼里沉下去。

“如果你要离开，就要孤独的不为人知地走。不留下任何可以追寻的线索，不理会任何的呼唤。”

“安。

你的言语有时候让人觉得惊讶，近乎可怕。”

“不知道从什么时候开始，我感觉自己的记忆越来越少。在广州参加一个男人的婚礼，看到一种所有人都向往的幸福，如此良辰美景，每一个祝福者饱含真诚或者虚伪的眼神注视着两个人完成爱情的宿命，教父告诉他们，他们的爱情得到了上帝的允许。那一刻，或许这就一种完满的结局。

我把脸贴在那块包裹着幸福的玻璃上，送上我并不算正式的祝福，然后我匆匆地离开。”

“一个男人的婚礼。他邀请你去的。”

“一个追了我很久的男人，最后他放弃了。那段时间里，我一直对那个男人的爱无动于衷。但是临别的时候他提了一个要求，要我一定来参加他的婚礼，我答应了。

算是一种弥补，我答应他，答应他回来看着他没有我的爱情他仍旧可以幸福的在上帝面前成就婚姻。”

“他或许只是想得到你的祝福。心愿而已。

你一直对你身边的世界无动于衷。我不知道你在寻找什么。”

“我在从广州回来的飞机上拍到了好多的白云和光线。都和寻常见到的无异，我看着它们会出神。但是我什么都联想不起来，仿佛我不曾来过这个世界。那一刻，我才明白，原来我能记住的东西已经越来越少。

我在酒吧里看着五颜六色的酒水，在外面看着一成不变的天空。就像寻常人的生活一样虽然各不相同，但是恒定，殊途同归。”

“或许我也是你眼中一个寻常的男人。但是也不完全一样，离开GLARING不再跳舞，不再训练，起初的意愿早已灰飞烟灭，现在我都不知道我来上海究竟是为什么而来，我在这里生活究竟又是带着什么样的目的。

厚厚的羽绒服还有围巾裹着我四处的漫无目的。

哦，对了，忘了告诉你。其实我正在写一本，但是我并不想成为作家。我只想写一些事情。”

“你在写作？”

“怎么，我就不行吗？”

“呵呵，人不可貌相。”

“我只是想把我经历的事情，记录下来。这都是真实的事情，它们发生在我身上，或许仍旧在其它地方重复着，继续着。就像你说的，我们经历的事情，仿佛生命一样反复无常却又唯一恒定。但是对于我来说，这些事情，往日以后，轻轻想起来我都会觉得温暖，它们不会消失，我与它们见面道珍重。这是我们最大的不同。因为我始终相信，回忆是人生最大的财富。

当我们离开这个世界，回忆或许就是我们唯一能留下的东西。”

“我很期待你的作品出世。”

沿安把钥匙拿出来，又看了一眼照片上的女孩，然后合上钱包递给佟西。

“她看起来是一个平淡而且有些拘谨的女子。”

佟西没有回答，举着钱包看了看，苦笑了一下。

“我若拿掉这张照片，那么下一张出现在上面的会是如何的面孔。我现在连期待的勇气都没有了。”

“上楼去睡觉吧。”

佟西只是感觉有个人的声音在耳边轻轻地拂过，模糊中他微微地点头，但是身体已经疲惫没有再次睁开眼的力气。他侧了侧身然后沉入梦境，然后失去意识。

沿安去楼上取了一床被子，拿来盖在他身上，仔细地给他盖好。这个穿着卫衣和牛仔裤的男孩在她面前安静地入睡了。凌晨时分，她坐在他的对面，看着他昏暗的侧脸，忽然间过了很长很长的时间，他沉睡的侧脸依然依稀可见，瞬间成为了回忆。

她走出隔间，将黄晕的灯光关掉。重新回到吧台，只是打开了装饰的壁灯，走过去重新将空调打开，空调工作的声响开始在酒吧里充斥。

7

电脑偶尔还会有新的邮件收到，系统发出了一成不变的提示音。

素宁愣愣地坐在沙发上，刚才的一个电话让她忽然间掉进了深渊，身体在不住地向下沉沦。佟西陌生的声音还在耳边呼呼回荡，他的声音突兀而且生涩。他在千里外的上海，礼貌地对她说，我叫吴佟西。

她双手掩面将头靠在膝盖上，湿漉漉的头发还在不停地滴答着水珠。窗外中午的阳光透过白色窗帘渗透进屋子，乳白色的光线柔和让人感觉温馨。她抬起头，小丹亲手画的那双鞋子还摆在鞋架上。刚才小丹略有胡说的话，她说喜欢的一个人，而在这之后她就听到佟西的声音，小丹这么晚了还跟他在一起。事情的急剧变化让她突然站在一个万分尴尬的境地，难以抉择进退的田地，有一种无法抑制的不安在内心细细烧灼。

佟西这一次的出现，就像一段曾经被遗失的片段，却被命运剪裁下来粘贴在了她和小丹中间，她困在这样莫名其妙的局面里寸步难行，而他却像一个盲人一样完全察觉不到局面的动荡。

我们所遭遇到的许多事件通常是在即将结束的时候，真相才大白与局中人，突兀地出现人们的眼前。

家的固定电话忽然响起，让素宁稍微惊了一下，然后便匆忙地起身去接电话。

“HELLO.”

“你好，请问是秦素宁小姐吗。”

听到对方说的是汉语，素宁也马上改口。

“哦，你好，是我。”

“现在是你那边下午的时间应该没有打搅到你吧？”

“这倒没有，请问你是谁，找我有什么事。”

“我是方田文艺出版社的主编，我叫陶莎。

今天早些时候我们社长给你打过电话，他昨天去看了你的摄影展，非常的喜欢，所以想要为你在国内出版一本摄影集。我看过社长发来的一些照片，确实很了不起。所以这次我又打电话来想听听你的意思，或者你有什么其他的要求。”

“是这个事情啊……嗯，这有些突然，我还没有来得及想。”

“那没关系的，我知道可能有其他的出版社同样会打电话给你，我也不会过多地催促你，你有时间的时候可以先去我们方田网站去了解一下我们这个出版社，在关于费用的问题上我们不会低于其它的出版社的。”

“哦，好的，这上面的号码是你的联系方式对吧。”

“对的，如果可能的话我们愿意派人特地去美国与你见面详谈具体事宜。”

“嗯。我会好好考虑的，也不会等太久，我会尽早给你答复。”

“秦小姐，《红色向日葵》那一组照片，拍的是上海，我非常喜欢。而我们国内图书市场确实非常缺少这样真实的图片，缺少一双能分辨颜色的眼睛。”

“嗯，谢谢。”

“那我就先不打搅了，我等你的答复。

再见。”

“再见。”

听完电话，素宁回到电脑前，特地看了看桌子上的日历，这才想起来，马上就要到中国农历新年了。她简单地浏览一下刚刚收到的邮件，有哥哥新发来了邮件，他只是询问自己今年是否要回家过年。

在昨天的信件中，最后的一封是小丹发来的，内容比较简单也就是新年的祝福。素宁，想了想，然后点开回复，她要给小丹写一封回信。

其实目的很简单，她一定要确定一下，在一个小时前小丹在电话里说到的那个人到底是谁。虽然她很清楚，但是她在极力的否定自己的猜测，希望得到一个希望的答案。那样的局面，她不想看到，尽管她知道这种可能性很小，但是她仍旧报以侥幸。

如果真的发生，那么至少到现在为止，她还不知道该怎么来面对。

小丹：

来信收到，姐姐先谢谢你。

现在你应该在家里的大床上呼呼地睡着觉，刚才你在电话里糊里糊涂地跟姐姐说的话我也没听清楚，等你醒了再跟我详细地讲讲，我想你说的那个人，或许就是那个后来跟我讲话的男孩吧。

倒是你今天跑去酒吧，让我有些意外，不过还好你是和朋友们一起去的，以后一定要注意，不要轻易地就把自己喝醉了。虽然你们朋友在一起开心，但是也要注意。

你询问我今年是否回家，这个问题我现在也在考虑中。如果确定要回家，我会通知你的，你到时候可要来机场接我哦。

好了，不多说了。

等你醒了，记记得给我回电话。

素宁

8

佟西醒过来的时候已经是上午的9点钟了。

慢慢地掀开身上的被子，昨晚的酒精让他醒来后微微感觉头脑沉重。坐在沙发上慢慢地让自己的意识清晰起来。

酒吧里非常地安静，阳光泼洒进来，整个屋子显得很饱满，所有的桌椅板凳都仿佛工艺品一样的陈列在这一片光明之中，DIARY安详地沉醉在上午明亮的阳光里，今天的阳光是佟西在这个冬天见过最美丽的。佟西轻轻地扭了扭脖子，忽然想起沿安，抬手拉开隔间的小门，起身离开。

酒吧的大厅里一个人都没有。

二楼沿安的卧室里没有人。

另外的房间里杨平和小斯还在埋头大睡。

沿安去哪里了。

佟西有些失望，抓了抓头发，坐在楼梯上，只是能记起昨晚和沿安在隔间里面聊天，但是说了什么已经想不起来，只有沿安的侧脸像一张孤独地图开始在头脑中展开。

杨平跟小斯听到了声响，跟着也起床了，两个人跌跌撞撞地就往楼下走，杨平脚底一滑差点就摔在佟西身上。

“你们俩啊，走路不看着点啊？”

“那你坐这里干什么，这是楼梯。”

“快躲开，我要下去倒杯水喝。”

小斯咚咚咚地跑下楼去，杨平走到佟西跟前，示意让他往旁边坐一下，然后他也坐了下来。

“昨晚喝的有点多啊，睡到现在。”

“我也是，不知不觉就睡着了，醒过来看了看酒吧里就剩咱们三个了。”

“沿安呢？”

“我刚四处看了看没有看到她。”

“也许她出去了。”

“或许吧。不过。”

“什么？”

“这种感觉不好。”

“行了，都过去了，你还在人间，没有进去。”

“我不是这个意思。”

“等下我叫司机来，跟你回学校搬东西。”

“我还没想好下面的打算。”

“那你总得先解决住宿问题吧？”

“佟西，你快过来看，沿安有给你留的信。”

小斯的声音虽然不大，但是在安静空旷的酒吧里，有足够的空间来放大，来产生回音。佟西没有迈几节楼梯，就直接跳到地面。

吧台上放了一个红盒子，小斯已经好奇地打开了它。

一把钥匙，一封手写信，一张相片，一只高脚玻璃杯。

沿安果然离开了。

佟西拿出盒子里面的照片，照片中的沿安留着齐耳的短发，穿着绿格子衬衣和黑色的牛仔裤，脸上带着含义不明的笑容，在她的身后延伸着一条看不见尽头的巷子。

沿安的举动并没有让佟西感觉意外。他从梦中睁开眼睛，打开小隔间的门，看到酒吧的大厅里光芒如注，四下无人，阒静无声如同清晨深邃的森林，很长时间以来，这是第一次看到阳光饱满的清晨，似乎初次遇见，好奇又充满欣喜。他去到二楼沿安的房间，只看到飘动的乳白色的窗帘浸染了阳光，空荡的双人床一尘不染，过旧的桌子上没有残余的粉脂。那一刻，他站在门口仿佛听到沿安离开时的脚步，轰然落地。

沿安留下信件，信文短小，语言平淡，符合她一贯沉默的性格。黑色的水笔字，横平竖直，力道均匀，看到这样的字迹，杨平在一旁连连点头，自叹不如。

可以猜想沿安小时候练字一定下过功夫，儿时流过的汗水，换来的却是一生受益。文如其人，换一个说法，字如其人，我认为依旧成立。

小斯拿起那个杯子正端详着，佟西拍了拍他，抬手把杯子拿了过来。。

“还是不要摆弄了，万一弄坏了，我就没法交代了。”

“佟西，你真是幸运，总是有人能救你于危难。唉，现在不光这个住宿问题解决了，还白捡了一个酒吧。”

“佟西，你确定要接管 DIARY 吗？”

杨平看了看他，然后拿起盒子里的一串钥匙，形状都是寻常能见到的钥匙形状，只是这些钥匙全部被涂成了红色。

“这可不仅仅是一串钥匙，佟西，你要看清楚。”

“倒也没什么，确当帮朋友看一下店铺。DIARY 盈利的钱我分文不取，我在这里等沿安回来如数交还。”

“不过也好，你在这里了，我们有空就过来喝酒不是很好吗？”

“小斯，就你想着好处。”

“佟西，还有这照片，我想沿安希望你能好好保管吧。这张照片上或许藏着一个故事。”

“不过这照片好像有些年头了，这上面的沿安好年轻啊，似乎十七八岁的样子啊。看上去好像是在国外时的照片。”

“她跟我说过，她在美国留学好久的。”

“小斯你去二楼把衣服拿了，我打电话叫司机，我们现在回许都给佟西搬东西去。”

“好吧。”

“让小斯陪你去搬东西吧，先让司机送我回公司，那边还有事情需要我做，我就把车借给你们用。

先把盒子放起来吧，东西搬回来了你自己在收拾。”

“行啊，那你晚上下班了再过来吧。”

佟西一直看着手里的照片，

“我似乎感觉到她身上到处都是秘密。

杨平笑了笑，“佟西，你不觉得这双眼睛有些熟悉吗？”

杨平拿过照片，用手将照片的其他的部分遮住只留出一双眼睛，拿给佟西看。然后他又从佟西口袋里掏出钱包，将里面的照片同样遮挡起来。

“看到了吗？”

佟西：

DIARY 现在交给你了，所以你也不需要考虑下一站去哪里。

我的房间里有关于调酒的好多书籍和 DVD，你如果有兴趣可以学一下。这一串钥匙就是我在 DIARY 的所有记忆，现在把它留给你。吧台上的所有的杯子，你要好好地爱护它们。它们是情人，时间久了你也会爱上它们。我不允许任何意外，我若有回来的那一天，这些杯子一个都不能少。

这高脚杯我一直擦了好多年，每天工作的时候我都会擦，但是这么多年我都没有把它擦干净，现在送给你，就作为新年礼物吧，虽然有些早。

这一次要去哪里，我还没有想好，那么我先出发再说。

如果你不想留在这里，那就把这个盒子交给玲珑。

再见。

沿安

9

打开宿舍的门，宿舍里很安静，另外的两个人仍旧是各自对着电脑，戴着耳机，面无表情，精神饱满，目不转睛。对于小斯和佟西回来的动静丝毫不受影响。

佟西回头看了看小斯，笑着摇了摇头。

事实上，这样的场景几乎每天都在发生，他在这个宿舍里没有过多的声音，小斯和佟西很少在宿舍，佟西不上班的时候就搬着电脑坐在图书馆，只是晚上还要回来睡觉。但是小斯好多时候都不回来。

其实佟西也不知道该如何和他们交谈，呆在宿舍的时候就一直在保持沉默，有时候听着他们谈话嬉笑，听着他们讨论哪个女孩子闷骚哪个女孩纯洁，讨论哪个男是傻逼哪个男的在装逼，听着他们怒斥着不堪入目的学校制度与作为。佟西一直都在想，为什么他们就是不愿意承认别人在某些方面比自己优秀，既然他们觉得身边的环境如此狼狈恶毒，那为什么不去改变。可一旦离开这间宿舍，忽然之间他们就失去了那种天不怕地不怕的勇气。

他自己在一边坐着，偶尔会自言自语，算是解解闷。在这间不大的宿舍里，佟西保持着自己的生活习惯，也尽量不去影响别人。

但是好多时候不是你觉得没有影响，别人就真的没有影响。

佟西要去便利店换早班，这是他生活保障的必须。因为需要早起，他起床以及那洗脸盆的每个动作都做得蹑手蹑脚，开门的时候小心翼翼，动作在空气中的震动幅度压到最小，他生怕因为动静稍微大一点就会把别人吵起来。但是尽管如此，回敬他的仍旧是怨声载道。

“你以后搬出去住吧，每天都不让人睡个好觉！”

这是舍友发出的声音，故意让佟西听到。佟西没有说话，他只是沉默着穿鞋，然后出门。

这里是他唯一能居住的地方，离开这里他在上海就无家可归，就算回到白城他仍旧无家可归。他连残缺的家庭都没有，没人给他生活费，他没有办法高枕无忧地在大白天睡大觉，上网聊天打游戏。佟西以前想过要融入到宿舍的环境里，但是这个企图很快就被放弃。他无法适应他们的生活规律，工作不允许他睡大觉，生活的压力不允许他每天碌碌无为地泡网。他们在谈论一些学校里的事情，自己完全听不懂，更没有机会插嘴

他一直在被排挤，因为他起得早影响到了别人睡觉。只是每天晚上，隔壁宿舍的人也跑过来和他们坐在一起，喝酒吃花生米，巩固感情，谈笑风生。但是他们尽兴的时候，他们不会注意到，深夜了，这样的说话嬉笑

声是不是影响到了别人休息。

他们是被宠坏的一代青年，独生子女在家庭的优越感在他们到过的任何地方都会风生水起，从小惯性的自我独尊让他们无数次地试图控制别人的思想，拉到自己满意的轨迹上来行走。不肯付出，却索要回报。他们对生活的选择是建立在良好的生活环境基础上，凡是试图打破这种环境的人一律都会被极端的仇视。不堪忍受任何不合自己胃口的事物，所以他们也经常不快乐。

七尺男儿，顶天立地，胸怀豁达，这样的男儿似乎已经成为了古时男人的代表，而这个时代的男子汉却只会出现在电影里。如今年青一代的男孩子，似乎已经失去了男子汉天生那种阳刚之气，反倒是心胸狭隘，目光短浅，胸无大志，唯唯诺诺，在我的身边，在国家培养人才的神圣的大学校园里，遍地都是。我可以看到他们暗淡无光的眼睛里，沼泽一样的泥潭深处，躲藏着他们可怜的自尊，在一个没有任何期待与希望的泥潭中不再做挣扎。

多数人的大学生都是上课，下课，吃饭，睡觉，恋爱，电脑，电脑，电脑，大学里的时间犹如流水，春夏秋冬如同一个邪恶的微笑。人已成年，却仍旧无法为自己的人生做主，抬起头来眼前还是一片茫然。

这是一个从小被培养起来的毁人不倦的恶心循环。从很小的时候就受制于学校受制于学业，上课下课，补课补课补课，不能拥有自己的思想不能拥有自己的追求，阻碍他们掌握最基本的社交能力以及处理人际关系的能力，维持自己的爱好也要看成绩的脸色。继而强迫他们尽可能多地去吸纳书本知识用于考试。就是这样，他们学习学习学习，考试考试考试。终于以牺牲掉自己宝贵个性的巨大的人生代价，换取了上大学的资格，功德圆满。

他们考上大学之后，学习的态度和方式，仍旧保持着听课，背书，应试的陈旧的习惯。在相对很自由的大学校园里，他们丝毫没有意识到，大学是一个人走向社会的初级阶段，已经是和中学完全不同的生活阶段。

他们看老师的脸色，看大多数人的选择，看家庭的选择，从而决定自己该考研还是寻找工作，公务员还是其他，就这样轻率不负责任地决定了自己的未来。几乎没有多少人能够由衷地出于自己强烈的愿望，制定自己的规划，并且不遗余力地去努力。一路走来，自己的人生一直操纵在学校，老师，和家长的手里。20 岁左右的年纪，他们也已经习惯了让别人来做主，大学的开销依赖父母，工作不好，责怪学校没有广开就业门路，想创业的，认为社会大环境不好政府不支持，应该为自己无条件地准备好一切优越条件。他们安然地坐在宿舍里，一天一天，一年一年，任凭着青春岁月蹉跎，恬然无知地等待着被社会淘汰，究竟是什么让他们敢这样有恃无恐。

就是这样一个弱者的心态，凡事都要现成要寻求帮助，而不是自己去克服自己去解决。我们的大学里正培养着一批懒散懈怠，凡事要现成的宅男宅女。他们什么时候才摆脱陈旧的思维体系，能够拥有自己价值观，能够学会勇敢地用自己的脚走路，而非依靠父母的金钱和关系混日子。

我想那一天一定是中国青年人无比强大的力量迸发的时候。

当然，这一切都是高考培养出来的，去不了，也改变不了。

佟西的行李并不多，没有多长时间，床铺上只剩下一张木板。桌子上的东西全部撤掉，就和夏天刚来到的时候一样，空空如也，他们看起来仍旧很荒凉，等待着之后的时间落下厚厚的灰尘覆盖前一个主人的指纹。搬家是一段时光的结束和开始，它带给人重生。

佟西拎起打包，头也不回地走出宿舍。

汽车开出宿舍楼的时候，小斯问他，“佟西，离开这里了，什么感觉？”

“挺好的，以后不用再受闷气了。”

“是啊。你走了之后，我过些日子也搬回去，我也不住校了，我回家。

其实你也别怪他们，每个人的个性不一样，活法也不一样，”

“我没有，我如果怪到他们了，恐怕早打起来了。

我与他们的活法确实不一样，但是我看不出他们有什么个性。只会愤世嫉俗，从来不去修改自己身上的毛病，这不叫个性。”

“你个粗人。不是刚说了吗，不要带情绪。”

“我终究不属于这样的高等学府，这样的文明宿舍。当然，我不是大学生，我也没有经历过他们口中的高考，我的成长轨迹和他们大相径庭，自然无法理解他们。”

“对啊，物以类聚，人以群分。人与人的区别就是这样出来的。”

“在这里住了这么久，包括这个宿舍大厅里我接触的这些大学生，自私是他们劣根性最大的原因。

你记不记得，每次停电的时候总会有人先大骂一声，“妈的怎么又停电了。”但是却没有一个人愿意下去找宿管，所有人都在宿舍里等着，等着别人去弄好。似乎和他一点关系都没有。大厅洗手间的五个水龙头坏了4个，然后所有人就排队只用剩下的那一个。”

“是啊，你去过几次，我也去过，都是电费用完了，要交钱。

大家都已经成年了，自然不愿再轻易地对别人迁就妥协，更不要谈无偿地付出什么。所谓道不同不相为谋。如果我们不是很熟的话，没准你看我也会这么看的。”

“你的观点很中规中矩，也许是我太偏激了。我有点太理想主义了，呵呵。”

“说实话，我刚来的时候也是觉得大学里这样的人际关系和我想象的实在是千差万别。经常有因为小事就吵起来了，我们宿舍没有过，还好你比较能忍，但是其他的宿舍就不行，上周不还因为打牌差点动手吗？”

“在人面前说尽了他人坏话，转过头来就能和那个被自己鄙视了一千遍的甚至要弄死以后快的人谈笑风生。这样的装腔作势简直就是一绝。”

“幸好，你马上就离开这个是非之地了。”

“这半年的大学生活，真是开了眼界。我们的国家孕育人才的高等学府，现在究竟在培养什么。”

“你又开始杞人忧天了。但我还是那句话，我们能过好自己的生活，这个社会就和谐了。

你下面有什么打算。”

佟西把车玻璃稍微摇下一点，窗外的冷空气的无孔不入。

“现在先回 DIARY，把店铺打理一下，下午去便利店把工作辞掉，找老板拿了工钱，走人。”

“其实这样挺好，以后我跟小丹一定常过去给你帮忙。”

“算了吧你，小丹来帮忙我倒还信，你来了那就另说了。

yesterday，你以后准备怎么办。”

“重头再来，但是要等到下学期了。经过你这事情一闹，还是先缓一缓吧。”

“嗯，等你开张之后，我还来给你做教练。”

“真的？

这我倒是愿意，但是别再打架。”

“小斯，无论如何，我要谢谢你。谢谢你这半年来对我的帮助，如果没有这么个地方住着，我还不知道现在什么样呢。”

“跟我还客气什么。以后多请我喝几杯饮料就行了。呵呵。”

“以后……”

“怎么了？”

佟西没有说话，只是笑了笑。他仍旧不知道自己的以后是什么，他现在的生活是为了什么。

现在回去DIARY，把酒吧经营起来，那以后呢。

完成自己那一部书，那完成之后呢。

等沿安回来，那等她回来以后呢。

或者兼职做个业余的舞蹈教练，那做了以后呢。

佟西掏出手机看了看时间，屏幕上的日历表提示着，中国农历新年要到了。来到上海这半年多，时间是如何爬过身体的，只有自己知道。

汽车在公路上行驶，他侧过头，看着外面高楼不断地向后倒去，或许是因为个头高的缘故，他无法看到天空，变色玻璃混淆着外面世界的颜色，他对自己的未来一无所知。

如今又是一个节日逼到他的眼前。

10

在出版社做编辑之后，陶莎每天的工作量也随之陡增。白天在公司作为秘书，要帮着杨平处理相关的业务，晚上回来还要写稿审稿。没日没夜地奔波在两个工作之间，维持着两份的工作量，她需要不断地压缩睡眠时间，从而保证工作质量。

在方田出版社的工作与文字有关，那是她热爱的。而在洛嘉服装公司有一个杨平，那是她不舍的。

人总是要与选择伴随一生，很多时候是无法平衡地作出决定。选择其中的一个就势必要放弃另外一个，摇摆不定的状态只是暂时的拖延，最终也无法长久。她两者兼得代价是自己越来越疲惫虚弱的身体，连日来无法保证足够的休息时间，为了维护这一个平衡，她在极度地消耗着青春，不留一丝间隙。

站在镜子面前，摘掉眼镜，看到的仍旧是一个婉婳的女子，带着些许的神秘。洗手间里带有昏黄的灯光替她遮掉了疲惫的神情，她用模糊的视力搜索着自己曾经的轮廓。镜子里出现的脸上没有任何表情，她低下头摊开手心，苍白的手指在昏黄的光线下显得瘦弱枯萎，她的手心里的数条纹路，错综破碎，杂乱的覆盖着手心里的秘密，它们延伸在时间里没有结尾。

记得在大学里的时候，每天晚上睡觉前都会对着镜子，仔细地看自己几眼，对自己青春的容颜流露出满意的神情，擦完护肤品然后回到床上，闭上眼睛，对一无所知的明天充满希望，欣然睡去。

离开学校的半年后，忙碌的工作让她几乎已经忘记了这个习惯，不再精心地化妆，因为没有那么多时间画在脸上。也没有机会再去屈臣氏里耗费几个小时的时间思前想后地仔细挑选化妆品，尽管她现在不缺钱。

人处在不同的阶段，应该有不同的习惯。只是在完成跨越的时候需要用舍弃来解释这样的一种改变，有些东西让她心甘情愿地改自己的生活轨迹。夜深人静的时候，她还没有入眠，对着电脑打字，在一个又一个城市的故事里倾诉着寂寞离殇，爱情的电波在她的手指尖流连忘返。她总是很喜欢四下无人的安静，一个人沉醉里面有些贪婪，能够听到电脑工作的声音微微作响。有时候不明白这样忙碌的意义，找不到工作的最终意义。在洛嘉公司作为一个离经理最近职员，辅佐经理的工作，她尽心尽力，孜孜不倦。这本应是提升自己工作价值的机会，在这座城市有多少人都在梦寐以求奢望着这样的机会。只是自己越来越无法说服自己，这并不是她想要的生活。

她打开洗手间的小窗户，视线横穿过绵绵的黑夜然后沉入江面。总是以为自己会对流失的时间和往事习惯，不管在哪里，认为这是一种成长，平静地接受任何一种方式的结束。她交付在这份工作上的精力，无非换取的只是每个月高额的薪水，但是这些对她而言其实一无所得。她一直都在为了一个人而工作，她一厢情愿倾慕的眼神落在他的身上，但是她用这样的一个职位遮挡住他的视线。

洛嘉在经历过上一次的风波之后，现在公司慢慢又回到了正轨。圣诞晚会取得的成功，带来了不小的收益，次月月底的销售情况已经出现了明显的好转。

陶莎将销售报告拿给杨平看了之后，杨平在空中用力地握住了拳头，她看到杨平发自内心的开心地笑了，这让他看到了反败为胜的希冀，整个世界都在他的自信眼神中闪烁，在他的心中蓬勃，仿佛已经可以置于掌中，翻云覆雨。然后她又对他说了好多话后来她也没有记得。她转身离开办公室的那一刻，她并没有为此感觉轻松，她忽然间有些失望。

她关上门之后，停住脚步，转过头透过玻璃看着屋里的那个男人。

他端起手边的咖啡，再次走到那扇巨大的落地窗前，他戴着一副冷峻的表情，对着外面辽阔的城市踌躇满志，报复一样的心狠手辣。她躲在玻璃后面感觉到四处蔓延着可怕的欲望。陶莎转过身靠在墙上，低下头试图让自己冷静，在她手边的这扇门里，她终于看到自己的想象全部成妄想。

她在心里长叹一口气，长发遮住她的脸，心里寂静的一片，原来爱情真的不是能够想象的，太过于憧憬只能让人显得落寞，空空荡荡。

《距离》高旗＆超载乐队

这世界充满快乐 她让我艰苦
这幻梦抚摸着我 她让我孤独
我抬头看看天 叹息着离去
我只想仔细把我掩饰起
我已经知道 我知道一切的结果
我知道谁都无法停止这场荒谬的游戏
我知道我在欺骗你 我仍然孤立我无依
我无法跨越你我的距离

妈妈你别再阻拦 爸爸你看
明天的太阳通红 天空湛蓝
这幻想迷惑我 这欲望折磨我
打碎我心中的枷锁重新活
我已经知道 我知道一切的结果
我知道谁都无法停止这场荒谬的游戏
我知道我在欺骗你 我仍然孤立我无依
我无法跨越你我的距离
跨越这距离
我已经知道 我知道一切的结果
我知道谁都无法停止这场荒谬的游戏
我知道我在欺骗你 我仍然孤立我无依
我无法跨越你我的距离
我仍然孤立我无依

七　猎人的伪装

1

沿安走后，DIARY 的生意却还如往常一样，波澜不惊，在这里从不会拥挤，从不会零落。酒吧不大，每天顾客的数量比较固定，酒水和小吃的储备很充足，客人的点单也不用做的很仓促，每天都会有空闲时间。真正打理起来了，也没有想象的那么麻烦。

佟西早上起来打扫卫生的时候，翻了翻日历，数数日子，春节就已经在眼前了。佟西手里握着扫帚靠在吧台上，手边日历抖动的声音在大厅里翻动着，一年间浩大的时间就这么轻而易举的一页页地覆盖过去，最后留在手里的不过只是“哗”的一声轻微的碎响。一本日历握在手里仿佛握住了这一年的所有悲欢，无法再次阅读它们，佟西轻轻地叹了一口气，将日历轻轻地合上放进抽屉。

是啊，又一年就这么过去了。

他也没有准备回白城，当然就算回去也无处可去。现在对于他来说，白城已经是一座杳无人烟的空城。在那个地方早已无所依傍，失去希望，若回去只得留下一个自己站在那里，看见浮云消散，阳光漏下来，但是眼前还是冬天，他要仍旧要咽下吹动的冷风。

从吧台里面把昨天做好的“春节暂停营业”的告示拿出来贴在大门上。佟西站在外面仔细打量了一番，确定站在街口就可以一眼望见它。四顾之下，这条街上偶尔有小店铺已经贴出了红色的对联和福字，在一片冬日干燥的色调中格外的醒目，在温馨节日的烘托下显现得欣欣向荣。

对于上海这样的城市，城市现代化的气息越来越重，整座城市的节奏从不停息地运转，所有忙碌的人们为了生存，不知疲倦，废寝忘食。他们构筑了这座城市这只钢筋混凝土的巨大怪兽，有了钱便对城市拥有控制权，现代化的都市开疆辟土，传统的民间风俗已经被挤压团缩在狭窄偏僻的街道人家，在这条街道上这一寂寞到极点的红色，被城市逼进崩溃的边缘。

而那个万家灯火团圆的夜晚也并不是对所有人都是幸福和希望。

佟西简单地收拾完酒吧，套上厚厚的羽绒服和围巾，然后出门。

他想去走走了，站在寂寞的街头拐角处，换一口空气。连日来呆在酒吧里从未出门，像是做了一次长久的旅行，长途的暴裂的行走中间短暂的停留。红绿灯在不同的人眼中等待变换，他站在路口用力地张望。

照顾客人，对着电脑打字，播放音乐，学习调酒。这就他全部的生活，在一个新的决定带来的环境里，犹如一个人走在路上，寻找可以邂逅的石子，一颗一颗铺成路。一些固定的生活习惯，长久地持续下去会逐渐磨平一个人的心智，他的身上会散发出淡淡的酒香，呈现出一种自然而然的略带粗糙的优雅。

人活着不是用来做这个，就是用来做那个。没有绝对的自由。在这间不大的酒吧中安静地生活，若人生如此恬静，与人与事没有羁绊，从无束缚，那样便是一段传奇，有一种华丽的深邃。

这注定是一次漫无目的的行走。

他在路上给沿安发信息。

他说，今天是我第一次出门行走，带着寂静的心情。这个时候火车站是最激烈的场所，有人会兴奋，有人会沮丧。

DIARY 一切安好，勿念。

新年快乐。

2

刚刚与家人通电话，这个中国的农历新年，素宁最后还是决定了不回家。

放下电话，蜷着腿坐在沙发上，突然很想抽一支烟。她伸出手打开茶几的柜子，浓浓的烟草味扑面而来，轻轻地翻了翻，只是凹陷在里面的烟盒都是空的。一个人居住在单身公寓里面，日日夜夜，没有第二种声音，没有第二种气味，没有第二种体温，时间是如何爬过自己的皮肤的只有自己知道，这些空烟盒里的香烟释放着无数个丰盛而浓烈的幻觉，时时刻刻，对抗着一个女人身上无孔不入的寂寞。

对于那些无法入眠的夜晚，兀自一人需要多么强大的内心。

正要准备起身回卧室找烟，手边的电话就再次响了。

素宁抓了抓头，这急促的铃声令让她有点反感。也很奇怪，这段时间的电话都有点神经，打过来的时候全部都集中在一个时刻附近，让人在很短的时间要不停地变换角色，变化口气，变换脸色变换角色当然有事还要变换语言。

“秦小姐，你好。”

“你是？”

“我是陶莎，中国上海方田出版社的编辑。先前给您打过电话的。”

“哦，我记起来了。”

“还是为了上次的事情，我想知道您现在考虑的怎么样了。”

“呃……”

“没关系，秦小姐，请问您什么时候有空呢，我现在已经在波士顿了，就是为了过来与你面议这件事情的，方便的话出来见个面吧。”

“你们真客气了，还特地这么远跑过来。”

“我知道您的作品肯定有好多家公司都希望能够得到，所以为了表达我们的诚意，我申请特地过来一趟与您见面。”

“好的，等下我把地址发给你，你直接来我家吧。

是的，你现在就可以过来。”

“好的。”

这样的盛情让素宁一下不知道该说什么，为了这些图片，不远万里飞来波士顿，这样真诚的举动怕是只有中国人才做得出来。

其实真的在外生活久了，才能够发现国内所向往的国外美好的生活好多时候都不过是虚假的，若有了大把大把的钱，或许在任何一个相对和平的地域都能活得很滋润。

素宁挂掉电话，起身开始收拾屋子，工作室，厨房，卧室。她双手伏在沙发上，环顾了一下自己的这个小家，不禁轻轻地笑了出来，确实好久没有收拾屋子了。

那些凌乱的纸篓是一个女人深藏不漏的寂寞。

3

走进地铁站，开始等车。

开门的那一刻，带着大批行李的打工者跟随着庞大臃肿的人群拥挤着涌进地铁，那些形态怪异的包裹是他们在城市落寞生活的一个缩影，他们的离开就像是躲避一场灾难，仓皇急促，面容窘迫，狼狈不堪。城市带给他们的只是一段灰暗的生活，他们只是留下一张隐藏在街角的茫然的面孔，车门一关就什么都没有了。

地铁一号线，人流沸腾，空气里充溢着各种各样的气味，列车开动之后，迎面扑来的汗水蒸发后的酸性气味，佟西抬起手遮在鼻子上，一时难以呼吸。每个人仅有两只脚站立的空间，面前的玻璃上映出许多张没有表情的脸，一张挨着一张，它们面对窗外持续的黑暗保持沉默。

下车的时候仍然是重复拥挤，刚才是如何挤上来的现在再如何挤下去。他夹杂在人流之中，在地下的通道里举步维艰。

回到地面上，佟西抬眼望去，偌大的火车站已经是人山人海，这就是壮观的一年一度的人类大迁徙，春运。为了回家，他们不顾一切。在这一年刚开始的时候，他们拖带着家庭的希望，长途跋涉，背井离乡，来到城市，一年的坎坷辛苦只为了如今换一张回家的票。

在售票口排起的长长的队伍，让人看了看便会感觉无望，这条长龙充满了焦虑，充满了期待。在这些人的生命中或许曾经有过了许许多多的放弃，但是这一次，无论排在多么靠后的位置，他们仍旧坚持站着，坚持着一个人一个人地等，一小步一小步地向售票窗口靠近。就在队伍的最前方，那个小窗口里似乎就能看到家的大门，父母，爱人，孩子，朋友，推开门就能与他们相聚。回家，在这一刻成为了一种力量，支撑着这些都市外乡人无所畏惧的站立着。

《异乡人》李健

披星戴月地奔波
只为一扇窗
当你迷失在路上
能够看见那灯光
不知不觉把他乡
当做了故乡
只是偶尔难过时
不经意遥望远方
曾经的乡音
悄悄地隐藏
说不出的诺言
一直放心上

有许多时候
眼泪就要流
那扇窗是让我坚强的理由
小小的门口
还有她的温柔
给我温暖陪伴我左右

披星戴月地奔波
只为一扇窗
当你迷失在路上

能够看见那灯光
不知不觉把他乡
当做了故乡
只是偶尔难过时
不经意遥望远方
曾经的乡音
悄悄地隐藏
说不出的诺言
一直放心上
有许多时候
眼泪就要流
那扇窗是让我坚强的理由
小小的门口
还有她的温柔
给我温暖陪伴我左右

有许多时候
眼泪就要流
那扇窗是让我坚强的理由
小小的门口
还有她的温柔
给我温暖陪伴我左右
给我温暖陪伴我左右
给我温暖陪伴我左右
给我温暖陪伴我左右

佟西在路过火车站广场的时候，耳机里播放着这首歌。他抬起头，“上海站”三个宏伟的大字，不管你是谁，这里就是上海。但是这里只能够承载极少数人的梦想，满足了他们渴求的欲望。所以可惜，绝大多数的人都没有任何理由的在这座城市里沉没，带着美丽的向往沉没，而且永远地沉没。

一年又一年，它仍旧吸引着无数的追梦人热烈的到来，走出出站口，一排排高大的楼房仿佛胜利的旗帜在他们眼中挥舞。他们拎起行李，满心希望地踏在上海的地面上，骄傲地走向梦想的第一站。

当然那些慵懒，过分自爱，投机取巧，不能吃苦的人并不在这些奋斗人生的人们之列。他们被淘汰是理所当然的事情。

有个背着大包的男孩奔跑着差点撞到他，佟西回头那一瞬间，他忽然看见半年前的自己，仿佛那个少年刚刚离开自己的身体，初到他乡，他无助地彷徨在这个壮观的广场上，不知方向，无家可归。

佟西准备过马路的时候，感觉口袋里的手机似乎在震动，拿出来一看，是小斯打来的电话。

“你干嘛呢，听觉失灵啊？我打了好几遍你才听见啊。”

“我在火车站这里，环境比较嘈杂没有听见。怎么了？”

“你现在没什么事情吧？”

“没有。”

“一号线换十号线，来上海图书馆。”

“去书城干吗？”

“小丹让我给她买什么书，我一进图书馆就头疼，你就勉为其难的跟我一起去吧。”

“从我这里坐过去也要半个多小时了吧？”

“没事，我还在学校呢。”

“行吧。”

“那一会见啊。”

4

杨平在中午回到办公室的时候，没有看到桌上的应有的拿铁和午餐。

空空的办工桌让他感觉有些意外，这是陶莎每天的工作，而陶莎以前从来没有遗漏过任何一次。

他回到位置上，才坐下不久，就接到了人事主管的电话，有一个消息让他吃惊，疑惑，慌然失措。他放下电话之后，支着胳膊开始发呆。

那个电话告诉他，陶莎小姐在今天早晨的时候递交了辞职信，给出的理由是，学校规定的大四实习生实习期满。因为杨平不在所以直接交给了公司主管。他抽回胳膊，拿出手机给陶莎打电话，电话里的反应是用户已关机。

显然这是一次预谋已久的不告而别。

陶莎莫名其妙的辞职让他摸不着头脑，同时也没有给他询问的机会，甚至用这样粗鲁拒绝她意料之中他会出现的反应，这让杨平更加疑惑，几乎产生愤怒。陶莎的离开没有任何的征兆，而且也没留有给他任何反驳的机会。她给予的理由只是一个牵强的借口，杨平紧锁着眉头，对于这样一个自己无权修改甚至无权过问的结局，无法信服。

显然她给出的理由是掩人耳目的障眼。

给玲珑打电话，给凌霄电话，给一切在他身边能够找到陶莎的人打电话。他一定要找到她问个清楚。

打完电话，他坐在椅子上开始等待消息。

他开始抽烟。

一旦焦虑便开始抽烟，这或许是抽烟的人的通病，这是寻求冷静的一种可靠方式，让自己慢慢看清自己的处境，然后犹豫，失望。烟草的味道里隐藏着带着芳香的麻醉剂，吐出的烟雾笼罩着一个人的秘密，那些秘密使得一个人的境遇像火苗一样开始燃烧。

这半年多的时间里，陶莎一直像爱人一样的照顾着自己的生活和工作。来到上海接手这家公司，经营，管理，去到许都大学报到，学习，生活。陶莎从公司帮到学校，和她一起的时间是最多的，她融入在他生活的每一个细节。她了解他的饮食习惯，了解他穿衣习惯，了解他的作息时间，帮助他打理客户关系，帮助他试用新人，甚至参与公司相关产品的设计。

好多时候，陶莎都不只是一个仅仅的秘书角色，她精心点缀着杨平的生活，却又不完全地参与其中，她会出现他所出现的任何一个地方，与他跟随。杨平信任她，甚至超过自己。

她突然的不辞而别，有的只是她自己清楚的意义。

从失去的那一刻开始，人似乎总是会不自觉地回忆起曾经拥有时候的画面，类似于一种下意识的缅怀。他看了看屋子里摆放的东西，直到这一刻他才忽然发现，这些平时不起眼的东西，大到桌椅橱柜，小到杯子纸笔，这些竟然全是陶莎购置操办的。仿佛她的离开，就会将这些东西全部带走，他在那一瞬间察觉到，他的生活并不完全是他自己的，他太依赖陶莎了。

而陶莎的离开，让他对她的依赖突然产生弯折。生活习惯支点的崩溃，导致整个生活的平衡被打破，这样的变故，无异于一种生活态度的结束。不停息的小波浪汇成寂静的河流，流向失去平衡的另一边，若无法找回生活的平衡，失去的东西终究将淹没在平静的河流之中，与时间一同沉淀，沉淀，沉淀，最后看不见。

“陶莎。你这样做到底是为什么？若有任何不满请你站在我面讲给我听，你用这样的手段回绝我的追问，太过分了。”

5

“说是她姐姐新出的摄影集在中国上市了，让我给她来买。”

“既然是她姐姐的作品，那为什么不让她姐姐送她一本，还非要亲自出来买。”

“我也这么想的，可是没办法，说都说了。”

“行了行了，别废话了，我都知道。那赶紧地进去找找吧。”

“走。”

自从佟西搬出了学校，也有段时间没有进书城了。尽管自己现在还在做着与书籍有关的事情，不过是写书却不读书。也许只有进书城的时候，看到别人都在读书的时候，才会忽然地想起来，好像自己已经很久没有读书了。想到这里，佟西不由地苦笑了一下。

看着密密麻麻的书籍，星罗棋布，两个人面面相觑，这么庞大的书城，确实不知道该从哪里开始下手找，有点类似于大海捞针的愚昧。小斯卸下背包，拿出眼睛戴上，开始寻找图书分类牌。

在书架上认真找寻的时候，眼睛一目十行。有时候也会拿下感兴趣的书，翻开来看看。

站在一排排书架前面，佟西忽然觉的寻找一本书就像寻找一个人一样，面对无法穿越的人墙，仔细的寻找着密集的背影下的破绽。如同一场漫长的游戏与奔跑。那个与你捉迷藏的人，他躲在哪一扇门的后面，你的寻找似乎只能一扇一扇地去推开。

“哎，对了，你还没告诉我那本书叫什么呢？”

“哦，是的是的，脑子有点犯浑，叫《红色向日葵》。”

“这个名字起的蛮有意思的名字。

不过，看着你戴眼镜的样子也有点意思。”

“佟西，你这话什么意思？”

“夸你有文化呢。”

“你算了吧。

我去那边看看。”

“你刚从学校跑过来，按说今天应该是考试时间吧。”

“这你知道。”

“我住宿舍那会儿而看过你这学期的校历表。”

“行了，别往下问了。”

“德行。杨平说他只参加专业课的考试，其他的什么思想政治什么英语的都交给枪手了。

大学里考试比较轻松，真怀疑你当初怎么考进许都的。”

“不是有问题，是很有问题。大学里考试，其实大多数的老师真到了考试都不会去为难学生的，但是我运气不好，我就摊上了一个顽固。”

“嗯，这边我看过了，没有。走吧，我们去楼上找。你接着说那个顽固。”

“我这学期不幸被那个老师记到了一次，按照他的说法就是记一次扣10分，记两次就是挂科了。我什么课都逃，但是只有这个课没有特殊的情况我基本上没缺过。”

“你这不就一次吗？”

“记了就记了，我也认了。考试前他跟我们说什么的，笑嘻嘻地说让我们去背诵《诗经》，而且要被几十首，如果背过了就不扣分，背不过就OVER。

这他妈的就是变相体罚啊。

旷课的人多了，为什么就来为难我。但是就算是旷课又怎么了，有几个学生没有旷过课。那你说旷课该当何罪。”

“旷课本来就没有什么，我们是成年人有权利决定自己时间分配。但是话说回来，小斯你也看到了，我们的大学生大多数旷课都在干什么，他们是在为了自己的梦想而努力吗？”

“但是你知道我逃课，但我并没有浪费时间，我去上他的课才叫浪费时间。而且一个班上好多的人都在浪费时间，睡觉，看小说，玩手机。既然如此那为什么还要去上这样的课。

让一个班的学生仰视着他的高谈阔论，学通古今的大学问家。无非是要满足自己那颗卑微的自尊心，一种可怜的虚荣。作为一名大学教师，需要用考勤试这样的手段来保证自己的课堂人数，你不觉得很恶心吗？一个考试的通过权就赋予他对学生成绩的生杀大权。”

“你打住。你话说的有点过了。其实这样的老师和我们舞堂遇到的‘老师’是不一样，至少他们还是有真才实学，这个岗位也是用知识换来的。可以批评他的教学风格，但是你不能骂人。”

“既然学生不愿意来上课，那么做老师的一定有不可推卸的责任。”

“大学里面的有些课就是那么回事，学生配合老师，意思一下就行了，他讲他的，你做你的，各自安好，无外乎就是耗时间。我也去上过你们大学的课，他根本就不认识一个班的学生。只不过，有些老师可以接受学生缺课，但有些老师会认为这是在挑衅他教师的尊威。后者需要有学生的附和来满足自己的虚荣心，这样会让他产生成就感。学生齐刷刷投向他的目光可以让他感觉到自己的伟岸。”

“他就是觉得很了不起的，觉得自己是古汉语大师。”

“我不知道是否这样说准确，我觉得，这样的老师曾经在自己的学生时代，一定是个很平常很普通甚至很自卑的学生。他没有任何才华，只是青春校园里默默无闻的一个低着头的少年，孤独地向往着未来。但是至少他知道学习，他坚信知识能改变命运。”

“所以他现在又想来改变我们的命运。把我们都当成要考研的学生，而且是要考古汉语研究生的学生，恨不得全部都培养成古汉语大师。”

“命运是你们自己的，不是他想改变就改变了的。”

“其他的老师懂，考试不过就是一种形式，既然学生也好好准备了，干嘛就不网开一面。何必跟自己的学生过不去。”

“小斯，你看的太短了。就是因为这样轻松的考核制度，才给了我们学生无节制放松的理由，学校老师纵容你们，学术不精，考试蒙混过关，导致专业技能不够好，所以出来没有工作。你不能不说这两者之间没有联系。”

“那这又怪谁呢？都是大学里司空见惯的事情，这是一种风气，很难去除。大家都知道，不过心照不宣。”

“老师可以很轻松的工作，又可以讨到学生说一句好，又不用对学生的未来负责。而学生，也能换来轻松安逸的生活，毫无压力。这看起来就是一桩双赢的买卖，对吧？”

“你想说什么？”

“如果倒霉被记到的是别人，或许你也不会冲我发这么多的牢骚，你仍旧会继续沉默，默认这样的一种可怕的恶性循环，在这之中，你也是这个规则的获益者之一。其实，你只是因为别人没有被记到，自己被记到了，心里不平衡而已。

但是，不可否认，你口中的这个老师，为人处事似乎带有强迫症的极端倾向，而且他自己并没有意识到，他觉得握到了权利，然后在你们身上去最大限度地扩大。

我相信随着新一代青年的崛起，他一定会有麻烦的，他如果继续固守成规，盲目地嚣张自大，他就一定会被淘汰，不管他是学富五车还满腹经纶，因为这个时代就不需要这样的老师。”

“你这又捎带着把我说进去了。我要是把你这原话拿去说给他听，估计他会气爆炸的。”

“如果我是你，我就会当面把这话说给他听。现在在大学里，只要是个老师就能作威作福，就好像掌握着生杀大权一样，敢于对这些一无所有的学生肆无忌惮。为什么？”

“为什么？”

“我们这些学生太软弱了。小斯，你也是。

在他们看来，这些学生的未来不值一提，他们很自然地认为你们会是平庸的个体，无法对他们进行超越。”

“你让一个背井离乡的学生在他们面前如何反抗。这些学生的学位证书就在我这老师手里，那张证书就是学生十多年考试考到最后的安慰。佟西，你知道，这不是在与单独的一个傻逼斗争，要斗争的是一个国家履行了很久的制度。”

“既然你的课对我无用，我为什么还要跑去上课，我凭什么不能用这些时间去追求我的梦想。一名教师要有驾驭课堂的能力，但是他没有驾驭别人思想的权利。

他们这些老师们，他们都忘了，在讲台下的这些学生都已经是成年人，这些学生应该有独立的思想，有独特的个性，应该自己来主宰自己的命运，不需要老师再来指手画脚。他们都忘了，这些年轻人是一个国家的希望，而他们却拼命地想要去把这些人驯服成一只一只温顺的任人宰割的羔羊。

如果有人敢于试图打破老师们控制的这个局面，那就是像你一样要被整治。”

“你若在大学，怕你会是第一个造反的。不过，佟西，你说的这番话也是我心里的话，只是我说不出来。”

“我不会是第一个起来造反的，因为我不是学生，我也讨厌做学生。”

“不要紧，你的孩子一定会有机会。如今一代的青年人独立的思想越来越强烈，他们渴望着个性解放，渴望着追逐梦想。这是一个时代的发展必然趋势，谁都阻拦不了。”

“不说了，不说了，我们的话题扯得很远了，都出国了。

想起那个傻逼老师我就生气。”

“这也是你挑起来的。

你不用生气，人的运气不会一直好的。你的那些同样逃课的同学他们这次没事，下次没事，但是早晚会出事。”

“牢骚发完了，该干什么还得干什么。”

“是啊，我只能祝你这次考试好运了。”

“有意思吗你。”

“好了，我们去四楼看看。”

《陈胜吴广》高旗 & 超载乐队

呼喊你快给我站起来
抓紧这刀你的生命仍在
鲜血喷溅在我身上
分不清什么是仇恨与死亡
踏着我超度去天堂
明天这战场将平静如常
挺起我沉重的胸膛
选择这唯一的篇章
人群驱散
只有我一人还在高声喊
泪水流干
天空从此不再湛蓝
跟我来
让我的旗帜飞起来
把天空遮盖
眼泪再次流下来
无数的灵魂在期待
谁能再忍耐

快把我胸膛剖开
人群驱散
只有我一人还在高声喊
泪水流干
天空从此不再湛蓝
跟我来
让我的旗帜飞起来
把天空遮盖
眼泪再次流下来
无数的灵魂在期待
谁能再忍耐
快把我胸膛剖开
跟我来
让我的旗帜飞起来
把天空遮盖
眼泪再次流下来
无数的灵魂在期待
谁能再忍耐
快把我胸膛剖开

6

玲珑在 MSN 上和陶莎讲话，问她这件事情的缘由。她给予的回答也只是说学校的实习期满，下学期要回学校修完剩下的学分，没有时间工作。

在陶莎的 QQ 好友上面，也有杨平的账号，但是她点开消息记录那里面却是空的，原来一直以来他们都没有聊过天，就算收到的邮件也全部是关于工作安排的。听到玲珑电话里说到杨平的反应，她也没有太大的吃惊。

对于她的离开，杨平从疑惑渐渐到后来变的开始愤怒。她点开杨平的头像，给他留言。

杨平，我之所以不告而别，因为我不希望你挽留。

学校实习期满确是事实，也是我自己要回去。我要离开这里。

记得在白城第一次地见面，你带着不属于你这年纪的沉稳的气质对我说，我在你面试的时候就注意过你。我当时除了有些惊诧外还有些侥幸，作为一个还没正式上任的员工听到经理的这样的话，后来我经常会在心里暗自地窃喜，大多数的女孩子都是希望被关注的，当然我也并不独特。

那天回家后，我唯一记住的就是你的眼睛，那双眼睛里充满了温暖和希望，饱满充盈，看过会使人内心踏实。虽然年少，但似乎带着宿命一样行走，风餐露宿，心中充满孤独，长久以来却未在天空下失色。

半年多的时间来，我尽心尽力地为公司做工作，不遗余力，仿佛这就是我奋斗的归宿。其实在那个时候，我并不知道自己真正想要什么，生活、人生、爱情，这些都不曾有过考虑，我并不足够了解自己，没有权衡过时间如此的走向将会带来的后果。我只知道应该做好这份工作，去珍惜这个来之不易的工作机会。

后来相继发生的一些事情，在公司里你赋予了我更多更大的权力，对你工作的辅助的范围也开始扩大，虽然带来了高的收入，但是这并不轻松，我只感觉压力越来越大，我不喜欢这种感觉，一直在众目睽睽之下工作，我不具备那样的独特的能力。直到现在我都无法十分明确这份工作的意义，人为了摆脱孤独，所以会努力的工作。而我在这个公司却越来越孤独。

除此之外，我现在已经是一家出版社的编辑，其实我在很早就是一名作家，虽然没有告诉过你，或者说没有机会告诉你。当然也是不是很有名的。不过，这些事情你本应该知道，只是你现在对于在你身边的人欠缺最起码的了解和关注。对我尚且如此，那你对公司上下的员工也会是一无所知，你真的以为上次离开公司的那几个设计师全是为钱而走的吗？他们和我一样，他们在这里没有归属感，虽然拿着高薪，但是那有一种被利用的耻辱感，所有的设计师都有自己的性格，他们的工作是在与灵魂打交道，需要自由温暖的环境。而在他们那份薪水的背后，是黑暗的冷落，并不是所有的人都对工资发烧。你对你的员工了解实在是太匮乏了。

我们这些员工似乎在你眼里只是可供利用的棋子，为了你事业的宏伟蓝图应该无怨无悔，头破血流。你的抱负凌驾于整个公司之上，野心也越来越大，但是你似乎忘了，那只是你一个人的抱负，这么多的员工他们之中有的人只是需要交付各种租金，贴补家用，维持生计。他们没有鸿鹄大志，在洛嘉工作是为了寻找这样一个避难所，洛嘉就是他们生活的希望。

每一次看到你站在落地窗前向外望去，我都会感觉到一种可怕的距离感。你想要做一个国度的征服者，历史的创造者，但是我们并不想。你早已与这些员工各自隔离，散兵游勇，狼狈行军。

这段时间的经历让我找到应该属于我的归宿，与你在一起的日子以后会是很好的一段很美丽的文字。

祝，早日成功！

发完这段文字，陶莎关掉电脑。

她给玲珑打了电话，让她转告杨平，在QQ上有她给他的留言。陶莎知道，如果不告诉杨平，怕是这段留言不知道什么时候才会被他看到。他是个工作狂，没有时间去看工作以外的事情，当然没有时间去聊天，也没有时间去交流。

陶莎没有在电话中做过多的解释，其实都可以一目了然，这是一个她认为最合理的结局，而且让杨平别无选择地接受。她从耳边拿下电话，黑色的手机屏幕上出现一张模糊的脸，带着阴影的轮廓，那应该是黑眼睛里的另外一个自己，带着不为人知的面具。

她走回房间开始看书复习，她要准备大四第一学期的期末考试。坐下来的时候，心里竟突然觉得有些许的轻松，这次由自己操纵的离别再也没有感觉到难过，似乎就可以这么过去了。她已经给自己选好了退路，但却不再顾忌另一个人的处境。女人的任性与自私在这一刻得到了肆无忌惮的释放。

我想，若想牢牢地抓住一个女人就不能让她太过失望，如果你还没有做到，那么请你努力，女人的欲望不会因为你不断付诸的感情而停歇满足，它只会越来越强烈。

无论当初对你如何的用情真切，女人的决绝通常是不会留任何挽回的余地。

7

回到酒吧，佟西开始仔细地看手中的这本摄影集。在书店找到它的时候，虽然都没有拆封，但是封面已经足够美丽。

整幅照片中没有任何一栋的高楼，没有任何一根天线、飞机、天空和夕阳。这就是他要买下它的理由。还未翻开它，书中的内容已经在脑海中显现轮廓，不需要太多的思考，一闪念在里面似乎看到了自己的身影。

这是与一本书的一见钟情。

佟西坐在吧台上翻看着这本摄影集，每一页都要停留，都会盯着反复地看半天，对于这些图片上的场景，他总是觉得好像自己曾经去到过。光线、眼神、表情、天空、打开的窗、疲惫的树，他用力地回忆，回忆在何时何地曾经与他们相见。人的记忆里一直会有这样若隐若现的错觉，像是在记忆里延伸出来的一条微弱的线索对于自己已经以往多年的尘事给予提示，似乎触手可及却又发现空无一物。

他翻到书的最后，方田出版社关于作者艾玛的介绍仅有简短的一句话。

“城市中隐藏着的眼睛，她是猎人的伪装。”

整本书从头到尾充满了神秘，每一张照片似乎都能讲出一个完整的故事，又或者说这一本书中所有的图片就是在讲述一个完整的故事。

而这个署名“艾玛”的中国女孩，这本书的作者，她是小丹的姐姐。

他想认识她。

晚上的时候，佟西坐在电脑前打字，听到有人咚咚敲门。

“不是贴出来了吗春节期间暂停营业，怎么还来敲门？”佟西心里嘀咕着走过去，打开门一看原来是杨平。

“我还以为是谁呢。你来就来吧，也该先给我招呼啊。”

“用得着吗，你在这里我还用再预约吗？”

“进来进来，今天怎么不忙了？居然有空来我这里玩，不过我这里没有多少酒了，看见没有，春节期间暂停营业。”

“行了行了，少跟我得瑟。”

“看你这一脸的官司，遇到什么麻烦了？”

“没多大麻烦。你在干嘛呢？”

“写稿子啊，还能干吗？你别四处转了，过来坐下，我去给你弄点喝的。”

“这还差不多。”

“德行。”

杨平走到吧台前坐下来。佟西在冰箱里拿出一罐可乐扔给他。

“将就着喝，我还没有学会调酒，那玩意儿很难。怕冷也可以不喝，那边有热水。”

“跟你说啊，我的那个贴身秘书跟我辞职了。”

“噢，是吗？什么时候的事啊？”

“就今天。”

“那你就明年回来再换一个呗，辞职跳槽这不是很正常的现象吗？”

“本来我也觉得没什么，晚上放下工作后，对面的办公桌空着，没有灯光，我忽然觉得身边少了点什么，这种莫名的残缺感顿时让我感觉如芒在背。我只想问问她为什么，但是根本就找不到她。”

“陶莎。就是那个带黑框眼镜的女孩。”

“她这样招呼都不打的就不辞而别，硬要我接受这个不能改变的结果，而且没有留下任何交涉的机会，这让我不解甚至感觉愤怒。”

“杨平，你很在意她的存在吧？”

“这话怎么说？”

“你先别急着否认。你有没有打电话找她的朋友。”

“这个，我也不认识他的什么朋友。”

“那你问问玲珑。”

“哦，对了，我想起来了，玲珑下午跟我说说她在 QQ 上给我留言了，一直忙工作都把这个忘了。”

“电脑在那边，自己去看吧，但是不要动我的文档。”

佟西翻了翻手腕看了下时间，已经是夜里的11点多。一个公司的经理居然会自己加班到将近午夜的时间。

从上次与杨平在上海见面之后到现在，没有多少机会与他在一起，今日一见，更是让佟西惊讶。他工作的业务甚至需要长时间地加班来完成。或许是不在同一个社会阶层，也无法了解他的生活和工作，但是现在的杨平真的已经不是那个脱掉校服光膀子抽烟的问题青年了。他规规矩矩地穿着衬衣，也没有了几块钱的香烟的味道。

佟西拿起杨平脱下来的大衣走向衣架，手中这件价值不菲的大衣终于还是完全代替了五颜六色的卫衣。而杨平也终于像他当初在尚舞说的那样成为了青年才俊。他把它挂在自己的羽绒服旁边。放完之后，佟西走了几步又站住了脚回头看了看衣架，它与它挂在一起，两件完全不同的衣服，已经完全是两个不同的人生。

坐在电脑边的杨平忽然喊了他一句，“佟西，你这什么电脑啊，蜗牛牌的吧？慢死了。”佟西回过头来朝他走去，“别废话，那改天你给我赞助一台兔子牌的电脑行吗？”

看完陶莎的留言，杨平没有说话，笔记本电脑持续发出轻微的工作声。

佟西从他手里拿过鼠标，点开对话框上的消息记录，果然是只有一页。除了这一页的留言，就只剩下尴尬的页码标注“1”。原来这是一个隐藏很久的伤口，她已经看到了自己在这份感情中寸步难行，一直都徘徊在触痛的边缘，无力愈合。她曾经无数次与自己纠缠在这份感情的可行性，几乎将自己逼近角落。一天一天的失望，她始终无法再向前靠近一步，就这样损毁，她的需求在他的背影中逐渐流失剥离，直到现在她从自己的幻想中彻底撤退。

佟西转头看了看杨平，他已经起身回到吧台，手里拿起吧台上的那支高脚杯开始摆弄。

“得，帅哥你小心点，心情不好别跟玻璃杯过不去。”

“我有像她说的那么不近人情吗？”

“加好友这么久，就有这么一次对话，而且还是一个人的。”

“什么意思？”

“杨平，从我们在上海重逢，你来找我，今天还是第一次吧？”

“怎么了？”

“这个和陶莎的那条留言的性质是一样的。”

“我还是不明白你什么意思？”

“那我问你，从陶莎开始在洛嘉工作，现在你还能记得关于她做过的哪些事情。说来听听。”

“有好多。她为公司做了很多工作。但是这些又有什么关系？”

“你无法记清楚。因为你关注的只是你眼前还没有达到的目标，所以你看不到周围的人为你做出的牺牲。”

“佟西，我想你最清楚了，为了这份工作我放弃的是什么，我牺牲的是什么。”

“我走的时候留在尚舞的东西你看到了吗？”

“嗯，看到了。我已经把他们带走了。”

“你并没有带走，它们对于它的主人不是简单的跟随。你只是拿走，然后又把他们放在另外一个地方继续锁起来。”

“它们本来就只能够收藏了，那身衣服难道你还穿得上吗？”

“杨平，在我们的生命的道路上，你只是把他们当做成长的一种必要的经历垫在了脚下，让你能坚实踏出下一步。你的成长就是回忆的不断牺牲。

现在它们和你身边的这些人一样。”

“佟西，你应该明白，有些东西不是我能够左右的。我无暇顾及它们并不代表我一直在无视它们。”

“杨平，其实我们有一点是一样的，那就是我们都做了追梦路上的逃兵。你服从了你的命运，理所应当的经营并且继承父亲的公司。我除了跳舞无一所长，但是为了生存我还要开荒拓野，自寻出路。

我们唯一的不同的地方是你丢掉以前的所有东西，你彻底回避了所有的过去，也干净地回避掉如今还在继续的经历。你需要励精图治，但是他们琐碎沉重。

而我还背着全部的记忆，我在用我的方式延续着他们的生命。我踏入这条并不一定是走得通的吊桥，给我勇气和希望的就是它们。没有这些诚实的经历，这个文档里面的文字将一文不值。”

“说到底，你的意思就是想说我变了。你比以前拐弯抹角了，与我谈话，你也需要如此吗？”

“杨平，陶莎说出话并没有完全扎到根处。你的膨胀的野心正在无限地放大着你的目标，扩展着你的欲望。也正因为如此，你才可以顺理成章地忽略掉了你身边的朋友，忽略掉你的生活，忽略掉了她。我想这才是她真正想说的，但是她却没有说，在这场陡峭的感情攀爬中，她不再向山顶看了。

她这是给了自己一个台阶，同时也给了你一个台阶。”

“现在这个不断变革的社会，我若不强就会被变革掉。你知道这份产业不是我赔得起的，它是父亲一生的基业，我要守住它，拓展它。一路走来，你都看到了，这是我没有办法的选择。”

“杨平。这根本就是不矛盾的，你的借口不会和杨伯伯的期望吻合。你正在走向一个极端，而你自己并不得知。你真的就看不出来，陶莎很在乎你？她对公司尽职尽责，因为这是你的公司，公司效益好了你就开心，而你的开心就是她的开心。她一直在努力为你分担工作量，可你居然认为这是她仅仅是对工作的态度。你根本就感觉不到，因为你眼里只有工作工作工作，一直以来她丝毫感觉不到自己在你心里位置，所以到现在她终于无奈地退出了。这段留言就是她最后的表白。

这么聪明的一个女孩子一直在自己身边，你他妈就是一傻逼。”

“……”

“你不用拿眼瞪着我看，你也不用急着来否定我的结论。回去把她的留言好好读一下，你若心里没有这个人，那你跑我这里来说个什么劲儿？你对爱情的不信任，就是对自己的不信任。你可以选择继续观望，但是我告诉你，你就这样地等待，到最后你等来的那个女人就不会只是为了爱情而来的了。

你看看，时间都这么晚了你还在加班，你用得着这么玩命吗？”

“说实话，我想去找她，可是我能去哪里找。就算是找到了，我又该说什么。”

“有些女人任性的时候爱玩失踪，暂时地断掉一切能联系到自己的方式。当寻找她的男人开始焦虑，开始近乎疯狂的时候，她的重要性就得以体现，这会让她们感觉满足。这是一个有些残酷的表达，类似于报复一样的仇恨的可怕的心理。但是这是她们判断一份感情深浅的手段，是继续这份感情的筹码。虽然对男人不公平，但是行之有效。当然如果没完没了地使用，那就会适得其反。因为没有任何人可以为了你一再地忍受，哪怕是爱你的人。这本身就是不平等的义务和责任，忍受的一方必定带有衡量行为的尺度，可以稍微出界，但是不能欺人太甚。

当然这次的事情不能算在这个范围之内。"

"你写书写的现在说话越来越有分量了。听你说话有时候就好像在看书一样。春节你回白城吗？"

"你还记得白城有你的家啊？"

"你一改口说话还是那么冲。公司差不多这两天放假了，春节了，我当然要回去。"

"你回吧，我不回去了。其实我回去了也没地方去。倒不如呆在这间小酒吧里，继续写我的稿子，我还想早点完成它。"

"等你完成之后，我来帮你做推销。"

"有空的时候过来喝几杯酒，比你给我什么我都开心。这里没有客人的时候，就剩下自己和自己的对话，有时候静的可以听到灵魂弯曲的声音，我很少出门，因为一直看不懂门前这条街的方向。"

"沿安把酒吧选在这里，仿佛是把一个秘密藏在这座城市。"

"她已经走了好久了。"

"还会回来吗？"

"我不知道。"

8

2011 春节的那天，佟西一直睡到了上午 12 点，睁开眼之后就感觉脖子有些酸痛，移动起来有些生硬，稍微地侧了侧身子才发现自己又睡在了地板上。睡觉的时候又翻下床了，而自己竟然没有摔醒。

从地上爬起来，然后迷迷糊糊走进浴室打开花伞洗澡，过滤掉从身体划过的稀疏的流水声，偶尔能勉强听见窗外有几声零星的鞭炮响，佟西这才记起来原来今天是春节了。而去年的这时候，自己还蹲在高墙里面，封闭在那个幽暗的空间之中，只有黑夜与白昼无限循环着重复，没有其他区分时间变换的信号。只能看到时间的结束，看不到时间的走动。

佟西想到这里，抬起手抓了抓湿湿的头发，没有再往下想。

一夜打字疲惫感没有被水全部冲走，下楼的时候整个人还在摇摇晃晃，仍然会感觉眼皮上压着厚厚的重量。

走到一楼，习惯性地打开电脑，然后坐在吧台上喝一杯白水，抽完一支烟。这是他迎接新一天的方式。

他并没有意识到节日的到来，之前也并没有对这样的一个节日安排特殊的行程，因而真的到这一天的时候却显得有些无所适从。在佟西的记忆里，春节应该是放鞭炮，贴春联，跟奶奶一起包饺子，吃团圆饭。

佟西开始坐在吧台上抽烟，今天的烟瘾格外地强烈。电脑在一边开着，没有操作指令，不久就自动黑屏待机了。或许一个人孤独的久了，也会就这样黑屏，突然的，没有声音的。

这是自己离开家的第二个春节。

关停了与家人的视频通话，房间里的声音忽然间黯淡下去，热闹的笑脸消失，眼前一切又变得清晰平静。素宁刚刚在视频里看到了除了自己以外所有的家人，大家正在坐在一起吃晚饭庆祝新年，和谐温馨，其乐融融。她以一个旁观者身份衡量着他们的幸福，与他们相继笑语交谈，同时揣测着自己的孤独。

前几天在学校的时候，也有华人朋友过来邀请自己今天去参加一些新年的庆祝活动。至于自己当初是以什么样的理由拒绝的，现在也已经记不得了。昨晚上洗完澡，躺在沙发上看了会儿电视，听着那些沉重的英文，不觉中就睡着了。中间没有醒来，也没有任何的梦境降临浮现，便一直睡到上午，直到哥哥打来的电话将自己叫醒。

素宁把电脑关掉，身子靠在椅子背上，看了看外面已经是天光大亮，一切平静，没有声响。而现在在地球另一边的中国，此时正是鞭炮炸响，烟花盛开，万里不夜空的除夕夜。她转过头来的时候，黑色的电脑屏幕上映衬着一张脸，因为反光而变得模糊。她以为是灰尘，抬手擦了擦电脑屏，却发现自己的手也在上面变得模糊。

打开抽屉，她又想找烟，但是还是看见那个很早以前就空在这里的烟盒。素宁舔了舔嘴唇，似乎是感觉饿了。

她走进冲淋房洗了个澡，之后换好衣服准备出门买些吃的。在她关上门正要走的时候，下意识地摸了摸口袋才发现没有带钥匙，素宁侧身靠在栏杆上，深吸了一口气，闭起双眼，对自己的健忘十分沮丧。当她睁开眼睛的时候，那一串钥匙竟然安静的插在锁眼里，上面有一个塑料维尼熊的挂饰，因为用的太久显得颜色混浊。素宁伸手将钥匙拔下来，把维尼熊放在手掌上，轻轻地搓了搓。这几年它一直在对自己微笑。

她很庆幸昨天晚上没有第二个人再用这把钥匙开门。

这是自己离开家的第二个春节。

9

或许是昨晚没睡好的缘故，佟西一上午精神都不好，还是会不住地打哈欠，无法很好地集中注意力。

中午的时候，杨平和玲珑相继打来电话，问他这里是不是有什么需要，像是慰问灾区群众一样让佟西感觉哭笑不得。其实也没什么需要或不需要的，春节对于团圆的家庭，才能叫做节日，对于像自己这样兀自一人的他乡客，也没有什么节日可言。

挂掉电话佟西就回楼上睡觉，直接过滤掉了午饭。一个人生活，思考吃饭有时候是一件很伤脑筋的事情。

睡到傍晚的时候，佟西只感觉脑袋边上手机闹个不停，楼下大门也在不停地响，头皮都快要爆炸了。他蒙着头在床头一阵乱摸才抓到手机。

“谁啊。”

“佟西，我还以为你死在里面了。再不接电话我就要报警了。”

“说什么呢，大过年的说点吉利的不行啊？”

“不跟你废话，你赶紧下来给我开门，我给你带了好东西。”

“乖乖。好吧，你等我一会儿啊。”

大门口停着辆车，小丹拎着一个大盒子站在旁边，还有秦夜。

“来都来了，你们进来坐会儿吧，外面挺冷的。”

“你还知道冷啊，几点了还在睡觉。呐，这个给你。”

“今天就不进去玩了，家里那边还等着我们呢。

小丹说你一个人在上海过年，我特地带着她出去转了转给你带了些吃的过来。你也别客气，一个人在外面挺不容易的，何况大家都是朋友。”

“别愣着了，听我哥的快拿着吧。”

“……谢谢。”

“嘿嘿，哥，你看他又脸红了。”

“过完年酒吧开张，我再邀请你们过来喝两杯。算是还这个人情。”

“佟西，你这话说得就不对了。大家都是跳舞的能帮忙的地方就帮一帮，何须见外。”

“好了，我们就先不跟你废话了，天不早了，我们得回家了。”

“回头过来请你们喝酒。”

“一定一定。”

佟西站在门口，摆了摆手，看着他们驱车离开。

刚才秦夜说出的那句话，几乎让他落泪。记得他刚来上海的时候，举目无亲，无处安身，却在DOS遇见袁澂和小斯，袁澂对他说，“大家都是跳舞的能帮的地方就帮一帮。”

汽车拐弯之后，街上再也没有了其他的东西，彻底空了下来。佟西翻了翻手腕看表，已经是晚上的7点。在这个时候，所有人应该都在忙着准备年夜饭，而这个时候还会有人想到他，想到他在这样一个晚上吃什么。佟西抬起手看了看这个盒子，他已经很久很久没有收到礼物了。

佟西没有直接回屋，转身锁了大门，拎着盒子径直走向街头的便利店。他想喝点酒，但是酒吧里储存的酒他不会随便动，所以想喝的时候就自己多跑几步出来买。

今天晚上街边所有的商铺都已经闭门谢客，只剩一家还在营业的便利店，远远地看起来有些凄凉，所有的店铺仿佛一夜间不知去向，只有它还在一座城市的幸福的夜晚中保持孤独和安静。

拿完东西，佟西来到前台付钱的时候，在柜台边上放着几样还没有动筷的小吃。佟西在营业员手里接过找回的零钱，两人相视，然后会意一笑。或许他是今天唯一的顾客，或许他也是这一年最后的一位顾客。而她今天也和自己一样，这一个春节，无家可归，无人可聚。他们都独立在这个节日之外，而且选择了同样的方式来度过。

实际上那个时候，他们也别无选择。

素宁出门之后先去了便利店买了一包烟，然后改路。她吃饭的地方仍旧还是去那家意大利餐馆。

在不是很必要的时候，她并不喜欢去适应一个新的地方，这是一个念旧的习惯，与她的记忆由来已久。

新的事物代表着陌生，但是旧的事物让她获得安全感。

素宁进门之后找了一个靠窗的位置坐下，打开窗，抽一支烟。由于还不到中饭的时间，店里的客人并不多。因为经常光顾这里，餐馆的主人和服务员都与她很熟，在为她送来食物的时候还特地向她问候了“Happy CHINESE NEW YEAR!”。

看着眼前的食物，素宁吃了几口之后就没有再动叉刀的欲望了，似乎今天的意大利面越嚼越生涩，慢慢地就失去了味道。刚才裹在胸口的饥饿感，在她抽完第一支烟后就突然消失了。

她随后招呼店员过来帮她将食物打包带走，素宁突然的变动有些让他们不解，老板甚至叫来的厨师，问她是不是今天做的饭有问题。这样的举动让素宁有些不好意思，她解释说自己有点急事需要离开，也对他们的服务态度表示感谢。

素宁拎着打包好的食物离开小店，走到第一个路口等红灯，她看到了马路对面的那家便利店，来的时候她刚刚在里面买了一包烟。

绿灯亮起，她按照原路回家。在路过那家店铺的时候，她才意识到，原来今天的这次出行，仅仅就是为了抽一支烟。

八　她的眼神

1

上海的天气在春天一场一场的雨水中正在逐渐变暖，不知不觉的便瓦解了空气里的寒冷。有时候早上起床，看到外面充沛的阳光涌进房间，满眼的绿意盎然会使人产生一种错觉，兴许打开窗户漏进来的就是另一个季节。春天似乎一直像是夏天的一个影子，忽明忽暗，忽隐忽现。一直犹豫着游离在起风的窗边，让人捉摸不定。

佟西一般是快到中午的时候起床，晚上酒吧工作结束，他还要在文档上一个字一个字地抠文章。洗漱干净之后，因而就需要拉上上午的时间来补充睡眠，有时候想想住在许都大学的日子，那时候每天按时早起的那个自己现在看来简直就像是一个英雄。

洗漱完了之后，来到楼下打开酒吧的大门，站在门前的大街上伸一个大大的懒腰，新的一天这就算是开始了。然后佟西回到屋里，开始清扫地面和桌椅，清点酒水储备，下午的时候就开门营业了。

春节之后，佟西对酒吧一些地方进行了小规模地整改，翻新了几台电脑，酒吧的桌椅换成了新的样式，小舞台也重新装修了，同时他拿掉了一个小隔间，在那里放了两排书架，上面是报纸和期刊杂志，方便客人闲坐时阅览。而最大的变动就是在吧台侧面墙上安装了一个大的挂壁电视，因为这里是距离虹口足球场最近的酒吧，来看球的球迷可以在这里小聚，附近的球迷也可以聚集到这里来看球。

似乎从来都没有过这么平静的一段时间。

佟西和沿安的酒吧，在这座喧嚣的城市里不温不火的存在着。有时候像一种使命，佟西来到这里就是要守住沿安留在这里的秘密。

他的生活状态从间断地变换最后变成了持续地进行，在经历了半年并不安分的日子后，他觉得他终于可以在这里安下脚跟了。

如今酒吧的生意比原来好了一些，以前的老顾客仍然会固定的时间来酒吧坐坐，这里仍旧和他们每个人的习惯保持着默契。而且每个周末都会有一批看球的球迷过来光顾，佟西按照他们的要求挂起了电视，他们的到来带来了不小的收益，也带来了一种新的气氛，虽然自己不懂足球，但是跟他们看球谈球，慢慢地好像也被他们带着喜欢上这项运动。

杨平，小斯他们有空的时候也常会过来喝几杯，坐在一起聊聊天，偶尔也在酒吧里帮帮忙。佟西觉得，大家的生活似乎都平静了下来，没有那么多的琐碎的压抑和纠缠，似乎从来没有这么平的一段时间。杨平没有以前工作那么玩命了，小斯的“yesterday”已经正式地更名为“tomorrow”。

唯一的变化还是小丹。她基本上每天晚上都会过来酒吧帮忙，开始的时候佟西就当她是过来玩的，只是来的次数太多了佟西实在不好意思，但是又拗不过她，到现在她就成了这里的雇员，佟西按周来给她发薪水。她的存在让酒吧生意好了不少，她的服务一直都很热情，似乎这里就是她的家。

重要的是，如今我们都能快乐地生活。

2

佟西按照约定的时间来到一家咖啡店，因为有求于人，也是出于礼貌，佟西还是早到了半小时。

口袋U盘里装着的就是他已经成型的长篇小说，《红》。

这些文字是他放弃舞蹈之后，自劈蹊径寻找的另外一生存之路，是一种尝试，也是一个希望。奶奶在很小的时候就告诉过他，“吃人家嘴短，拿人家手短。”尽管他现在酒吧的收益良好，完全足够他一人生活，但是这家酒吧始终是沿安的财产，不是他的拥有，做得再好自己也只是代管。

他只是希望能靠自己的力量来掌握自己生存的主动权。而拥有这项权力之所以艰难，缘由不过只是两个字“主动”。这就代表了自由。行走坐卧，衣食住行，在一定程度上都能够按照自己的想法实行，而非处处受制于生存压力。这也是很多人奋斗一生的目标所在，只是能如愿的终归是少数。

佟西进来之后，在咖啡店期刊栏里顺便拿了一份报纸来看，然后就看到了这样的一条评论。

> “中国的高房价，毁灭了年轻人的爱情，也毁灭了年轻人的想象力。他们本可以吟诵诗歌、结伴旅行、开读书会。但现在，年轻人大学一毕业就成为中年人，像中年人那样为了柴米油盐精打细算。他们的生活，从一开始就是物质的、世故的，而不能体验一段浪漫的人生，一种面向心灵的生活方式。
>
> ——西班牙《世界报》”

这样的一段真实而且客观的评论，能让所有人都看得懂。决策者看得懂，投资者看得懂，有钱人看得懂，普通人也看得懂，但是看得懂仅仅是看得懂，除了自己会在心里掂量一下这句话的分量并没有其他太大的用途，都不会显现出表情，这一切在文字上发发牢骚的痛快到头来仍然无济于事。

在上海经常能够看到街边上的房屋中介，外面墙壁上贴满了各类的出租出售房屋的广告，几百万，几百万，几百万的标示，这一串扭曲的天文数字压垮了多少人的人生，甚至压垮了几代人的人生。

小斯还有他同宿舍的两个人，还有全国成千上万的大学生，这是他们都要面对的难题，从他们踏入大学校门那一刻起这就是一个如影随形的顽疾，这也是校园爱情为什么无法善终的最大毒瘤。在自己的未来都难以把握的时候，还有这么一栋比生命还昂贵的房子，生存尚且困难，还谈什么爱情、希望、梦想。

我真的很想说，我们的国家太不注重自己的年轻人，上学的时候用分数成绩逼着走，离开学校还有工作和超高房价继续逼着走。

当然，某些带修饰的“二代”不能算在他们之中，那样的一群人在一定程度上讲，其实就是“不劳而获的一代。”不过这也无可厚非，毕竟不是每个人的父亲都叫李刚，没有人能够决定自己的出生环境，这个社会的竞争从来都没有公平过。

无数的年轻人为了改变命运选择远走他乡，背负着生存，家庭，爱情的多重压力，在这个看似平静和谐却处处暗流涌动的畸形社会中，孤军奋斗，他们的生活仿佛就是一场你死我活的战争。

输了，你就一辈子翻不了身。

佟西放下报纸，心里忽然泛起一种说不出的滋味。

他给自己做一个假设。

如果当初没有打人，他会平静读完高二进入高三然后准备高考，接下来考进不知道多少本的学校，在里面过几年空虚的生活，直到最后毕业离开学校，那时候面对的仍然会是这样的社会现实。

他很庆幸没有按照一个规矩的中国年轻人漫长的教育之路去成长，去心甘情愿地绕这样一个弯子。因为无论他上不上学，上什么样的学，学什么样的东西，学到的东西有没有用，这个始终是他们这一代人永远无法回避的社会现实。

翻了翻手表，感觉这个时间到了，人差不多也该来了。他站起来四下里看了看却发现，陶莎居然也在这里 。

佟西心里嘀咕着朝她走过去，想着她或许是约了人见面。但是既然看到了最起码也该过去打个招呼。

“hi，陶莎。”

“吴佟西？你怎么也在这啊？”

“是啊，好巧啊。不过好久没见你了，听说你回学校了。”

“嗯，是还有几门课程需要修完学分。你过来坐下说话吧。”

“你……今天在这约了人啊？”

“对啊。今天有个人说要出书，约了今天过来看看他的稿子。包里有我的电脑。”

其实听到这儿，佟西已经头大了，他只有尴尬了地笑了笑。

“闹了半天，原来你就是方田的编辑啊。”

“啊？你知道？”

“是，我现在知道了。

我就你要找的那个要出书的人，笔名梧桐西。”

“……”

“我姓吴，叫吴佟西。”

“……我还一直以为你姓佟。不过，真的挺意外的，你现在不跳舞了居然要起笔杆子来了。”

“我也很意外。你上次提到的在一家出版社做编辑原来就是在方田。”

“嗯？什么时候提到的。”

“呃……杨平跟我提过的。”

“呵呵，好吧。我们可以开始正题了吗？”

“这个给你，既然都认识了，我就把所有的章节都给你，本来我准备了两个U盘，这个里面是全部的。”

“你倒是很谨慎。”

“现在就让我看看你改行之后的大作吧。”

“那个，我顺便还想问你件事啊。”

“你说。”

“《红色向日葵》那本摄影图片集是你们出版的，能不能给我一下作者的联系方式。我很喜欢她拍的那些图片，想认识一下。”

“呵呵。

这个我恐怕给不了你，我们要对作者的真实信息保密，而且这也是她自己提过的要求。作为朋友我可以给你开个绿灯，但是只能给你一个她的邮箱，联系方式就看你自己的本事了。”

“这样也行。用这个，就写在餐巾纸上吧。”

3

杨平在上课的时候，手机在口袋里嗡嗡地震动。他掏出手机来看，有佟西发来的新信息。

“我今天去交稿，结果碰见了陶莎。没想到她居然就是方田的编辑。也就是说，她所说的出版社就是方田，她笔名就是‘看天的人’。”

看完短信，杨平没有给他回复，直接给自己现在的秘书发信息。

“你现在放下手头的工作。

一个笔名叫‘看天的人’的作家，你去书店将他出版的所有的书都买回来放在我的桌上，还有最近几个月方田的期刊我也要。”

杨平发完信息，忽然感觉有精神了许多，拿起笔继续认真听课。佟西这次的这条信息帮助他还原了一个完整的陶莎。

人在得到希望的时候，会出现一种幸福的心理预期，同时产生带这样幸福的幻觉，进而引导着人继续做完手头的事情。这是一个美妙的心理过程，希望与现实同在。

杨平回到办公室，秘书已经把他吩咐的事情做好。

看到办公桌上十本书，杨平拿起来随便翻了翻，书页轻轻的翻动还抖落出淡淡的纸浆的味道。6 本期刊还有 4 本小说。陶莎，一个大四即将毕业，也就是说着 4 本书差不多应该是她在大学就完成出版的。

《故乡》,《看天的人》,《孤独地图》,《她的眼神》。

他反复摆弄着桌上的这 4 本书，一时不知道该从哪本开始读。在他的面前，有一个从来不被他发觉的女孩，她的样子就藏在这 4 本书里，每一句甚至每一个字话都可能是她的眼神。仿佛这就是与陶莎的初次见面。

自陶莎离开后，公司人事部门为工作的需要，还是为他安排了一位新的秘书。新来的人，无论是在业务水平还是在业务素质上都比陶莎要高，看得出来她应该有较长的工作时间和丰富的工作经验，因而在之后的工作上也对杨平起到了很大帮助作用。

只是她的办公场所并没有与其他员工特殊地区分，陶莎原来办公的那间屋子，却一直空在那里。当然，杨平也没有让那间屋子蒙尘落垢，陶莎在的时候种植好多花草，离开时也没有带走。现在由他一手接管过来，水仙、吊篮、景天、石竹、铃兰还有一小盆一直摆在他桌上的仙人球。为了照看好这些花卉，他还在抽屉里放了一本养植手册，空下来的时候就翻翻看看。

对于杨平，这些花卉散发出来的味道，每一种都和陶莎有关，每一种都好像是陶莎的味道。她在他的面前，可能是水仙，又或者是铃兰。它们的存在让他当初的那种依赖感得以保留，曾经陶莎一直在自己身边默默地付出，现在陶莎走了，他好好地照看这些花卉，当成是一种不对等的补偿。

他并不擅长去挽留别人，除了陶莎也包括其他辞职的职员，每个人的离开都有能说服自己的理由。人最大的敌人是自己，既然自己都向这个决定做出投降，更何况是对待外人。

佟西中间又发来信息，问他是不是要准备去方田找她。

他想了想，还是回复说，不会去。

如今他的生活没有陶莎，但是日子总归要过的。最重要的是，他并不能确定，陶莎就是爱情，他不想轻易地将自己的爱情交出去。他见过很多人爱情的模样，却从来没有见过自己爱情的模样，他们从未谋面，即便见面也无法相识，他对这份类似的爱情保持着一种消极的观望和等候。

他与爱情之间，有一段还在试探的距离。他能看到河流对面灯火阑珊的胜景，但是如何前往，脚下在黑暗里流动的水让他徘徊犹豫。

通常来说，越是仔细谨慎的人，就会对自己越发爱惜。一切不确定的情况在他们眼中都充满危险，在没有弄清楚状况之前绝对不会让自己去冒险。这是一种略带强制意识的自我保护，与性格有关，与爱情无关。

4

艾玛：

你好。冒昧来信，还请见谅。

我是一个来自中国上海的读者，非常喜欢你的那本摄影集。喜欢得有些着迷，我一直都觉得你的图片里似乎藏着什么东西，从你架起相机的那一刻起。

我不知道可不可以和你交个朋友，其实这个想法由来已久。我很想认识你，从我看到这本书的封面开始。天空、夕阳、飞机。生活中这样简单寻常的一副画面，已经很长时间没有人留意过了，城市里的人都太忙，忙到没有空闲抬头。

我有好久没有写信了，真的开始写信了，一时间却不知道该写些什么，也不知道从何说起。只是感觉到，现在又一次在一张空白的纸上与平静的人对话，像是一种回味。这些话时断时续，又反复斟酌，初次见面，我还不能去猜测你的为人，相貌还有性格，我只能让自己的话语尽量委婉、客观。

现在触动的每一个字都感觉格外地新鲜，因为字里行间都会存在一种期待，或对或错，这是一种未知的向往。

就先写到这吧，只是没想到在信件上的语言变得有些生涩，这封信写写停停，不能顺畅，字字斟酌显得小心翼翼，毕竟我是个陌生人。

还是希望能收到你的回信。

梧桐

佟西写完邮件，又重新对照一遍地址，确认无误之后才如释重负地点下确认，邮件发送。

他靠在椅子背上，伸手拿过书来开始翻看，脑子里还在想着，这个叫“艾玛”的女人到底会是什么样的一个女人。到底又是什么样的一个女人才能拍出这样的洞彻灵魂的照片。

这封邮件的投递如同一席委婉的宣言。那一刻起，他就是一个寻宝者。手里的这本书就是密码，每一页上的图片都是一个隐秘的暗示。他不止一次地看着这些图片出神，思绪在无休止地飘荡，在他心中的世界没有目的地覆盖下去，这样或许能捞到一丝记忆。因为他也不止一次的在照片中看到过同一个人，有时只是一瞬间的闪念。

《墓志铭》水木年华

我有两次生命
一次是出生
我有两次生命
一次是遇见你
我爱这世界
因为我爱你
我爱这世界
因为你爱我
我有两次生命
一次是出生
我有两次生命
一次是遇见你
我爱这世界
因为我爱你
我爱这世界
因为你爱我
我爱这世界
因为我爱你
我爱这世界

因为你爱我
我有两次生命
一次是出生
我有两次生命
一次是遇见你

下午。图书馆。

素宁在听这首歌的时候，看到了电脑桌面上弹出来新邮件的提示。发件人叫“梧桐”这个名字起的有点幼稚，从名字上推断，应该是个中国人，这是个陌生人。

她在关闭提示窗的时候，看了一下时间，现在是美国当地时间下午2点钟，也就是说给他写信的人是在凌晨两点发送的邮件。摄影集出版之后，她也陆续收到过一些国内读者的来信。与这封信的目的大略相同，想要与她认识，他们想要探寻那些照片背后的那一张自始至终的面孔。她忽然间被许多人熟知。

在她拍摄这些图片的时候，她的镜头对准的是人性的隐私，拍出来的图片是一个世界的秘密。现在她的图片公诸于众，接受无数目光的揣测与衡量，人们的眼睛看到的是她眼睛里的世界，她是藏在那个世界背后的秘密。

发来信件的人，好奇心都太强。他们只是好奇她是个什么样的人，用通俗的语言写成信件试图接近她的生活。很显然他们感兴趣的并不是她的作品，没有人是为了写信而写信。

她看完“梧桐”的来信，轻轻地笑了笑，这个人说话有些不着边际，忽明忽暗，但是言语深刻。他从事的工作中或许应该和文字有关。素宁只是想到这，便没有再往下想。

她同样没有回信。也不知道该如何写回信，平日里偶尔的回信也不过是一两句话的简单，没有过多的话，只是完成一个不情愿的回复。能在一张纸上挥毫万千情绪的情形，那是很久很久以前的事情，现在也似乎已经丧失了那样的能力，那样的日子随着那些已经消失的收信人一去不复返了。

一个人孤独的太久就很难再去对别人敞开心扉，长久地猜忌会使人变得矛盾，是一种不信任，对外界始终保持着一种怀疑的态度，过分着重于自我保护。

而过分注重自我的人，在某程度上说，通常也是一个孤独的人。这个说法有时候并不矛盾。

5

这一年的五月，天气持续的阴霾，上海也并没有像往年那样的炎热。

每天早上醒来，看到外面的天空仍旧昏暗，旷日持久，戴着一个阴郁的面具，没有丝毫脱落的迹象。有时候似乎都已经想不起来晴天是什么。如同一扇遮遮掩掩的旧木门凿满了时间磨打过的痕迹，深浅不一的颜色烙在上面，有凹凸不平的质感。那是一张被多少双眼睛看过的忧郁的脸。

佟西坐在休息椅上等车，晚上的 9 点半，曹杨路地铁站。

前面开走的 3 号线带走了对面站台上所有的行人，这边没有人了，那边也没有人了，列车离开的声响镂空了整座站台的身影，铁轨从远处传来的是从来没有过的寂静。来上海这么久，在一个拥挤着 2300 万人口的巨大城市，这是他第一次看到没有行人的地铁站。城市如同深邃的森林，他在这片单调的密林里见到了一朵盛开的花，那是他第一次停下脚步驻足回望，仿佛是一次奇遇。

佟西拿出手机，用摄像头拍下了这个空旷的站台。几分钟之后就有了其他行人的出现，刚才的画面便不复存在。

小丹从地铁口的麦当劳里出来，习惯性地走了右手边的楼梯。上去之后才发现站台上除了自己竟然没有一个行人，左右看了看也没有找到佟西的人影，这措手不及的空旷，她站在原地轻轻地吐了口气。身边透亮的广告牌上是詹姆斯·布朗特上海演唱会的宣传海报，前面不远的地方可以听到自动贩卖机运转的轻微声响。她留意到了这样的画面，它描绘得有些突然并且罕见，在那一刻世界安静几乎让人无地自容，所有的光线都是这幅画面中的文字。

寂静有时候会和黑暗一样，让人无法作出解释，它们的出现伴有偶然性，是一场概率很低的面对面，每一次都让人过目难忘。

没过多久，铁轨传来了震动，有一趟列车要进站。小丹抬头看了指示牌，发现原来是走错了方向，她应该到对面的站台。这是她经常会犯的错误，上来之前没有搞清楚方向。其实上海有太多太多的指示牌，指使着太多太多的方向，难免会走错。

在这一站下车的乘客寥寥无几，列车稍微停靠之后便开走了，小丹转身准备下楼梯的时候才发现在斜对面站台上的佟西，他坐在椅子上，侧着头看着另外的方向，或许在想着什么。那时候他们中间只隔着两条铁轨的距离。

小丹放下手里的食品纸袋，拿出手机拍下了对面空旷的站台以及坐在椅子上的那个安静的男人。

那是她手机里第一次有男人的照片。

“佟西。”

“给我，我帮你拿着。”

“你怎么才上来啊？”

“还说呢，我刚才跑到对面的站台上去了。”

“我说呢这半天还不见人影。”

“这个袋子里的是你的，我按照你的饭量买的，应该够吃了。”

“嗯……是不少，谢谢啊。”

“得了吧，不用你谢谢，你以后对我好点就行了。”

“对你好？那怎么才叫‘好’？”

“……今天送我回家。”

“不是说先回酒吧的吗？”

“嗯……我，临时改变主意了。”

“……”

“小丹。”

“嗯？”

“在你刚上来之前，这两面的站台除了我一个人都没有。可惜你没看到，你错过了那幅画。”

“但是我上来了不就有人了吗？现在这两面的站台上只有我们两个人，并不可惜，我没有错过这一幅画。应该是我们完成了这幅画。”

这一站的列车非常空，上去之后少有的可以自己选座位。小丹坐下之后开始玩手机。这是一个城市人乘坐地铁的习惯，用来打发掉路上寂寞的时间。从出发地到达目的地的距离是无数张陌生的面孔，每个人都自觉地保持安静，鲜有人在车厢里言谈欢笑，他们大都是外地打工者或者是旅游观光者，经常乘坐地铁的人永远都是，神情紧张，容色落寞，没有交谈的耐性。

他们终日奔波，但是生活始终无法令自己满意。

今天在舞房里看到佟西的时候袁澂还有些意外，他说，没想到你还会回来。

袁澂过生日的消息是以前一个队友在QQ上告诉他的，他几个亲信的学生还有其他的几个朋友一起过来给他祝贺生日。

佟西送他一个大黄蜂的变形金刚作为生日礼物，见到他时，佟西说，“我记得你以前说过，你说我要是送你一个大黄蜂你就教我一段套路。”袁澂笑了，他说，“可以啊，我想在就可以兑现，来，过来跳舞。”

小丹坐在后面的长凳上看他们跳舞，今天再看到跳舞的佟西，似乎有点不习惯了，仿佛如初见一样有些生涩。他已经离开这种音乐很久了。

玩累了，佟西停下来坐在长凳上休息，小丹给他递了水。袁澂拿出一包烟冲着佟西晃了晃，“走吧，抽支烟去。”

“听说你现在改行开酒吧？”

“算是吧。其实那是我一个朋友的酒吧，但是她不知道去哪里了，我现在算是代她经营。如果他们早点告诉我，就在酒吧里给你搞个生日聚会什么的，我这是昨天才知道的。”

“那倒不至于，你这份礼物已经够大了。这个人情我还不知道应该怎么还。”

“去年这个时候，我刚来上海，如果没有你和小斯的帮忙，我还不知道我现在会是什么样子。你这个人情我该怎么还？”

“你言重了。大家都是跳舞的，能帮到的就帮一把。

得了，不说这个了。你好久没来了，但是有件事我还是得问一下。”

“什么？”

“你跟那个美国女孩怎么样了，给你那联系方式有没有试试。”

“我……没有用过。”

“你说你，唉……”

“没想到你还关心我的私人问题啊。”

“你们当年那一场经典的情形，就像电影一样，一提起来让很多人都记忆犹新啊。”

“都过去了。”

“都过去了？我看是都过去了，要不然你今天会带另外一个女孩子过来。”

“这个不对啊，你理解错了，她是我的好朋友，也一直在酒吧帮忙。他哥哥也是 GLARING 的团员跳 HIO-HOP 的。听说这边有聚会，她也非要来凑个热闹”

“嗯。长得还不错，如果喜欢就去努力，就是别在感情上做窝囊废。”

“好了，打住。你越说越远。”

“呵呵，虽然不是你师傅了，但是作为朋友稍稍关心。回头想想，你来上海也一年了吧？还记得第一天看到你，布鞋、牛仔裤、黑色 T 恤还戴个帽子。”

“嗯，那时候，真是……”

“瞧瞧，这一年过得多快啊！”

“嗯……”

佟西不知道该如何来接这句话，只是袁澂不知道一年前的佟西还是刚刚出狱的犯人。佟西低下头用力吸了一口烟，他不愿再去想起以前的事情，他把所有的过去都罩在浓浓的烟味当中，没有给思绪任何出口，让它们短暂地窒息。

“你以后有什么打算，会在上海一直呆下去吗？”

“……不知道。”

“这叫什么话，搞笑了吧你？”

“其实我也想过好多次了，但是始终没有答案，后来就不想了。顺其自然吧。”

“开酒吧？”

“在她回来之前，我想会一直开的。你们有空就过来喝酒啊。”

“肯定会啊，不要求你免费，打折就行了。”

“你呢？你以后干嘛。”

“我？我就干这个。”

“跳舞。”

“嗯。”

在那一刻，袁澂无比骄傲地说出自己的人生宣言，而这同样是自己心中无畏地呐喊，胸有成竹地眺望。佟西再一次不知道该如何来继续与他的这段对话，他当初是如何义无反顾地选择舞蹈的，当初又是如何义无反顾放弃舞蹈的。那都是已经消失的梦想，那个几乎无法撼动的信念，已经妥协，最后只看到一个惭愧的背影。

其实在每一次有人提及关于“以后”的事情，佟西都感觉无所适从。他在心里发出叹息，始终无法作答。他的脸上有扭曲的表情，并且察觉不到变化，或许这就是人生。

那次交给陶莎的稿件，还没有得到确定的答复。写作是对他来说，仍旧是一条生死未卜的道路。他现在没有特殊的能力可以让他在社会庞大的人群中花好月圆，他只得落在这个酒吧里安分守己。

沿安至今音信全无，酒吧成为了一个永久待定的选择。也正因如此，他的以后好像悬挂在酒吧外面小广告牌上，时刻风雨飘摇，随波逐流。它随时可能会折断，孑然一身，自生自灭。

舞房的灯刚才还亮着，这会儿就灭了，两个人站门口都还好奇怎么回事。直到袁澂一进屋，灯便突然打开，音乐声起，他的几个学生开始跳舞。这是他们特地为庆祝袁澂的生日而编排的舞蹈。

待他们表演完了，袁澂的女朋友端着生日蛋糕来到他面前。这样的惊喜让袁澂不知所措，他站在原地无法抽动脚步，突如其来的幸福感慢慢染红了眼圈。他从她手里接过生日蛋糕交给身边的朋友，然后伸出手将女人抱在怀里。

舞房里的异动引来了好多人围观，GLARING 里也有好多跳舞的跑进来凑个热闹。人开始多了起来，佟西往后退了退脚步，看着袁澂在众人的拥簇下许愿吹蜡烛，听到他们的欢呼以及袁澂一连串地感谢，然后离开了舞房。

是真的替他高兴，能有这样的几名学生、好朋友还有与他不弃的女朋友。这样的生日算是最终完满，好朋友的创意，学生的自编齐舞，女朋友的大蛋糕，或许没有比这个更加完美的生日庆祝。能有这么多人在意这样的其实很普通的一天，有这么多人在意这样的其实很普通的一个人。

小丹从里面追出来，问他干嘛不等她。佟西只是说，担心酒吧，时间差不多我们也该回去了。

他很想说他很羡慕袁澂，羡慕他能拥有这样丰盛的生日记忆，因为他从来没有过过生日的记忆，没有生日蛋糕和任何一件礼物，过生日就像一支燃烧着充满忧虑的烟头，想想最后也不过是地上一小撮烟灰。自从奶奶离开之后就再也没有人知道他的生日。

6

杨平在办公室和新来的经理长开始时间地谈话，他对于公司的现状以及发展方向做了详细地陈述，在离开之前将公司所有资料和相关信息进行转移，象征性地完成一次职位与权力的交接，郑重地宣告了这个人生阶段的结束。在做完这道工序之后，他就要收拾东西准备动身了。

后天的机票，飞往美国。杨平在听完父亲的电话之后，很快秘书就把机票交到了他的手上。各个时段的行程都会有人为他做出详细地安排，他要做的只是去实践这条已经规划好的路线图，证明它的可行性。

当一个决定出现之后，作为执行人的自己通常都是最后一个知道，而那个时候他需要做的只不过是点头，然后便可以上路。自己就是这样一直被动地生活着，在一个草木皆兵的时代，在对人生的茫然之中，在漫长的孤独之中，一过就是二十年。他的眼前永远都会有一条宽阔方便的大路，灯火辉煌，就等着他起步前行。关于未来的理想岁月从来不需要操心，他从出生的那一刻起，璀璨的家庭背景早已经将他的人生烘托出一幅傲人模样，打上了命运的烙印。

这是父亲的安排，他作为许都的交换生去美国继续进修金融。

在电话里接到这个消息的时候，杨平也并没有觉得奇怪。这应该是早就安排的事情，只是现在总算到了履行的时候。在公司下班之后，玲珑来到办公室帮他稍微收拾了东西，一个箱子的容量，不多也不少，也并没有多少新的东西。在这里的一年时间，没有落下什么，来的时候是一个皮箱现在要离开还是一个皮箱。他拍了拍箱子上的灰尘，站起来拎了拎，比起一年前感觉似乎重了些许。出门前，玲珑问他还有没有什么东西落下了，杨平重新看了一遍这间办公室，最后的目光停留在那扇落地窗上。

只是这扇落地窗前那个固执的自己，还有背影后面一直注视着自己的陶莎恐怕带不走了。此刻，这一切都真实地存在，嵌在她的照片里的一段故事正在他的心里开始讲述，如同一段没有尽头的道路，渐渐地铺展开来。他将这些轻轻地塞入皮箱，在以后的时间里，它将与他以回忆的形式再次面对面，再次倾听他内心犹豫的声音。

当杨平离开这栋大楼的时候，头顶是正在渐渐下沉的暮色。这座华灯初上的城市，四面八方聚拢来夜色，凝重，迅疾，复杂，充满力量，天边开始显现朦胧的星辰月色，隐秘在楼群中的妖娆也在慢慢地醒来。

佟西在给艾玛的第二封信里只有一张照片，是那个空无一人的地铁站。杨平给的手机虽然高端，但是佟西把照片放在电脑上再看，还是有些不如人意。他有些失望地叹了口气，这幅图片并没有把他的意思完全写清楚。

点击发送之后，这张图片就会在世界上另外的一台电脑上出现，面对另外一双眼睛。如果最后仍旧是石沉大海，那么他会放弃这个联系地址。他没有去猜想任何理由，有时候读到一封信就如同看到一双眼睛，万千人群中总有一双眼睛会与自己产生关系，让自己回头便有留恋，摄人心魄，记忆深刻。它会在相视一刻抵达内心，成为瞬间。

但是她若没有看见，就算再发更多的信件也不过是充当一个无聊的骚扰者，最后被拉进黑名单。

杨平和玲珑下车后，打开后备箱，开始将里面那些花卉一盆一盆地往酒吧里搬，一会的时间，吧台上就摆满了各式各样的花卉。

坐在吧台里面打电脑的佟西，看到这种情况一下子没有回过神来。

“我说你们俩这是干什么啊？我这是酒吧不是花卉市场。”

“嗯……一盆都不少。”

“你们今天唱的这是哪一出啊？”

“佟西，我后天要离开中国，这些花草无处可去，就得你来帮我照顾照顾了。”

话音落地，佟西忽然转过头来。

“你说什么？”

他忽然转过头盯着杨平的眼睛，他在那一刻不知所措，脸上的表情迟疑充满忧虑，对他刚才的话似乎还没有完全做出反应。对于他来说，这是晴天霹雳的变故，根本没有在他想象力所涉及的范围之内。

人在接受突发事件的时候的第一反应，通常是最接近本性的一种略带出格的情绪表达，而那个瞬间激发的言行也是最为逼真的性情。成长的越多对本身的伪装加工就做得越好，因为每天都需要面对你死我活的竞争，不戴头盔保护，往往会造成无药可救的遗憾。

片刻过后，佟西犹豫地抬起手摸了摸鼻子，这才起身站起来。

“哦……要走了是吧？”
“嗯。”
“你要去多久？”
“也许一年，也许很多年。但这不是我能决定的。”

佟西在吧台上挪开了几盆花卉，转过身倒了两杯啤酒给他们递过去。他的脸上有被损伤的表情，但是找不到缺口在哪里。

“怎么，今天小丹没过来啊？”
“你找她干吗？还要特地跟她再道个别吗？”
“算不得特地，如果能看到的话。”
“这个，玲珑，你把那两盆摆舞台下边去。你也别在那站了，你看着哪里好就往哪摆，堆在这吧台上不像样子。”
“那好，我拿去你房间里几盆。”

杨平托着两盆花小心翼翼地上楼去。
玲珑放完花盆回来，佟西站在吧台里面，他拿着白布又开始擦那支似乎永远也擦不干净的高脚杯。这是他思考的一种方式，和抽烟一样，需要感情来做支撑。

“我也是今天才知道杨平要出国，你也别怪他。”
“谈不上责怪，只是有些突然。”
“看你有点不开心。”
“走就走吧，这也不是我们能够决定的。人若不在身不由己的时候选择遵从，便会在以后遭遇必然的无能为力。”
“这么快又要分开了。”
“你也要走是吗？”
“嗯。”
“……”
“你怎么看出来的。”

“他不是说了吗？他走了这些东西只能给我照顾了。你要是还在公司，他干吗费劲这么大老远运到酒吧来。”

“你变聪明了。”

“你要去多久。”

“跟他差不多，我也不知道。”

“嗯，早去早回。”

“你怎么不问问我去哪里。”

“这个并不重要。我也不知道自己会在这里停留多久，不知道什么时候会离开，离开时候又要去哪里，不知道哪里才是我的归宿。

但是你们和我不一样，你们有规划好的完整的人生，离开和逗留的地点都是在完满这份时间的地图。有些重要的事情，不用着急去做，耐心地去经历，这会使你的生命得到延长。”

“我似乎听懂了，也似乎没有听懂。”

“你们俩今天其实完全不用过来，我并不觉得这是个客气的道别，反而令气氛笨拙僵硬。这些东西都可以找人送过来。”

“这些东西对杨平很重要的。”

“花草本身除了生命，并没有特殊的意义，只是它们背负了人类复杂的情感，因此意义非凡，产生重量。不过，在我们身边的好多东西，往往都是失去了才知道重要。”

“人总是会患得患失。”

“呵呵。”

酒吧楼梯的位置比较靠后，并不明显，靠着酒水的储藏室，那里是酒吧湿气凝结的地方，长久的缺乏阳光。木质的楼梯踩上去会发出沉闷的声响，它被安插在这里，积满了怨气，发出低沉呻吟，永远睁不开眼睛。

杨平下楼时的脚步放的很轻，楼梯的声音显得敏感。

大厅里，佟西和玲珑还在各自摆弄着各自手里的花盆，他走到吧台里面，给自己倒了另外一杯酒。

“床边、书桌上各一盆，不喜欢的话你回头自己调整啊。”

“我看我今天是不是该关门谢客，给你俩开个欢送会。”

“我后天的飞机，她是明天。”

“行啊……你们都早去早回。不过，我有言在先，你们再回来，这间酒吧还有没有我就不一定了。”

“你不等沿安回来吗？”

“会的。但是没人知道她什么时候回来。也许她下周就回来，也许她好多年才回来。”

“也许她永远不会来呢？”

“那我就一直呆在这里。”

“DIARY 就像一个坐标。上海的位置就是酒吧的位置，而这间酒吧指示着你的存在。”

“你们东西都收拾了吗？”

“收拾好了，这些东西放在你这里我也放心了。”

“不过，你们俩这个道别太不正式了。”

“你可以去机场给玲珑完整一个送别。”

“杨平今晚上就要回白城，我明天早上的飞机。”

“行了。我都明白，以后有事电话联系，那你们该干嘛干嘛去吧。”

“……佟西。”

“这个不正式的道别也告结束了。”

每个人都有自己的命运，就像你说的，好多时候都不是自己能决定，我们的想法都有局限，那大多数是一个利益的范围圈，因而总是可以被命运轻易的制约，抓住把柄。所以需要心的决定。比如，一座繁华的城，行囊里的地图会有大路的标示，那也是繁华的表象，并不是根本的走向。只有城市被摧毁，沧海沦陷之后，你才能在残垣断壁里找到另外的出路。

佟西回到吧台里面，把电脑合上。然后蹲在吧台下面开始找 CD。他在费力地从 CD 堆中找出了李志的那张专辑《梵高先生》。

大厅里还没有客人光顾，只有不动声色的三个人。CD 的塑料盒在一片灰暗中发出碰撞的声音，听在耳朵里有些生涩，有些空洞，有些尖锐，有些说不清。

《你离开了南京，从此没有人和我说话》李志

其实这首歌它只是一首乐曲。因为曲子很短，播放完之后整个酒吧再次陷入无尽的寂静中。

它只有一句歌词，已经写在了题目上面。

“你离开了上海，从此没有人和我说话。”

7

熬了一整夜工作，自己也不知道是在几点钟不知不觉睡着的，在这个椅子上留下了又一个残缺的夜晚，时钟的每一秒走动，像是行针走线一般在缝合着一块缺裂的黑布。

她对于摄影工作持续执着，对于每一张照片存在的依赖，形成惯性的意识，简单而且专注。好多时候她都觉得，似乎这就是生活的本质内容，废寝忘食于一份工作，不为钱财，地位，权利，与感情保持距离或是将它隐藏，只是追随无数心绪盘绕之后流露的唯一走向，想要最终完成对生命的诠释，完成对于人性的抵达。它容纳了她内心所有的渴望与疑惑，那个镜头里面有她要追寻的世界和真实，完全是凭借与生俱来的性格不断在做出寻索，那是她纯粹的情感所在。每个眼中都有一个独特的世界，互相遥望，互不相干，互相无视。她要做的就是雕刻这个世界中遗世独立的画面，将所有的人的内心进行手术性质的连接，她相信会有人在那些画面中找到慰藉，焕发出感同身受的本质性情，与他们心中难忘的瞬间对号入座之后达成一种潜移默化的默契。

到快要清晨的时候，电脑收到了新的邮件，系统尖锐的提示音忽然惊醒了自己。

小窗口上显示的发件人“梧桐”，邮件的内容这一次只有一张照片的附件。素宁抬起手来揉了揉眼睛，浓烈的困意聚集在额头上，源源不断地

堆积在眼皮，头脑昏沉。素宁坐直了身子，长长地吐了一口气，摸着鼠标在附件下面，点了下预览，电脑的状态从待机转为工作，一阵机器“嗡嗡”的声响带动着桌子发出轻微的颤抖。

素宁勉强撑着精神看了一眼他发来的图片，然后把窗口关掉，身体靠在椅子背上继续睡觉。她的意识模糊，其实并没有看清楚图片到底是什么东西，也无法得知这幅画面的意义。困倦席卷她的大脑，已经无暇做出思考。

她再一次堕入无法继续的梦境。

实木制课桌，偶尔从后排飞过来的纸条，被老师用粉笔砸醒的男生，公布成绩时教室的鸦雀无声还有幻想过头顶会掉下来的风扇，同学在她睡梦中轻声呼唤她的名字。她轻轻地推开门，她看到18岁的素宁，简单的马尾辫，规矩穿着学生装，衣履整洁，和同学混在一起，去书店，看电影，收到男孩子塞进书包的情书，结交死党，在田野里追逐打闹，骑着自行车穿行过迷离的城市和疏密的人群。

她靠在门边，看到一个女子年少时期的单纯和善良，感情如同丰盈的羽翼覆盖着她年轻的肉体。那份容貌曾经保持了对这个繁华世界无比强烈的向往与渴望。

后来，关于高中时候的许多琐碎，仍旧会频繁地裸露在她为数不多有记忆的睡梦中，充当完整的角色，做出对生活细微的暗示，同时一遍一遍循着丝丝踪迹还原那份无法推卸掉的时间，让她脸红，让她不知所措，让她无法拒绝。每次面对着内心与过去复杂的连接，即使在梦境里坦然地被催眠，重新来过一段新的时光，这里如此的美，也不过是睁开眼后的烟消云散，一切还原至当下，不知可否停留。

人在不如意的时候，总是会不经意地对过去再次产生留恋，对于不可复制的人生境况触景生情，因为那里有她现在已经无法得到甚至再也没有机会得到的东西。长期处于一种孤独的磁场之中，素宁始终保持着悲观的清醒，她不去追究每一个梦境的根源，不会给每一条突然迸发的思绪留有延续的可能，这种强制的自知之明和人与生俱来的感性划清了界限，而且没有回旋的余地。面对内心趋向于感情不止的汹涌，她比任何一个时刻都具有控制力。尽管它同时也在竭力存活于她日益退却的希望之中。

所以她全力学习工作。她在思想和内心中间进行着看似顺理成章的视线转移，自那次事故之后不断累积在身上的孤独，使她的肉体有了一种过早的熟堕，过多忧郁的情绪在她青春的额头出现了细微的裂缝。

“有好多门永远都推不开，有些人永远等不来。”

这是她在睡觉前写在空间中的心情，在一个谢绝访问的空间里。

素宁再次醒过来的时候，仍旧是新邮件有些刺耳的系统提示音。

勉强坐起身子，打开来看。小丹发来的邮件，少许的文字，还有一个图片的文件。素宁抬手抓了抓头发，电脑屏幕上的发光，她又在清晨的时候看到了自己。凌乱的头发，憔悴的容妆。

每一天的清晨是这一天中最真实的时刻，它使人看清自己的处境，不管愿不愿意都要来面对一个真实的自己，这样的时分，会因为一种突如其来的心灰意冷而感慨万千，让人有些喘不过气却又真实得无可奈何。那一刻，素宁面对着一个女子，被孤独折磨的遍体鳞伤却又不愿意臣服于平凡庸俗的感情。

这一天的早上，格外的困倦。她大略看了看邮件的内容，然后将电脑合上。她离开工作的小隔间，走到阳台上点了一根烟，6 月的清晨，逐渐被点燃的蓝色天空正在透彻，有大颗的冷淡的星光。

美国的城市正在慢慢苏醒过来。

8

再次回到许都，佟西在大门口驻足了许久。看到一直有人拎着大箱子从校门里走出来，道路上停满了出租车和私家车。许多年前，他们曾经意气风发地拎着箱子踌躇满志地走进这个大门。

有的人抱在一起，有的人安静地走路，有的人平静地坐进车里。只是听不到过多的言语，所有人生怕一讲话便会撕开心口那个悲伤的缺口，空气中紧绷着的离别情绪会突然间让一个人无法自控，在眼泪中溃败。对于很多人来说，这一次的离开就是永远的告别，这段青春最华丽的时光真的就要终结了。

那些说他以后一定会再回来的人，以后再也没有回来。与他说再见的人，以后再也没有见到。

走进校门就可以看到大大的横幅，“欢送毕业学子，你们是母校永远的牵挂。”佟西略有些轻蔑地笑了笑，他也不知自己为何会发笑。

又是一年的毕业季。

《时光流转》郁冬

你说你猜不出我的想法
那时我们是多么不愿回家
通讯录上的名字渐渐陌生
多年以后你想起我拨老电话
忘记了吹灭生日蜡烛时的祈求
相爱的人还没打招呼就溜走
那痴心不改的少年我再没遇见
灯红酒绿说笑着我们流泪的昨天
时间原来就是这么简单
轻易地改变我们的笑脸
春去秋来飘落下的花瓣
重复在我们的身边
时间原来就是这么危险
轻易地改变我们的诺言
留下五颜六色爱情纪念
在每个夜晚和我缠绵
在每个夜晚和我缠绵

忘记了吹灭生日蜡烛时的祈求
相爱的人还没打招呼就溜走
那痴心不改的少年我再没遇见
灯红酒绿说笑着我们流泪的昨天

时间原来就是这么简单
轻易地改变我们的笑脸
春去秋来飘落下的花瓣
重复在我们的身边
时间原来就是这么危险
轻易地改变我们的诺言
留下五颜六色爱情纪念
在每个夜晚和我缠绵
在每个夜晚和我缠绵
时间原来就是这么简单
轻易地改变我们的笑脸
春去秋来飘落下的花瓣
重复在我们的身边
时间原来就是这么危险
轻易地改变我们的诺言
留下五颜六色爱情纪念
在每个夜晚和我缠绵
在每个夜晚和我缠绵

在一间空着的教室里，陶莎将出版社对于这本书的整体意向与佟西作了详细的阐述。对于出版各方面的问题佟西也没有太多的异议，方田将会买下这本书的版权并且负责包装出版。

“我想，这里面你一定帮了我不少忙。人情没少给吧？”

“这个不存在人情，好就是好。”

“谢谢你夸奖啊。”

“实际上，我们的团队对于这本书最看重还是你的亲身经历。

现在的出版物都在这个乌烟瘴气社会里发酵得越发浮躁。文字的写作者动机带有浓烈的欲望所需，他们的写作大多都是针对固定群体的投其所好，追名逐利地趋向利欲熏心，早已经丢弃了一个作家与作品本质的责任，世界万物在他们手里已经失去了自身的完整，不再是属于人的承载体，覆盖在上面的只是一层又一层的不甘心与贪婪，它们积累的日日夜夜就是一个灵魂逐渐放弃了生命最原始的挣扎。

探究人性，反思人生，以天下为己任的作家，只会被嘲笑，被漠视，被排斥，已经像神话一样荒唐不可及。有时候禁不住想问，这究竟是怎么的一个社会现象。”

“我们的世界人来人往，可就是容不下一张真实面孔，担不起一肩责任。”

“佟西，如果你继续写下去，或许会成为一代大家。你的文字很美妙。”

“呵呵，你太抬举我了。我这么一个没上过大学的人能写出什么惊世骇俗的东西。这本书不过是我多年来心中的纠缠与留恋，有些几乎如同梦靥，有好多的往事我仍旧无法无所顾忌地去面对，但是我不能一直躲躲藏藏，所以我写出来让更多人来与我一起面对，与它做个了断。

我只是觉得，一本好的小说应该是一座花园，它可以让读者在繁花浮世中找到归宿，释放情感。或者是一剂良药，哪怕只是麻醉剂，也能带来短暂的放松。”

“认识你这么久，还真没发现，你真的是很不一样的。”

“与杨平对比之后的不一样。”

“呵呵。”

“其实我一直很好奇，你为什么到现在都未与我提起他。我想你或许已经看过我留给他的书信。”

“我们生命中总是会存在着事情始终却始终都未能解决的问题，它们沉浮与时间之中，不与人分晓。你与杨平若隐若现的感情亦是如此，眼看着自己欲念蔓延却迟迟不决，想要得到却又惧怕失去，似乎隐约是在做一件注定会失败的事情。

你们自身尚且不敢承担，我一个局外人该有何作为。”

“你说的很对。我不否认。”

“我曾经也有过这样愚蠢的犹豫。”

“你说的是素宁。”

“对我来说，那样的一个夜晚似乎已经到达了情感的某个边界，我在那条边界徘徊了许久，无法实现突破。我坐在马路边上，看到南方漆黑潮湿的天空，人流攒动，离弃已久并且不能回去的家，爱人决裂，城市依然灯火闪耀。我低下头，双手掩面而泣，喉咙中发出掉落山涧一般呼啸的声音。后来我再也没有发出过这样的声音。”

“我看到了你书中的陈述。”

“命运不会给我们太多的机会拥有妄想中的幸福，我们在漫长的时光中追寻的爱情真谛，有时候不过是停下脚步与视而不见的细微差距。一直走在路上不曾邂逅的旅人，只有虔诚的僧侣。”

“……

佟西，欢迎你加入方田。”

“陶莎。

事实上，我不想属于任何一个团体，我只属于我自己。我没有朋友，没有恋人，这样我住在哪里都一样。有太多的牵挂会使人逐渐失去坚持的勇气，我也已经厌倦了纠缠与这些人情的稀薄和不仁。”

“你怎么了？”

“杨平出国了。”

“……”

陶莎沉默。

这样的反应与佟西猜想的一致。她与杨平的关系也许一直维持在是彼此幻想之中，谁都没有勇气能将这种幻想带入到现实中来。杨平彻底的离开，像是突然松开的手，将这场幻觉留给了她一个人，让她突然地回归自我，突然地破碎。

“这是什么时候的事情，他去哪了，什么时候回来？”

“他去了哪里并不重要。时间也许很久，也许很久很久。但是只有他自己知道。”

“其实我早该想到。”

“陶莎，好多事情并不是我们提前想到就可以胸有成竹地改变它的走向，但是没有人能够预测它的道路，也没人能够猜测它的终点。”

“如果这是命中注定，那谁都无可逃离。”

“陶莎，恕我直言，拿到我应得报酬之后我也会离开上海。”

“你把方田作为一个跳板？”

“不是。”

“那是为什么？”

“没有为什么，我在这里活的不快乐。在这里的生活，没有思想，没有信念，没有灵魂，我不想被同化成一个整日为了生计而疲于奔命的城市人，肆无忌惮地挣扎着一寸能写上自己名字的黄土。我不想坐地铁，不想坐公交，我不想无论走到哪里都要被人群挤在狭小的缝隙中，在这个城市里我走到哪里都是陌生人，所有的作为都需要金钱，否则我寸步难行。”

“佟西，你有的时候是在逃避。这个社会的本质是如此，没有人可以脱离社会而存在。想要更好地活着，有时候需要妥协。你上次的遭遇是每个人进入社会的时候都要经历的不仁不义，我们总是要亲自劈开人群，走过一条充满非议的孤独空旷的道路。”

“对于我来说，世界上任何一个地方都不足以久留，它们都是一间或大或小的旅店，我从这里走了，以后也许会回来，也许不会回来。但是我不会妥协，直到有一天世界容不下我。

陶莎，我和你们不一样。我是个无家可归的人，始终如此。”

“你想好要去哪里了吗？”

“没有。也许会回到白城，也许会到其他的地方。”

“但是，佟西，无论你走到哪里，我只是希望继续收到你的作品。”

“无论我走到哪里，人生依旧铜墙铁壁。”

“呵呵。”

“有些人打着旅行的幌子四处游走，一路上拍照片发微博，打电话排解孤独，随时需要被人关注。仍旧会漂浮在网络之中寻找慰藉，期待这趟旅程直播在网络上可以被人羡慕与赞叹，成就自己跋山涉水的憧憬，满足一颗波澜壮阔的虚荣心，最后身心疲惫还是要回到出发的地方。他们会向自己周围的人炫耀自己伟大的旅行，似乎这样就算是流浪，他们也因此终于与众不同。

他们永远走不出自己的生活圈子，其实不过是自欺欺人的外出旅游，只不过没有跟旅行团。”

“那你呢？”

“我去找个山沟沟躲起来。呵呵。至少我不需要再去小心翼翼地敷衍这个世间。”

“然后你做个放牛娃，是吧？”

“嘿嘿。

哦，对了，差点忘了。这个钥匙给你的，我想你应该知道那把锁锁在什么地方。杨平离开的时候留给我一张卡还有这把钥匙。

愣着干吗，拿着啊。最后要不要去看看那把锁锁住了什么，那是你的事情。是时候来面对你自己真实的内心了。”

“……

我以后怎么找到你。”

“放心，必要的时候我会找你的。手机对我来说只是个负担，我没有可联系的人，也没人会来联系我。”

“你想好什么时候动身了吗？”

“不。这个不需要想，我随时候可以离开。”

《麦田上的乌鸦》钟立风

你是从很远很远的地方
飞来的一只乌鸦
它们都不喜欢听你歌唱
你寂寞的歌唱
你飞过了这个城市
又路过了那个村庄
你黑黑的样子啊
人们都以为冷的像冰一样
一群孩子在阳光底下
做着游戏又跳着舞
他们睁着黑黑的大眼睛
不知道生命的痛苦

红

没有什么人能左右你
飞行的方向
也没什么地方
曾让你流恋忘返
你又看到一群一群年轻人
他们一起奋发赶路匆忙
还有那些美丽如花的姑娘
在春风秋雨里徜徉
呵呀依呀 呵呀依呀

这是一个一如既往的秋天
有着一如既往的阳光
你一如既往地飞翔着
看风儿又吹红了花朵
阳光从枝叶间漏下来
落在流淌的小溪
牧羊少年把草帽盖在脸上
听树叶在风中鼓掌
这时一眼飞来了麦穗的方向
麦浪就像大海一样
你眼前有一片
一望无际的麦田
一直连到 遥远的天边
呵呀依呀
你自由地盘旋吧
呵呀依呀
你快乐地歌唱吧
你歌唱着什么呀
是生命是爱情
你歌唱着春夏秋冬

这轮回不变的四季
歌唱着这受伤的大地
慈祥的母亲
歌唱着旅程的孤独 美丽的错误
你歌唱着日月星辰 戈壁荒漠
你歌唱着歌唱着
歌唱着金色辽阔的麦田

你是从很远很远的地方
飞来的一只乌鸦
它们都不喜欢听你歌唱
你寂寞的歌唱
你飞过了这个城市
又路过了那个村庄
你黑黑的样子
人们都以为冷的像冰一样

"陶莎，下次见面我不知道是什么时候，走之前，我想听一句真话。你是否爱他。"

……

9

走到宿舍楼片区，每一幢宿舍楼下都有人在收杂物，有人处理旧衣服，有人在打包邮寄东西。还有人在成堆成堆地买书。像是一个临时的旧货小市场，讨价还价，热闹异常。这些东西他们不要了，以成倍成倍损失的价格卖出去。不管当初他们是以什么样的初衷接纳这些物品，只是如今他们要离开了，而且无法将它们带走。

那些成堆的几乎是崭新一样的书籍，就这样匆匆履行完了它们在这个人身上的责任，写个名字，折几个角，这样便是阅读，终结一本书的生命。在与考试无关之后，它们的重量成了一种多余的负担，开始积压在床底等待着被处理。而有些书，却是从一发下来时就已经是无用。

佟西走到12号宿舍楼下，仍旧不断有学生抬着大堆的书本走出来卖。

“这些书称完之后一共算你25块吧。”小贩指着称上的数字说道。

“行啊，那就25吧。”站在他对面的学生也极其爽快地答应了。

佟西站在一边，听完这样对话，他看着那个学生从小贩手中接过那两张皱巴巴的人民币，轻易地完成了交易，只能轻轻地叹了口气。

四年大学的书本最后落得如此下场，25块贱卖出去的到底是什么。我们的大学为学生准备的究竟是什么样的教科书，为什么四年之后几乎每个学生都要卖书，为什么他们都心甘情愿地将书籍作为金钱交换的筹码。小时候老师教育我们，“书籍是人类进步的阶梯”，但是现在这个阶梯被我们的学生当做负担卖掉。读书读到大学，越读越少，最后一本书都剩不下，那么我们的民族怎么能进步，他们在看武侠，他们在看玄幻，他们在看娱乐资讯，他们不愿看书，他们将书打包卖掉。

所以我们的社会越来越浮躁，所以我们的学生越来越无知。

当然我不相信所有的学生都不会认真读书，而那一本一本崭新的书本究竟圈起是哪些人的利益圈，它们如何能进入教科书的行列，又为何能这样明目张胆地销售给学生。明知于学生无用，可是仍旧能让学生一无所知地购买，仍旧在校园里肆无忌惮的一年又一年地欺骗。

我可悲的中国教育，这个体制简直漏洞百出。已经满身虫洞，却仍旧能苟延残喘，继续祸害着一批又一批的中国孩子。

我可悲的中国学生，无知却又显得可怜。每年有那么多的孩子交不起学费书费，可是苍天知道，他们千方百计筹齐的钱换来的都是什么书。当然这不是他们能左右的事情，十多年的学生生涯他们能做的可能只是发个牢骚，然后还要低着头继续戴着手铐脚镣读书成长。百无一用是书生，多少个世纪以来，他们还是一个任人宰割的群体，又或许下一个世纪还会是这样。

算了吧，我又在胡言乱语了。

九 消失的桥

1

从上次离开这栋宿舍，这是佟西第一次回来。走在校园里，只是不知道为什么，现在再看到这些大学生，佟西忽然替他们觉得有些遗憾，其实如果他们不来上学，或许这几年会有更好的出路，踏入这样的高等学府，本身就已经限制了自身的发展。一纸文凭，也不过是一张纸而已。他们美好的四年青春换不来一个明确的前程。

记得刚刚踏入这个宿舍的时候，那时的自己带有一种近乎重生的兴奋，尽管自己不过是在借住。他以为这个充满活力的新鲜群体会带给他一段全新的人生经历。

不过后来确实有一段全新的人生经历，但是和他曾经想象的大学却是大相径庭。从那次离开这里之后，他再也没有为自己没有上过大学而感到遗憾。

小斯开门一看是佟西，还有些惊讶。

佟西朝屋里一眼望去，如今这个宿舍里除了比以前更脏更乱，其他的没有太大的变化。另外的两个人，一个外出不在宿舍，另一个还是在打游戏。

地面上丢的到处都是脏鞋子，空铺下面横七竖八堆积的空啤酒瓶，还有随处可见的烟头。佟西像是避雷一样小心翼翼走进这间宿舍，小斯拉过一个凳子给他坐下，他看了看小斯，眼神扫过这个房间，小斯只是冲他耸了耸肩，无奈地一笑。

“怎么今天有空来我这里玩了？你这是故地重游啊。”

“是啊，我故地重游可是大开眼界了。你现在没什么事要做吧？”

“没啊，我这不也闲着看电影了吗？”

“走啊出去喝两杯，酒吧你好久没有来了，我今天来找陶莎交稿的，正好来到这里，咱俩顺便吃个饭。”

“嗯，好的，等我穿衣服。”

佟西没有在这间宿舍里多呆，这间屋子里已经没有他的落脚之处了。他出门，靠在宿舍大厅的墙上，给自己点了一支烟。

大厅里停放了各式各样的自行车，形态各异，不过车身上都无一例外的蒙着一层灰尘，他们主人将他们遗弃在这里已经很久了。兴许是主人换了交通工具，不过我更相信是这些人更加懒惰，呆在宿舍里玩电脑，也不去上课，吃饭可以叫外卖，一群足不出户的宅男当然不用骑车了。

沙发上散落着个许多证书辅导班的传单，会计证，教师证，心理咨询师证，中高级口译证，纸上宣传的语言让人眼花缭乱，学习后的成果硕大，似乎只要拿到这些证件就能证明自己有一个辉煌的未来。

我们有出身证、身份证、团员证、入党证、学生证、毕业证、结业证、学位证、就业证、结婚证、房产证、住房证、驾驶证、行车证、通行证、各种工作证……死了之后还有一个安葬证。为什么人活一辈子需要这么多的证。我们的一生不断地为了拿证而奔波忙碌，不辞辛苦，一纸证书几乎搭载了所有的人生憧憬，为了这些冗乱复杂的证书，我们付出了几十年的年华岁月，到最后我们把它们压在箱底，证明我们已经老了。

大厅里不时有其他宿舍的人进进出出，有人看到佟西装作没看见，有人冲他象征性笑了笑，有人看了看他然后扭头走开。似曾相识的模糊印象，让他们对佟西的出现全部望而却步，他站在那里俨然成为了一个被揣测的目标，如今已经不是同一个群体的人，他的身上或多或少带有某些区别于这个群体的气质特征，这与任何触觉无关，他一举一动组成一个有力并且收敛的气场，使靠近他的人本能地产生戒备。

佟西把半支烟在墙上摁灭，侧身探进宿舍看了看小斯还在磨叽地穿鞋，他低下身团了一张传单砸了他一下，“你快点啊，大学上多了，行动变得这么迟缓。”

说完这句话，佟西回过头来却不自觉地笑了出来。确实，大学上的多了，人就会变得头脑懒惰，行动迟缓。

提前走下楼去，他已经不愿再在这里多呆一会儿，只是觉得乏味，非常乏味。他从未如此这般清楚分明的感觉到自己对这个环境的排斥。

佟西来到宿舍楼的大门口，脑海里是他第一次来到这里之后的喜悦兴奋状态，这里曾经让他对生活充满希望，如同一个刚刚踏入大学校门的新生，满眼都是对美丽日子美好人生的憧憬，他以为可以就此重生，他忘情地奔跑，似乎要甩掉身上一切的不幸。世界如纸上油彩一般静止，一切安然，夕阳浓烈的红色纹丝不动。

呵呵。大学。

2

素宁清醒过来之后就一直坐在电脑前，她看着清晨收到的两张几乎一样的图片，发呆，抽烟，不停地喝咖啡。

整个人长时间处于一种麻醉的状态。

“梧桐”发来的图片上是空无一人的地铁站。

小丹发来的图片上是只有一个男人的地铁站。

两张照片上右下角显示的时间相差无几，那个坐在远端的男人，虽然手机摄像有些模糊，但是他的侧脸像极了一个人。

她还记得那次小丹醉酒后接电话的那个人，他对自己说，“我叫吴佟西”。这个声音脱口而出，瞬间刺破皮肤，注入血液，流满全身，无法动弹，这声音曾将她逼向破碎的边缘。在那一刻，她只是忽然觉得大脑一片空白，她与他的一切事情，已被搁置并且无限推远，一路静默，前路茫茫。这仿佛就是一场梦魇，一直笼罩在她之后的日子中，如同穿越一条无限的黑暗通道，处处担惊受怕，素宁内心的怅然与焦虑，最后被两张图片证实，她在这清晨看到一条爱情的深渊。

小丹喜欢这个男人。

现在她与妹妹喜欢的是同一个男人。

“梧桐”就是吴佟西。

他喜欢自己的摄影集，还成为了自己的粉丝。他给自己写信，希望得到回复。

小丹偷偷拍下这个男人的照片，发给自己，希望与自己分享她的爱情。

几个小时之前他们还在一起。

她离开上海的这么多的日子，或许他们经常会在一起。

她将这所有的一切在屏幕上清晰地写出，前后连接，这样焊接起来的一个令她几乎疯狂的故事，逐渐显现。她不敢再往下想，她只是意识到自己会因此变得更加的撕裂而存在。女人只能在感情中苏醒复活，素宁面对着眼前的两张照片，面对头脑中已经确定无疑的无数证据确凿地幻想，她渐渐将自己逼向崩溃，她拼命地抽烟试图压制早已开始蔓延的撕心裂肺的痛苦。

这样的当下，素宁的爱情在照片中的这个地铁站分崩离析，她守候了这么久的孤独，几乎要寂寞至死的孤独，现在彻底将她吞噬。也许她映像中的爱情就在这个地铁站被列车撞死了。她将烟头摁在桌子上，慢慢开始变得用力，从手腕到手臂，从大脑到眼睛，不停地用力用力，内心有一种要碾碎一切的巨大恐怖的疯狂，在她心中复活的是一头兽。烟头在她的手里变成粉末，握着爱情的手，截肢丢失，握着香烟的手，开始颤抖。烟灰缸碰翻在地，玻璃清脆的爆裂声如同内心挣扎的情绪，汹涌喷发，再也无法压制。

素宁猛地从椅子上坐起来，在桌上乱翻一通，纸张图片在剧烈的动作下“哗哗”作响，没有喝完的咖啡碰洒在桌子上，沾染纸张，沿着桌缝不停地往地下滴着。她在一片混乱中找到手机，在喉咙中卡住的嘶喊似有还无，眼睛里的泪水没有知觉地涌出，源源不断地滑落。

她与佟西之间两年来虚幻的感情一直到现在没有人说分手，也没有人说再来牵手。他们的爱情彼此心存不舍，即使如此长时间荒唐的冷落，被搁置在这个世界无人问津，处于冻结状态，仍旧没有人首先离开。他们分隔两个半球，默默无言，独自度过着自己的生活，无人说话，无人消愁，无人担心，无人做伴。他们用不同的方式对抗着时间，克制着如潮水一样起伏、混沌而且剧烈的孤独，尝试和实践一切手段，使自己保持独立完整，不再参与男女之事产生纷扰纠葛。

没有人知道他们在等什么，或许他们自己也不知道。爱情曾经如此剧烈，爱情也曾经如此残酷。

其实爱情有时候不过只是一个人的事情。

《如何掉眼泪》郑秀文

如吃掉芥辣都不刺鼻
洋葱不再释放伤感气味
也许我今晚应该约你
看一出悲惨戏
明明暗地里是爱到要死
偏要扮成二人是知己
落泪都需要避忌
连情绪崩溃亦怕骚扰你

如何掉眼泪 让哭找不到根据
这爱情没你准许
笑我没有这资格 别为你心碎
如何掉眼泪 自知身份都不对
要决堤 没缺口
让苦恋哽于心里 冲积结聚

完场时仍然让这秘密 埋藏在眼睛里
玫瑰盛放让花粉扑鼻
阳光多猛双眼都不要避
最好有风叫沙砾四散
刺激多些分泌
然而继续暗地爱到要死
一再扮成二人是知己
落泪都需要避忌
连情绪崩溃亦怕骚扰你

如何掉眼泪 让哭找不到根据
这爱情没你准许
笑我没有这资格 别为你心碎
想因你痛快地流泪
愿眼泪 像被你榨取
不想这一世 如同这死水
如何掉眼泪 让哭找不到根据
这爱情没你准许
笑我没有资格 别为你心碎
如何掉眼泪 自知身份都不对
要决堤 没缺口
让苦恋鲠于心里 冲积结聚
完场时仍然让这秘密 埋藏在眼睛里
没借口哭得心碎
只想眼泪
回流时连同着这秘密
埋藏在血管里

素宁拿着手机，慢慢走到客厅，扶着沙发坐下，定了定神，然后打给老师电话请了事假，接着打电话订了回上海的机票，明天最早的一班。

这个男人是上帝安排在她命运里的无法避免的路途，如今她已经无法再多做停留，她必须要亲自回去将这一切做个了断。

3

“我说佟西啊，咱也不用逛了，就这家吃吧。你以前又不是没来过这里，学校附近的都差不多，地沟油吃了这么多年，没事。”

“嗯。走吧，进去。”

“今天咱俩这酒怎么说？”

“管够。”

“哈哈。这就对头。

佟西啊，从你离开许都，今天这是头一会回来吧？”

“好像是吧。”

“刚才你说来交稿的，你的作品什么时候能出版啊。我也去买本回来读读，顺便给你跟个销量。”

“这个要看方田出版社了，我要做的事情已经做完了，其他的就交给他们来做了。”

“其实当初，你跟我说你买电脑要用来写书的时候，呵呵，我当时还真有点不信。”

“没什么，就连我自己都不相信我一定能写完，就算写完了也不一定能出版。”

“你以后还继续干这个吗？”

“我想会的。但是我不知道会是什么时候，也许是明天，也许是下一个十年。我的写作不会去凭空捏造一段感情纠结，虚拟一场是非。只有我经历的，我才能将它们斟酌着叙述下来，流露情感，面对真理。下一个发生的新故事我只能期待，不能猜测。”

“小斯。你想过以后做什么吗？”

“我？”

“也是啊，你今年才大二。还能再玩一年。”

“你这叫什么话……我也不知道我以后能干什么，我想过但是这始终是个没有根据的假设，没有可以立足的现实。我并不喜欢无端去妄想什么，这个问题没有讨论的意义，过。”

“你喜欢 DIARY 吗？”

“嗯，挺喜欢的，我以前也想过要开个酒吧或者咖啡馆之类的店铺，但是现在不是念着这个苦逼的大学了吗？”

“呵呵。苦逼形容不了你。”

“是苦逼形容不了我。”

“小斯。我想把 DIARY 交给你和小丹。”

“你说什么？”

“我要把这间酒吧交给你和小丹。”

“咱俩这还没喝几瓶呢，你没事吧你。”

“其实这件事情我考虑很久了。

你先别着急问，给你看这个。”

佟西放下筷子，站起身来从牛仔裤后口袋掏出一封书信，信封选用的红色朱砂纸，映照在渐渐黄昏的夕阳中，红色绽放的更加浓烈。拿着它在小斯眼前晃了晃。“你猜，谁寄来的？”

话没说完，小斯从佟西手里把信抢了过去，他将信封摆正，端详了一下，但是上面没有寄信人的名字，他有些纳闷，抬头看了佟西一眼，佟西没有说话只是埋着头吃着菜。

佟西：

我是林沿安。

上海一别，匆匆数日。希望你那里现在一切安好。

我现在在苏州的平江路，你收到这封信的时候差不多应该是一年之后的今天。我路过这家店，“如果声音不记得”。我在这里写一封信，店主会按照我的要求在未来的某一天把信寄出去。

天黑之后我将会乘坐北行的火车前往乌鲁木齐。当我铺开中国地图时，我没有特别的想法，也没有企图去完成一次充满幻想的旅行，我只是准备换一个地方重新生活，我要找一个地点把自己埋进去。选择在那里并非是做出逃离，这应该是我下一段的寻找时间，在一个全新的世界里，收藏一个自我，隐蔽一个自我，释放一个自我。我还会在那里开一间叫做“DIARY”的酒吧，打扮我的夜晚，然后在每天的清晨遥望最东面美丽的上海。

有些地方，我不愿再做停留。有些地方，我不愿再去。就如同有些人，我不愿再见面，并非他们已经消失或者已经无法跟寻，只是他们与我的故事已经结束，他们在我的记忆里没有存在的意义和空间。我每一次的离开需要将这一切的事情打包冷冻封存，不让它们有还原显现的机会，因为它们的存在会来挤压我的新生活会让我失去平衡。

我不知道我是不是还会离开一个地方，会不会再次怅然若失地在一副辽阔的地图上失望。或许我只是被安排在等待某个人来，他会带着我再次离开。

好了。

就写这么多。

我又要准备出发了，其实我们每个人都要做好一个人生活的准备，能够获得爱的机会事实上是那么的渺小。好多人一生都无法获得相爱相知的愉悦与欣慰，这都是命中注定的，他们命中注定没有那样的人出现。

而我们，还要等待。

继续等待。

沿安

小斯看完之后把信装回信封，右手摸了摸鼻子，他想说些什么，但是似乎又找不到言语的源头，表情显得有些僵持。佟西拿起筷子敲了一下他手边的酒杯，然后两个人喝干这杯酒。

“佟西，你确定你看懂这封信想要说什么了吗？”

“其实好多时候我们自己都不明白自己想要说什么，我们写信或者讲话的初衷也许和我们最终完成的言论并不能一致。我也无法去猜测沿安到底要告诉我什么。”

“那你刚才跟我说的是什么意思，我快被你俩搞糊涂了。”

“很简单，就算没有这封信，我仍然已经决定要离开上海。”

“那我就可以理解为，你今天就是来找我道别的。”

“我不喜欢现在的生活，当初我在接受它的时候并没有做下期许。我只是完成了这一段时间的接替，并非要与它同生共死。

我在这里每天的时间研磨着几乎一样的生活，这样消极的循规蹈矩太容易消磨人的意志，失去自我之后就会随波逐流，时间久了，人懒惰自私的本性就会无休止地放大。我必须离开这个安逸秩序，需要去寻找一个属于我的生活。”

“其实佟西……”

“不，小斯。你不要试图来说服我。我知道你想说什么，我们好多人其实每天都活在各种各样的不如意当中，没有一个十全十美的生活。我并不是要去躲避什么，我只是要按照我自己的意愿来消耗我的生命，这个世界有太多的人的生命并不完全由自己支配，他们牢骚满腹，郁郁不得志，身不由己却又不得不服从生存的压力。他们在虚拟的网络之中逞一时嘴快，只是回到当下仍然没有勇气离开这样的生活。

我离开这里是因为我要做自己生命的主人，要做自己生活的主导。在上海的生活，我虽然有比较自由的时间，但是我的空间一直被限制在这间酒吧，我寸步难行。与它为生，这样消磨一月又一年，早晚我会被自己杀死在这个空间里。”

“我也没有准备要反驳你什么。和你相处这一年多来，我很清楚你的秉性。当你要决定做一件事情的时候，没有什么理由能够拦得住你。有时候你这样痛快的率性而为也是我想要的。

说到这，我只是想，佟西，你是不是还有另外一条原因。”

“什么？”

“因为杨平的离开。”

“……或许是吧。”

“没有或许。

佟西，其实我很羡慕，很羡慕你和杨平。虽然你也把我当你的好朋友，但是小斯再如何如何，杨平都只有一个。

人浮于事，婚姻大多数只不过是个形式，仿佛一枚永远脆弱的剪纸，无论用什么方法将它保留都无法避免情感和想象在每日的生活中消磨折损。长期的婚姻，最终退变成一个习惯，涵盖着共同的责任，义务，维持一个稳定的秩序。别人说这是一种情感的默契，可是在我看来这只是一个渐渐消失自我的过程，本身具有的骄傲，坚持，深刻，软弱所有个性都会在这个固定的框架中失去活力。

但是一个挚交能唤醒隐藏在婚姻中的另一个自我。一生若能得一如此朋友，不枉此世为人了。

我只能算是你的第二知己吧，而你走之后，我身边再也没有这样一个人。"

"人生无论长短深浅，华丽或者平凡，始终都需要伴侣。与你依傍相随的人，也许是爱人，也许是友人。无论颠簸坎坷或者相顾无言，这样的人生才算完整。

我已经是一个扭曲的人，我的命运早就决定在路途上无所停靠。而小斯，你不一样，你有完整的成长，完整的家庭，有完整的生活环境，完整的未来规划，最终你也会拥有一个完整的人生。

你的父母，亲人，好朋友。这些东西是你的财富，同时也是你的责任。我只有一个人，但是你不是一个人。你可以选择自己颠沛流离四处流浪，忽略你掉原来所有在你身上的生活痕迹，等待岁月来重新雕刻一个自我。但是你始终无法获得自由，无论你走到哪里他们都会在心里与你如影随形。"

"这何尝不是负担。"

"如果你远行，他们会因为一座城市来定义一个人，就是因为你的存在。你在他们心里就是一座城，他们要倾尽全力来保护的一座心城。

"你想好要去哪里了吗？"

"还没有开始想。我觉得我该拿出中国地图来寻找一下。"

"像那些文艺青年一样，爬西藏，走内蒙古，游云南。"

"我觉得可以去放羊。"

“你又开始搞笑了。发现你越来越不正经了。”

“嘿嘿。”

“来，喝酒。”

那一天，佟西和小斯坐在学校附近的小酒馆里，他们在里面坐了很久，聊天并且不断地饮酒，两个人在浓浓的啤酒味中等待黑夜的到来。

他们谈话的内容，涉及爱情、人际、未来与前途。这是他们之间时间最长的一次谈话，也是唯一一次内心的谈话。没有目的，没有局限，没有掩饰。完全是最真实的想法，最真实的流露。

人的生活中，会有很大的一部分时间在与陌生人擦肩，或者自己作为陌生人与他人擦肩。好多时候与别人的对话都是自说自话，你无法将一段言语对他说的完整并且心甘情愿，你的诉说带有隐瞒，他的收听带有猜忌，可能他也听不清楚，只是这样的对话像是一场隐形的心理攻坚战。

这都是与自己无关维系的人，没有真实而深刻关系的建立，与他们的相识与分别只不过是一句话的事情，你好，再见，简单容易。

那天晚上直到深夜，佟西才和小斯微醉走出酒馆。佟西来到路边打的，离开了许都大学。小斯靠在不远处的公交站牌下给自己点起一支烟，他在车窗外面向佟西挥手。街边的路灯光芒闪耀，两旁的路景迅速地在他的脸上闪过，佟西忽然想到白城那个公交站牌，那里是他从牢狱里出来的第一站，在那个晚上，杨平抽着烟靠在站牌下孤独地等待着他的回来。

汽车在高架桥上行驶，收音机里播放着夜话节目。主持人有着浑厚沉稳的男声，每天夜晚的这个时间里，他一个人坐在椅子上，戴着耳麦，小心翼翼地倾听着来自四面八方的寂寞，解答着无数个世界的失眠。

《雕刻时光》钟立风

雕刻完这段时光

他就要去远方

直到最后他变成雕像的模样

看到有人经过
会亲吻他的脸庞
或者疲倦、温柔地靠在他肩上
无边无际的喜悦
一点点疲倦和伤感
在雕刻后的时光里美妙地流转
一扇大门的关闭
一扇窗户会为你开启
悄悄的 没有了嫉妒 仇恨和猜疑
雕刻后的时光
纯净又透亮
亲吻如此漫长
时光去了又还
雕刻后的时光
纯净又透亮
亲吻如此漫长
时光去了又还
雕刻后的时光
纯净又透亮
亲吻如此漫长
时光去了又还
然后我们就可以坐下来相互打量
恰巧这时候山岗上飘来醉人花香
它雕刻着时光
时光仿佛停止流淌
没有人看见他眼角隐约的泪光

佟西转过头侧向窗外，他在汽车的后视镜中看到自己，看到自己在上海一年的旧时光一层层消失在后视镜里，DOS team、GLARING、袁澂、许都大学、杨平、玲珑、小丹、沿安、阿盛和他的摇滚乐队，最后还有陆小斯。

哦，对了，还有一个人。

还有一个秦素宁。

还有你。

素宁。

4

飞机降落到浦东国际机场。

素宁跟随着人流走下了飞机，面无表情，额前的刘海显得有些杂乱，她的精神并不好，整个人走路摇摇晃晃地看起来十分单薄。这一路上身体在不断地睡觉又醒来，机舱里的闷热混合着各种人身上的气味，干燥略带些油腻。她在这种气味里朦胧地醒来又朦胧地睡去。

飞机快要落地的时候，她在空中拉起遮光板，她又看到了地面上熟悉的建筑，空气中似乎游动着一种若隐若现的引力，它导向你的视线和情绪，追逐你的回忆，释放你的期待，感情在空中将完成与地面的焊接，思绪已经落到地面开始延伸。她开始想象着降落之后的人群，想象着他消失了声音的那条街，想象着她追随落日的那个天台，想象着这个留不住爱情的城市。

原来这就是回家的感觉。

这一天的上海，阳光明媚。

下飞机之后，在通道里她从包里取出墨镜，将满眼的哀伤隐藏在镜片后面。

她走过接机口的时候，不知为什么，自己渐渐放缓了脚步，刻意地去扫视周围的人群，来来往往的陌生人，她想要在这中间寻找一双眼睛，他的眼神一直在她的脑海里游动。她应该知道自己在期待一个明知不会发生的事情，这是一个已经被确定过无数遍愚蠢的假设，她在人群中的每一次转头都带有无中生有的想象，她尝试对如果的凭空猜测甚至预设，但是人生没有如果只有后果和结果，越去想象就越会使自己万劫不复。

一路来，她一直清楚地记得，一年前在这里，她摘下眼镜的时候在人群中看到的那个人，他在不远处与自己相识而立，然后消失。

素宁在机场没有做过多的逗留，她打车离开。

上车后她告诉司机，她要去虹桥体育馆附近的一个叫 DIARY 的酒吧。

5

下午。酒吧。

佟西蹲在吧台下面整理那些成堆的 CD，塑料外壳连续摩擦碰撞的声音刮着耳朵有些生涩。他现在要做的事情，就是将这些杂乱的 CD 分类放置然后收藏。这些东西，沿安离开的时候没能够带走，这一次他的离开同样不能够带走。他不知道自己的归期，或者根本就没有归期。

如果自己离开时会觉得有什么东西放不下的，那也就剩下这一堆的 CD 了吧。整理完了，佟西从手边抽出一张 CD，放出来听。他靠着墙坐在地上，抽一支烟。

这样的场景在浓浓的烟味中似曾相识，他忽然才想起被他尘封起来的尚舞堂，现在的大门上应该是一把落满灰尘的锁，里面是与世隔绝的时光，许多人的青春，许多人的梦想，许多人的秘密。一年前，他将尚舞堂关闭，只身一人来到上海学跳舞，期望能够有所达成然后回去壮大尚舞。

想到这里佟西不由得笑了笑，也算作是对自己的嘲笑。一年前他踌躇满志地拎起行李踏上旅途，期待着一个充满希望的明天。如今他再次准备出发却像是一夜白头，那时候的想法，只有在出发之前的想象中才会一帆风顺，经历到残酷的现实中只能处处碰壁，完全客观的被逼迫到无路可走，无法说服自己，同时也失去了选择的余地，最终选择自保。这一次他不会再对自己的想法作茧自缚，还没有开始就已经被捆绑而损伤。

也许人只有完全处在无牵无挂的境地时，才能真正获得安逸潇洒的生活，当然这或许是人性的自私，这也是他自己最后的选择。

小丹来到酒吧之后，四下里空旷无人，她一眼就看到从吧台里面不断冒出的烟，不觉得心里开始有些发毛，喊了佟西几声也不见有人应答。这下越想越慌，她把包放在椅子上，从手边的桌子上拿起水杯打开饮水机倒满水，然后毫不迟疑地跑到吧台边泼向疑似着火点。

“喂！你这是要干嘛……”

佟西蹲坐在里面，抬头看了看她，然后摘下耳机。他被泼半身的水，头发湿了一半还在不停地往下滴，手里捏着已经被浇灭的烟头，一脸狼狈相。在他旁边的垃圾篓里是还没有烧完的纸。

“我看这里冒烟以为失火了。”

“那好吧，小丹同志，恭喜你！灭火成功！”

“……你这是在烧什么？”

“没什么。

我上去换件衣服。你在下面先帮我把这些CD装进那个大箱子里去。”

佟西站起来，看了看她，有些哭笑不得。脱下湿哒哒的T恤，团了一团，用它擦了擦头发，然后走上楼去。

“那个……不好意思啊。”

“呵呵，没事没事，反正你大神经又不是第一次了。我等会就下来。”

“哦。”

“对了，我等下要出去一趟，你在这里看店啊。”

“嗯，知道了。”

佟西走到楼梯口又回头望了她一眼，小丹还端着水杯站在吧台旁边，他冲她轻轻地笑了笑。

其实她不知道，刚才他烧掉的纸张就是写给她的信，佟西不知道该如何去对她说，我要离开上海了，不知道以后会不会回来。

他把言语写在纸上，但是写完却又烧掉。他只是忽然觉得这是一件很落寞而且矫情的事情，甚至感觉自己在编导一出自作多情的苦情戏。他和小丹之间模糊的关系，似乎就是一颗心每天每天被一只手紧紧地揪着，可以跳动但是并不自由，一直有一根细弦绷在两个人之间，若是碰断就是破碎和尴尬的两步田地。他不能和她在一起，他却始终找不到一种妥当的方法让小丹平静地接受自己无缘无故的离开，而且不失分寸进退自如。

佟西走上楼梯后，又悄悄地回头看了小丹一眼。那一刻，他能感觉到她在一点点的疏离，远远看去她的面容在这间酒吧里慢慢下沉，这间酒吧在他的眼睛里渐渐下坠，最后都会成为陈年往事。

他最厌恶告别。可是他的人生却总在告别。

6

从虹口体育场下车后，询问了几个路人，素宁找到DIARY所在的街道。远远看去，DIARY酒吧外观仿佛一朵巨大的红花，日日夜夜，长盛不衰。

走在这条路上，能清楚地听到自己高跟鞋踩出来的声响，街道上鲜有车辆经过，外出的行人不多，一眼望穿但是看不见出口。下午慵懒的阳光，如同水般缓缓注入这条街道，孤独和清净在这里慢慢地得到消化和吸收。

素宁走到酒吧门前，摘下眼镜，透过玻璃门可以看到里面有一个女孩在忙碌着什么，是这里的雇员又或许是佟西的朋友。

哦。

佟西。

她从地球的另一面飞过来就是要来见这个男人的。此时此刻，她和他只隔着这一扇玻璃门。推开它，闯进去，与他对峙，最后两种结果。分手或者不分手。

那么就这样干脆利落地结束。

曾经她的孤独如同刀锋一样锐利不可消磨，曾经她的想念执着坚固由不得有半分迟疑，曾经她对自己的过去划分得一清二白不让它有丝毫的负赘，曾经她对感情的信念既往不咎燃烧掉所有企图模糊界限的杂草。她的曾经，她所有根基可循的曾经都源自这扇玻璃门后面的那个男人，经由不同的年龄阶段，体会不同的人间情感，她最后来到这里与他会面，将自己澄清将爱情照亮。

素宁站在门边犹豫的间歇，女孩将门轻轻地拉开了。

“素宁姐？怎么是你啊，我不会是在做梦吧？”

“小丹？”

“对啊，我是小丹啊。你什么时候回来的，怎么也不通知我们呢？”

“我……我今天才回来，还没有来得及。你怎么在这里啊？”

“我没课的时候就过来帮忙啊，这是我朋友的店。”

“你朋友的。”

“他叫吴佟西。上次我喝醉那次，跟你通过电话的那个。”

“嗯。吴佟西。”

“姐，别站外面了，进来说话。”

“他在吗？”

“没有，他刚刚出去了。”

“哦。好。”

素宁在酒吧里四处转了转，空间布局，装潢饰品，这里的每一件物品上面都保存着他的生活习惯和一贯的喜好，偏爱苏格兰花纹，仍旧保持着收藏 CD 的爱好，红色和黑色的搭配一直是他喜欢的颜色配对。对于酒吧里的一切她都不曾持有初见的神情，仿佛她以前来过这里了。她可以想象出他在这里度过的这一年，平淡无奇，被时间拖动，没有格外醒目的标记，单纯的一成不变的生活。

是不是这里的生活已经存在收容他的力量。

他已经心甘情愿了吗？

今天在这里见到小丹虽然有些突然，但是已经不出乎意料了，在她的设想当中，现在应该是三个人站在这间酒吧里，面对面，沉默无言。这本不是她设下的局，而是她早晚要面对的局。

在过去漫长的一年里，素宁与佟西，两个人各自失散，同时被冷落在对方的天涯海角没有余地。在这一年来，每次涉及这份感情，两个人都需要故作坚强和无畏，而这需要多么大的勇气来承担记忆带来的一次又一次的创痛。这么多不为人知的日夜，他是如何度过的，她又是如何经历的。

罢了。罢了。

不提这些了。

素宁坐在吧台前，没有说话。对面的酒架后面的铜黄色镜子里看到自己的脸，像是一朵绽放在面容上的花，随着爱情开花凋谢，坚不可摧又显得摇摇欲坠，无限哀愁却充满力量。良久，她触摸到了从眼角渐渐涌出的滚烫的泪水沿着她曾经爱情的纹理缓缓地下坠。从一开始的炙热，到然后是温热，再接着是微热，最后完全冷掉，从脸上无声无息地滑落。再后来也没有了感觉，就任凭它不住地流下，就这样的慢慢慢慢泪流满面。

小丹被素宁这样的表情吓到了，赶忙拿来纸巾递到素宁手里。

“姐，你怎么了这是？你别吓我。”

小丹只能一脸茫然地看着素宁，她站在一边不知所措，这个局面已经有些失控，她只能看着，她的手触摸不到任何的开关。

素宁没有用纸巾擦去泪水，如果这份爱情还有泪水，那么就这一次让它流干了吧。

“小丹，佟西的卧室在哪里，我想上去看看。”

“那边楼梯，上楼左拐红色的那个门。”

“你在下面吧。我自己上去。”

“姐……”

“姐姐没事。放心。”

“这是钥匙。”

“好。”

7

佟西从 GLARING 出来，这一趟行走算是完成了一个不能名状的心愿，他不是为了去见到谁，他觉得他还要回到里看一眼，想回去看看，还想再回去看看。如果袁澂和 Edison 在，那么刚好可以与他们抽一支烟。

他在 GLARING 吧台前面的自由休息区坐了很久，在这之间他遇到了一些舞团的队员，平日大家不怎么熟悉，不过混个脸熟。见一面不多，不见面也想不起来，与他们相识无关紧要，与他们相处随心所欲，近乎零价值的存在。但是想想，这样的人却占据了我们交际生活中的大半，好像每天出门都要频繁地打招呼，但是回头就把他忘掉了，直到下一次再遇见。

当然这种关系都是相对的，我们自己在其他无数人的交际生活中同样也会充当一个无足轻重的角色。见面活着，不见面就消失。

佟西与他们各自打个招呼，然后各自离开。

小安从训练室出来后，没走几步看到了坐在一边的佟西，自从佟西离开萝卜团之后很久没有见过他。小安撩起T恤擦了擦汗，朝他走过去。

“哟，佟西，好久不见了，今天怎么有空过来玩呢？”

“嘿，小安。”

“要喝点什么吗？”

“不用了，我又没有跳舞。”

“你现在在哪里发财了啊？”

“哪里发什么财。我今天没事，顺道路过这里就过来看看。”

“你们平时都忙，不像我还是学生。”

“瞧你这一身大汗啊，现在进步不小了吧？”

“呵呵，等会进去跳跳啊，反正都来了。”

“我现在不行了。袁澂下午过来吗？”

“他晚上应该回来。”

“哦。”

“那我先进去了啊。”

“好，你忙。”

佟西看着他拿着雪碧再次走进训练室，脸上浮出一丝含义不明的笑。他打开背包，看了看那张在来的路上已经买好了的机票，今晚上海飞往乌鲁木齐。

小安是他今天在GLARING见到的最后一个熟人。

左手边的教室在上JAZZ，吧台右边的橱窗里摆放着GLARING推出的T恤，裤子还有鞋子。正前方还是那个大的挂壁电视一直播放着GLARING

街舞团体的宣传片。佟西有几个月没有来过这里，不过还好，一切都是老样子，这让他有些暗自庆幸。这样他仍旧可以是这里的一位老朋友，仍旧和这个街舞团体保持着一段相同的记忆。

佟西在离开的时候，在吧台买下了一件红T恤。有时候心里的一些情绪说不上为什么，也不必与自己争辩是否必要，就让它以原始自然的形态存在，内心同时承认它的存在。如果没有实施的余地，那就将它悄悄地隐藏。人很多时候不需要与自己争论不休，思想斗争的你死我活最终摧毁的是自己。为了探究这个世界的尽头，他还要流浪许多的路途，继续阅读不同生活不同性质的人，让视线延伸到天涯海角的出口，还有心里正在消失的爱情。

他将会带着这件衣服再去生活，这件衣服上面将会记忆下一段生活的气息，它会和眼睛一样收录一段光阴岁月，越久越浓重，无法磨灭。在经历过无数次的清洗之后，它将蜕变成一个鲜明的标志插在某一段记忆的山坡上，永远在时间里飘摇。

离开GLARING，外面已经是霞光万丈。

佟西打车回DIARY与小丹道别。

8

素宁从二楼走下来，脸色有些苍白，眼泪淌过之后留下的是一座感情的废墟，她在来时的出租车上补化的妆容已经被眼泪冲的七零八落。她在佟西卧室的床头柜子里看到一张女孩的照片，同时她也留下了一张照片。

吧台上小丹在专注地擦着一只高脚的玻璃杯，这是佟西每天都要重复无数次的动作，她从他那里模仿过来的动作，尽管这是一件没有时间，没有局限的事情，只有开始，没有结束。

她手里的那只杯子如同清澈的婴儿般透亮的眼睛，似乎又永远也擦不干净。这只杯子从沿安手里接过来仿佛就注定不会有完全清澈的那一刻，就像她的眼神一样，迷离，飘忽不定。佟西对她说其实时间从来都没有停止过对这个世界的覆盖，每一秒钟都会有灰尘从走动的时间里脱落，然后不为人知悄悄地落下，堆积的多了，时间就久了。

素宁下楼时，木板的声音有些吱呀，小丹停下手里的动作，她抬起头来，她看到了一个将近二十年来她从未见过的秦素宁。

“小丹，我这次回来的事情不要告诉家人。”

“姐，你到这里来到底是为了什么？”

“没为什么，我只是来解决一件一直没有解决的问题，迟疑和推脱只会让它更加棘手。不过，现在一切都明白了，我该回去了。”

“这个和佟西有什么关系？”

“已经没有关系了。”

“姐，你执意不愿告诉我。我在你们这个故事里多余了是吗？”

“你不要猜测，以后你会知道的。姐姐有好多事情并不是不想说也不是不能说，而是说不清楚。你可以疑问，但是无须再问。”

“那就是和他有关。”

“那是和爱情有关。”

“……他很快就会回来了。姐，你再等等。”

“小丹，我们每个人一生要趟过无数的大河，一定有一条表面清澈无比水下却暗流涌动的河，那就是爱河。你要度过，千万不能沉没。”

“那我该怎么理解你这次的回归。”

“我来归还一个东西。”

“他会接受吗？”

“他可能早就放弃了。”

“你什么时候回去。”

“我订的是往返机票，今天晚上就回去。我马上要回机场了。”

“姐，今天我只感觉你像一个忧伤的旅人，让我熟悉又陌生。”

“这是第一次也是最后一次。从此以后，一切都好了。”

素宁摸了摸小丹的长发，拿过她手里的高脚杯放在眼睛上看，已经如此透亮的玻璃杯仍然能够将视线搅动的模糊一片，玻璃杯外面的世界，模糊一片。素宁嘴边裂出一丝苦笑，她把杯子还给小丹，她说，我走了。

9

回到DIARY之后，整个一楼酒吧除了几个看报上网的老顾客，佟西始终没有看到小丹。他回到吧台，把沿安留下的高脚杯重新装回盒子，然后将那一整箱的CD放在柜子里。它们要留在这里，等待它们的主人回来。

佟西把盒子拿上楼，准备装进自己那个行李箱一起带走。他推开屋门之后，却看到小丹坐在自己的床上，只是那一瞬间佟西忽然感觉头大了。

“小丹？你怎么到我屋里来了？”

“姐姐给你留了东西，你自己看吧。”

“姐姐？”

“秦素宁。”

“你说什么。”

“就是你钱包里的那个素宁。”

小丹拉开床头柜最上面的一层抽屉，看了看佟西，又转头看了看里面的东西。佟西几步上前看个究竟，其实他早该料到会有这么一天，他和素宁之间这场藕断丝连的感情迟早要有人出来一刀两断。

如今她真的那么做了。

两个人没打算放弃，却也没有努力珍惜和争取，只是呆在原地消极地等待和张望，对于他们而言，爱情因为不敢面对而最终变成悲剧。

“佟西。这一次你要去哪里？”

“……”

“你什么时候走？”

“……”

“你以为你不说话就什么都能解决吗？什么事情都能等着被时间冲走，

为什么要把所有的过错都推给时间。

你要是还爱着素宁，你现在就去浦东国际机场，你去把她追回来，你去告诉她你爱她。你坐在这里一句话不说，等着收拾东西滚蛋走人去到另外一个没人认识你的地方躲起来继续沉默，这就是你面对人生的方式吗？你为什么一直都在逃避？

对于素宁，我自己还有这个曾经消失现在又突然出现的林沿安，你从来没有对任何一个人明确过你的态度，像个真正的男人一样坚守自己的爱情阵地，你总是在徘徊不定犹豫不决。这些事情在我看这两封信之前我都是不知道的，我不知道你在爱情里其实是一个懦夫，是一个渴望得到又害怕失去一直患得患失的伪君子。”

“小丹。现在我不想用任何理由来否定你的观点。也许真的就像你所说的那样，我在你们面前如此的狡猾和狼狈，但是我只是跟随自己的想法，前进或者后退，从来都不是你言语当中权衡利弊思前想后而作为的男人。”

“佟西。你太自我了。”

“小丹。在这个世界上无论我走到哪里都已经是无亲无故，你要我去轰轰烈烈的恋爱，你觉得我能一镖中靶吗？要是输了，我是否输得起。你知道我在牢狱里那段时间是如何思念素宁，如何过的那一年，但是她有来看我过一次吗？那时候奶奶身体不好，只有杨平会来看我，只有杨平一个人知道我在蹲大狱，知道我孤独需要有人说说话，天冷了需要厚衣服。

你要我勇敢地与她恋爱，或者与你恋爱。小丹，我一个人孤身在上海，上海是个什么地方，灯红酒绿花天酒地，挥金如土寸土寸金。我以前是个挣不到钱的小跳舞的混混，后来做了超市收银员，要是没有小斯和沿安，我几乎连住的地方都没有，要是没有杨平我现在还指不定在哪里蹲着，就我这样一个高中没有毕业还蹲过大狱的人能够温饱已然万幸。你让我拿什么资本去恋爱，凭口一句我爱你，风吹一下都会发抖。我不想让别人的男人用金钱来考验你或者素宁与我的爱情忠贞，我也不想让你的妈妈或者让她的妈妈用房子和汽车来衡量我存在的价值，虽然我没有亲人但是我一个人也要活得有尊严，活的有骨气。”

“……”

“我也不想与你做这些争论，都没有意义。先前我还想过如何与你开口我要离开，如今看来我的离开是在情理之中而且再合适不过了。你和素宁都是很优秀的姑娘，你们的爱情将来一定会也应该会绽放在一个更加优秀的男人身上。

也罢，我不再多说废话了。

我走之后小斯会来接管这间酒吧，他一直很喜欢你，如果你愿意，我觉得他其实可以是你一个很不错的选择。"

"吴佟西！！！你混蛋！！！"

"素宁留下这照片是我和她高中时候的合照，我想这也许应该是两年来留在她那里搜寻关于这份爱情唯一的线索了，现在她把它留了下来，这其实已经说明了一切。写在照片背后的文字也无需再读。

当然，你或许会觉得我对不起素宁。但是你不知道，我的这张照片一直存放在我的钱夹里面，从来没有拿出过。这两年来我们各自分散，其实承担了相同程度的孤独。过去有件事情我从未提起，现在告诉你也无妨了。

去年我刚到上海不长时间，有一次机缘巧合在机场与素宁遇到，不过那一次我们并没有真正地面对面。后来他的哥哥，秦素远找到了我，跟我说了好多话，中心思想就是希望我能离开他的妹妹，虽然有些话不中听但是说的很有道理，以我的本事确实配不上素宁，人家那大富大贵的，要是招了我这样的女婿确实太掉价了。所以在后来那次 GLARING 的相遇，我最终也选择让她自己离开。"

"但是这些素宁姐并不知道。她这次偷偷地跑回来就是为了见你的，不管谁对谁错，你现在去机场见她一面吧。"

"我要去机场，但是不是现在。你姐姐写的话你已经看到了。

有时候感情即便单纯强烈，但是在残酷的现实面前仍然要保持客观性从而处处碰壁举步为艰，以至于跌落进无路可走的境地。最终会选择自保各奔东西，回到自己身边，不再张望。"

"……"

"小丹，以后酒吧就交给你和小斯了。

"你到底要去哪里？"

"呵呵。等我真正的安稳下来之后我会联系你们的。对于我来说，你们才是恒定的坐标。"

与佟西的这一番激烈的对话让小丹陷入了沉思，她从看完抽屉沿安和素宁的文字之后的义愤填膺地站起来，到听完佟西这些话后沉默不语地又坐下。

她在被动中目睹了一份爱情的收场，参与了一场旷日持久的思念苦情戏几乎要失去自己的位置，旁观了爱情乌托邦的倒塌，残垣断壁都没能逃脱的彻底倒塌。

一张无力回天的旧照片，两双永远消失的眼睛。

佟西掏出钱包，取出了另外的那张照片，他同样在照片后面写了字，然后和素宁留下的照片一起放进了抽屉。接着，他打开存放高脚杯的盒子，把抽屉里沿安的照片拿出来放进盒子，然后用沿安留下的那把钥匙将抽屉上锁。

素宁在照片上写着：

佟西，我们已经回不去了。

佟西的照片上写着：

素宁，我们真的回不去了。

《绿袖子》元若蓝

你送的鸢尾花早已经枯了
你教的那首歌我学会弹了
风把旋律吹乱了
心又随风飞走了
我的手指弹着弹着想起你了
习惯在你手心练习那首歌
习惯有你指尖轻轻跟着和
歌里不再有你了
你还在回忆住着
愈想忘了愈会记得
有你多快乐

挥别春天的绿袖子秋天开始
爱成飘落的叶子
你的左手有我许多
没写完的字
独奏的绿袖子是我一支钥匙
锁着想你的住址
我会记得曾经有你爱我一次

习惯在你手心练习那首歌
习惯有你指尖轻轻跟着和
歌里不再有你了
你还在回忆住着
愈想忘了愈会记得
有你多快乐
挥别春天的绿袖子秋天开始
爱成飘落的叶子
你的左手有我许多
没写完的字
独奏的绿袖子是我一支钥匙
锁着想你的住址
我会记得曾经有你爱我一次
挥别春天的绿袖子秋天开始
爱成飘落的叶子
可不可以不要成熟
也不要懂事
回旋的绿袖子音符还不休止
绕成永远的戒指
我会记得曾经有你爱我一次
你送的鸢尾花早已经枯了
你教的那首歌我不再弹了

10

出租车载着他已经出发。

佟西在去往机场的路上接到了两个电话。

小斯说，我今天已经向学校递交了退学申请，我再也不要上这个浪费青春浪费金钱的大学了，现在开始他要全心全意的开这间酒吧了。我希望以后可以把 DIARY 做大，那样再去其他地方多开几家。以后你回来还是沿安回来吃喝玩乐我全包了。

陶莎说，你的书已经在紧锣密鼓的筹备当中了，让我留个联系方式到时候新书出来之后好寄个样书给你。

对于这里的故事，倾诉至此，它已经是一座渐渐消失的古都，会离他越来越远。

佟西听完电话之后，他翻了翻手机，有些自嘲地咧了咧嘴角，在外面混了一年联系人还是这么几个，收件箱里也一直是通讯公司的服务短信最多。看来还是通讯公司最关心自己。

佟西清理掉所有的信息和通话记录之后，把手机关掉。

离开这座城市他已经不需要再去道别。这一个皮箱就是他人生全部的牵挂。

上海，这座曾经承载他梦想后来又淹没他梦想的地方。幸运的是，他并没像许多人一样，在这里忙碌生存，拼死拼活，日日夜夜将自己沦陷在自己编织的生活圈里无法自拔，一路走来他仍旧是一人出发一人前往，他没有被任何条件约束没有被任何规定束缚没有被任何感情羁绊，他跳上命运的轮盘上从不计较得失成败赌局输赢，所有心甘情愿的付出就是为了最后能够自由生活。

人终归会为自己的行为寻找理由，说服自己安然地逃避，一走了之，想像着一了百了。但是感情到最后真的能一走了之吗。

出租车飞驰在跨江大桥上，他侧着头看着车窗外，一轮红日染红江水，黄昏四起，夕阳西下，像是宏伟的诗颂画卷一样绚烂瑰丽的在两岸楼群中间铺展开来。傍晚的凉风从车窗不断地吹进来，佟西感觉着有什么东西一直在额前搔来搔去，他轻轻将头探出车窗外，他在后视镜中看到了的自己，然后嘴边轻轻地露出一丝笑容。

他的头发已经不知不觉地长长了。

再次侧头看着天边的夕阳，他已经开始想象几个小时后他要见到的乌鲁木齐，那个有些神秘的西域城邦。

他把机票从背包里翻出来看了看，那上面画着一片沙漠，沙漠中有一只行走的骆驼，在它的身后是一轮红艳艳的落日，还有一架飞机在那片红色里孤独地飞行。它们最终都会消失在那片红色里。

佟西合上机票，轻轻地吐了一口气，然后慢慢地将身体靠在座椅上，在一片浓烈的红色里慢慢地闭上了眼睛。

《公路之歌》痛苦的信仰

梦想在什么地方
总是那么令人向往
我不顾一切走在路上
就是为了来到你的身旁
梦想在不在前方
今夜的星光分外明亮
想着远方想着心上的姑娘
回头路已是那么漫长
一直往南方开
一直往南方开
一直往南方开

一直往南方开
一直往南方开
一直往南方开
一直往南方开
一直往南方开

梦想在什么地方
滚动的车轮滚动着年华
我再也不愿沉醉不能入睡
要继续还是要去面对
梦想在不在前方
黎明的曙光已微微照亮
我似曾闻见鲜花在盛放
那是燎原星星的光亮
一直往南方开
一直往南方开
一直往南方开
一直往南方开
一直往南方开
一直往南方开
一直往南方开
一直往南方开
一直往南方开
一直往南方开
一直往南方开
一直往南方开
一直往南方开
一直往南方开
一直往南方开
一直往南方开